I0611969

Signâtum

Lissa D'Angelo

Editorial Segismundo SpA

© Editorial Segismundo SpA, 2014

Signâtum
Lissa D'Angelo
Colección Novelistas al Sur del Mundo

Primera edición: Octubre 2014

Versión: 1.0a

Copyright © 2014 Lissa D'Angelo

Contacto: Juan Carlos Barroux R. <jbarroux@segismundo.cl>

Edición de estilo: Juan Carlos Barroux Rojas

Diseño gráfico: Juan Carlos Barroux Rojas

Diseñador de la portada: Lissa D'Angelo

Este libro no podrá ser reproducido, ni total ni parcialmente, sin el previo permiso escrito del autor. Todos los derechos reservados.

All rights reserved. No part of this book covered by copyrights hereon may be reproduced or copied in any form or by any means – graphic, electronic, or mechanical, including photocopying, recording, or information storage and retrieval systems – without written permission of the author.

Registro Propiedad Intelectual N° 219.039

ISBN-13: 978-956-9544-06-4

En la colección *Novelistas al Sur del Mundo*:

De tu Sangre Cautiva – Ingrid Odgers Toloza

Signâtum - Lissa D'Angelo

Blue Moon - Mariela Isabel Ríos Ruiz-Tagle

Delirio de mi Sangre - Karina Sagredo Sanhueza

A Paulina, por su paciencia y fe en esta obra.

A Rocío, por transmitirme todo sus conocimientos relacionados con la eugenesia.

A mis lectores, por el apoyo incondicional.

INTRODUCCIÓN

S iglos antes del año 2012, los Mayas lo predijeron. Científicos y expertos en todo el mundo se negaron a confirmar o negar un pronóstico apocalíptico, hasta que finalmente el proceso de destrucción de la Tierra, tal y como se conocía, dio inicio.

Poco a poco, nuestro planeta presentó los primeros síntomas de una enfermedad que años después, comprenderíamos, no tendría cura; las mareas comenzaron a subir, las zonas costeras quedaron completamente sepultadas bajo el agua. Y eso, sólo fue el comienzo; tormentas solares, terremotos donde nunca los hubo antes, bosques lluviosos tornándose desiertos en cuestión de meses. La consecuencia de siglos y siglos de inescrupulosa explotación de recursos naturales, provocó grandes cambios en la estructura geológica. "La naturaleza en contra de la raza humana", citaban los medios de prensa, contagiados por la histeria global generada por ver a miles de personas morir diariamente.

Poco después del año 3000 la población mundial se dividió en dos grandes grupos; los que creían en la devastación total del planeta y los que confiaban en que, en algún momento el cataclismo iba a parar.

En medio de las divisiones y el horror popular, se levantó la congregación *Nueva Visión*. Un grupo de fanáticos que se hacían llamar "Los enviados de Dios", y cuya prédica se basaba en los dos conceptos clásicos de la religión: arrepentimiento y salvación, cimentando fuertemente la creencia de que la humanidad sería destruida.

Los predicadores de la *Nueva Visión*, centraron sus discursos en aquellas personas con tendencia a la depresión, por lo tanto quebrantables en sus convicciones; reclutaron grupos familiares completos, traspasando unos a otros, el fatalista slogan: "Si vamos a morir, debemos morir juntos". Ideal que, respaldado por carismáticos líderes de opinión, se propagó como una plaga dando origen al *Desastre de La Nueva Visión*, donde millones de seres humanos alrededor del mundo sucumbieron ante el suicidio.

La conmoción ocasionada por este hecho alentó a las autoridades sobrevivientes del cataclismo natural, quienes como iniciativa preventiva de futuros suicidios, ordenaron a médicos y expertos de las diferentes ramas científicas a estudiar dicho fenómeno. La investigación arrojó como resultado algo que ya se preveía: la gran adherencia que había tenido la *Nueva*

Visión, se debió a múltiples casos de depresión y en su mayoría, al miedo irracional e histeria colectiva, lo que provocó además, el estancamiento de la natalidad y envejecimiento de la población.

Sin embargo, los eruditos no se detuvieron ahí; sometieron a pruebas exhaustivas a todos aquellos que manifestaran síntomas similares y preferentemente a familiares de las víctimas de la masacre causada por la *Nueva Visión*. La constancia científica encontró su recompensa a fines del año 3012 de la mano del Gen D, evidenciando la existencia de herencia genética como inductora de las tendencias suicidas.

Cegados ante la impotencia de no haber prevenido tan inverosímil cantidad de muertes, la medicina e ingeniería celular se unieron fijando como meta conseguir que la población humana incrementara. No había un modo fehaciente de asegurar aumentos en la natalidad, y los incentivos financieros parecían no ser suficientes para los pocos humanos existentes: apenas un tercio de la población inicial.

Por lo tanto, como primera medida gubernamental, todos los portadores de dicho gen fueron apartados socialmente, imponiéndose como ley el no invertir dinero ni recursos en seres humanos que potencialmente pudieran incitar una nueva masacre como la provocada por la congregación *Nueva Visión*. Y la segunda medida tomada fue: forzar la evolución.

Si bien la práctica de la Eugenesia, nunca fue bien vista, más que nada por asuntos éticos, los argumentos fundamentados en los análisis y los factores ambientales convencieron al jurado y la medicina terminó por aceptar esta práctica.

La manipulación genética dio como resultado humanos no sólo más fuertes y rápidos, sino que también más atractivos y uniformes. Sus ojos son negros como el ónix y poseen un nuevo tono de piel, canela. No viven por siempre, pero sí más años gracias al IDS (*Inhibitor Daft-2 Senescence*).

Éste suero regularizador del gen Daft-2 o Gen D retrasa los efectos de la senescencia, logrando que un individuo, incluso de ochenta años de edad, siga luciendo como de veinticinco. Sin embargo, después de los ciento cincuenta años, el proceso de envejecimiento continúa naturalmente.

Dado los excelentes frutos, la genética pasó a formar parte elemental en las políticas estatales, generando *La Orden*: un grupo de científicos y estudiosos que lideran sobre el Gobierno establecido y elegido "democráticamente".

El sistema político, abrió mucho más la brecha entre ricos y pobres. En ese entonces, mientras las alcurnias más altas desbordaban salud y juventud, las castas más bajas morían de inanición y pobreza, dejando en claro, una vez más, que hasta el ser más íntegro tiene un precio, y lo que inició como un intento de supervivencia de la especie, terminó dando paso a dos nuevas razas: Humanos y Pariahnos.

1

Año 3515, Akor

*C*alvin se levantó ese miércoles con un ardor en la garganta, los deseos de llorar y un cáncer jamás tratado deberían ser motivos suficientes para su desasosiego, mas no era esa su razón principal.

Se echó ligeramente hacia atrás, semi acostado, el frío corroía su piel mientras intentaba acomodarse sobre unos cartones viejos que, horas atrás, habían servido de cobijas. Ahora en cambio, no eran más que un húmedo intento de colchoneta. Bajó los párpados e intentó abstraerse.

Alguien había dicho una vez que el mayor tesoro en el mundo era el amor y había tenido razón, porque justo ahora con los pies desnudos y el pecho roto, se sentía el hombre más rico del mundo a pesar de su indigencia. Calvin se autodefinía como un tipo feliz e inclusive un poco gracioso, pero en los últimos años esas ideas se habían esfumado y junto a ellas, sus últimos vestigios de esperanza. Debido a la hora, lo mejor sería levantarse; se sentía cansado, así que por un único segundo, se permitió dejar de especular sobre su futuro o la falta de éste.

Abrió sus ojos y giró el rostro sólo para observar a su pequeña de tres años moverse incómoda a escasos centímetros de él. Se irguió un poco para verla mejor, Nyara, nombre que Calvin rescató de un antiguo cuento árabe al que tuvo acceso cuando vivió con humanos, muchos años atrás; Nyara, cuyo significado es "Estrella de la fe" era un buen nombre para su niña, porque eso era ella para él: luz y esperanza.

Nyara, estaba recostada en la cama que él mismo había improvisado la noche anterior, una vieja caja de verduras tirada a su suerte cumplía como base y la chaqueta a medio roer de algún niño humano, servía de cobertor para su delicado cuerpo.

De cualquier modo, la niña no estaba teniendo un buen sueño, era obvio. La incomodidad del lecho era sólo un detalle, estaban acostumbrados; a pesar de eso, su corazón dio un latido más fuerte que los anteriores cuando recordó lo fríos que habían estado sus diminutos piecitos la última vez que la cargó. Aquello era un duro golpe para Calvin, sobre todo porque la salvación de su hija estaba en sus manos.

Volviendo a su posición anterior, pasó sus brazos alrededor de las rodillas y escondió su cabeza entre ellas renunciando a sus deseos de enajenarse. El futuro incierto lo volvía a torturar. Era su culpa, lo sabía. Si tan sólo hubiera acatado las leyes, si hubiera actuado racional, nada de esto estaría pasando.

Deslizó sus pies descalzos por el frío cartón que tenía por cama. «Al menos es una cama grande», pensó para sí con un dejo de sarcasmo, pero no había nada de gracioso en ello, no con un ser tan frágil a su cuidado, no cuando él no podía darle una vida.

Por el borde de su pie notó esa protuberancia que ya debería ser habitual para él, casi familiar, pero no lo era, nunca lo sería; no había nada de natural en esa marca, y pensar de esa manera, fue lo que lo metió en problemas en primer lugar. Sus manos aún rebeldes se deslizaron por el borde del tobillo, y justo ahí, bajo el trémulo tacto de sus yemas tocó el *signâtum*, no podía verle, pero lo sentía.

—Debería existir otro modo. Otro escape.

El vapor cálido de su aliento, le evocó un *algodón* de azúcar y lo distrajo. Nunca probó uno, sin embargo su boca se hacía agua cada vez que observaba a los humanos relamerse los dedos embetunados de almíbar rosa, volvió a inhalar alejando ese último recuerdo.

En ese instante una lata vacía de *Coca-Cola®* se estrelló contra su cabeza, Calvin alzó el rostro y observó a un hombre cuyo número no recordaba, estaba sonriéndole con burla, éste a diferencia de Cal, sí llevaba zapatos.

—Mejor que no te oigan hacer comentarios como ese —exclamó poniéndose un dedo sobre los labios en señal de silencio para dar énfasis a su punto, de cualquier manera era un acto inútil, el pariah podría ponerse las manos completas, además de los pies, y él seguiría hablando. ¿No era eso lo mejor de la libertad? ¿De qué servía vivir sin ataduras, si además te censuran lo que dices?

—En lugar de estar diciendo tanta incoherencia, deberías sentirte afortunado porque tú hija tendrá una vida. ¡Qué hubiese dado yo por una oportunidad como esa! —el tipo continuó predicando, pero Calvin no oía, se encontraba demasiado concentrado revisando si quedaba alguna gota de *Coca-Cola*® en la lata.

—Aún no decido nada —dijo.

El otro macho tuvo la decencia de no añadir más, Calvin lo agradeció, no hubiera soportado otro discurso sobre el tema, pero entonces se dio cuenta de cómo el pariah lo miraba y sintió la necesidad de defenderse, aún cuando no habían más culpables que él mismo.

—Mi abuelo solía decir que antiguamente todos éramos iguales —admitió casi avergonzado y miró de reojo a su hija, inesperadamente convencido de que las historias de sus antecesores no eran más que eso: historias, una pila de ideas infundadas que con el tiempo seguramente podrían dar pasos a leyendas mediocres. Se sintió idiota por haber perdido tantos años albergando fe por algo tan absurdo.

—Escucha, Cal —el aludido volvió a mirarlo—. No es tu abuelo quien engendró a esa mocosa, y no fue tu abuela quien murió en el parto, así que por respeto a tu mujer y a ti mismo, acepta esa oferta.

Los ojos del castaño volaron otra vez en dirección hacia su hija, el tipo tenía razón, no había otro camino. Sin embargo.

—No quiero que mi hija sea una esclava.

—Será algo peor que eso sí continúas así de obstinado, como tu nombre por ejemplo. ¿Por qué no puedes aceptar tu destino como el resto de nosotros?

F-214 o 'Calvin' como prefería que lo llamaran, inhaló profundo antes de hablar, sin apartar nunca sus ojos de Nyara.

—Supongo que nunca he tenido otra opción.

Tener conciencia de no tener opciones era un duro golpe, pero admitir la derrota en voz alta era una tortura sin precedentes. El otro pariah lo miró con cautela, no era común tener niños, pero era todavía menos habitual que una vez nacidos les permitieran vivir, sobre todo cuando se vivía en 'libertad'.

El sitio era pequeño y, lo que medio siglo atrás solía ser una fábrica de zapatos, hoy servía como refugio para un centenar de pariahnos nómadas, o libres, como Calvin se hacía llamar. Sin embargo aquello no era más que una dulce falacia, estar libre era sinónimo de morir.

Sin un amo no eras nada, sobre todo después de los treinta, edad en la cual los servicios que un pariah podría prestar eran tan mínimos, que más que una ayuda, resultaban ser una carga y Calvin no quería ese destino para su hija.

—Mira —continuó el otro tipo—. Yo sólo vine a advertirte, el resto de nosotros estamos hartos de tu insistencia por afirmar una verdad que no es más que una fantasía. Y no me veas así. ¡Cal, no haces sino ilusionar a los más jóvenes! y eso sin mencionar el riesgo al que te expones. Nos expones —Finalizó acentuando el 'nos'.

El clima continuaba inclemente, frío y húmedo, la pequeña no tardaría en despertar. Si al menos pudiese ahorrarle este suplicio. No se suponía que fuera su hija quien se sacrificara, debería ser él.

—Si los *centinelas* llegaran a escucharte.

—No lo harán —finiquitó Cal, habló tan convencido que el otro macho se preocupó por el subtexto de sus palabras.

El sonido de una tos ronca y débil captó la atención del par, la pequeña desgracia tosía tan duro que el propio Calvin se preguntó si no sería demasiado tarde para ella. Eliminó los escasos centímetros que lo separaban de su hija y la cobijó entre sus brazos, su diminuto pecho se agitaba tan rápido que en su mente rogó para que se volviera a dormir.

—Mu...cho frí...o —balbuceó la niña, entre pucheros y llantos.

Cal besó su frente y los pequeños rizos adheridos ahí, luego la envolvió en sus brazos con fuerza. Nyara comenzó a llorar más alto y él se dio cuenta de que debía tomar una decisión. ¡Qué desperdicio!, había estado engañándose todo este tiempo, no había otra manera de actuar, él no podía dejar morir a su pequeña, no si existía una vía, quizás no mejor, pero...

Recordando que tenían compañía, observó hacia su espalda y comprobó que el otro pariah ya se había marchado.

—Todo estará bien, cielo —prometió a su niña y por primera vez en los tres últimos años, Cal dijo la verdad. Esta vez sí acabarían mejor las cosas, no como con Vanessa. No como él. Su hija viviría.

—Vas a estar bien, confía en papá, amor.

Aún con la cría en brazos, Cal hurgó bajo los cartones que habían servido como soporte en la pasada noche, esperando un milagro, pero comprobó defraudado que el tarro de frijoles enlatado no podría estar más limpio, ni siquiera aunque se lavase. Pero él continuó buscando restos de alimento en la lata usada hasta que sus dedos sangraron a causa del esfuerzo, Nyara en cambio, siguió llorando.

Cal se le unió.

Con desconsuelo esperó hasta que llegó la noche, y nunca las horas fueron tan largas como en aquel, los segundos parecían eternos. Y pese a que su hija ya había sido vencida por el cansancio, él no podía reposar. No cuando ella se había dormido sin probar bocado. Se sentía como un monstruo sin oportunidad de encontrar la redención.

Por desgracia, Calvin no se sentía lo suficientemente valiente para soportar el momento en que le tocara enfrentarse al odio reflejado en los ojos de su hija, después de todo no existían más culpables que su propio egoísmo. Si tan sólo se hubiera contenido, si no se hubiese dejado llevar, pero en aquel entonces no era más que un chico. Tres años atrás se pensaba rebelde, poderoso; con el corazón latiendo indómito bajo el embrujo del primer amor, no supo decir no a la estrechez del cuerpo femenino. Vanessa era tan cálida, tan pura y hermosa. Fue su codicia lo que la mató, si se hubiera resistido. Los condicionantes sobraban, las cosas ya estaban hechas y ambos habían sido expulsados hacia 'la libertad'.

En un principio se había sentido eufórico: no problemas, no leyes y sobre todo mucho amor, o eso pensaba. Sin conocer los riesgos que supondría dar a luz, sin los implementos o alimentación necesaria, instó a Vanessa a mantener el embarazo, sólo para más tarde perderla, y eso fue sólo la primera de una cadena de desgracias. Calvin no podría vivir sabiéndose culpable de otra muerte más. Sencillamente, no le quedaban fuerzas.

Las sirenas comenzaron a sonar, dando inicio al *vetitum*. Los murmullos del resto de los parianhos refugiándose en masa en el interior de la fábrica, avisó a Cal que los *centinelas* no tardarían en llegar.

—Perfecto —su voz brotó en un hilo, probablemente porque estaba derramando sus últimos minutos de vida.

Súbitamente los ojos de la cría se abrieron, a Cal todavía le parecía un sueño que Nyara se hubiese dormido. De hecho, era un milagro cada vez que despertaba con vida. No existía otra razón que un acto divino para explicarlo. A diferencia de Vanessa, Cal sólo pensaba en Dios cuando le convenía, por desgracia eso ocurría con mayor frecuencia.

F-214 introdujo una mano en su bolsillo derecho y sacó el corazón que días atrás había tallado en un afán enfermizo por olvidar su propia hambre y miedo, porque estaba asustado, muy asustado. Además, las últimas semanas no había probado más que agua de lluvias, el último tarro de legumbres se lo había dado a su hija en pequeñas dosis para que cundiera.

'Eny', el apodo que su mujer había deseado para ella, había sido labrado sobre la madera; no era algo hermoso, pero era todo lo que podía dejarle. Después de todo, ella sería mucho más que un número. Tenía que serlo.

El sonido de las sirenas iba en ascenso, Cal incluso podía ver las luces reflectantes rebotar en su piel. Desató con rapidez la coleta de su hija, para así liberar el cordón de zapatos que funcionaba como lazo y envolvió una cruz a través del corazón de madera, de tal modo que asimilase un colgante, sólo entonces lo deslizó por el cuello de la cría.

—Tal vez me odies —sus manos ahuecaron la pequeña cabecita y la acercaron hasta su pecho. El calor paternal calmó sus temblores de forma automática, era mágico, el amor era la única magia que Cal conocía—. O quizás mi suerte sea peor y ni siquiera me recuerdes —la débil respiración de la pequeña dio de lleno en su pecho y el castaño quiso morir ahí mismo. Sintió la monstruosa sacudida provocada por la impotencia y a pesar de ser un hombre de un metro ochenta... era nada. Nada, salvo vestigios de la mediocridad, nunca más, nunca humano. Cal trató de calmarse y dejó que su pecho se expandiera, por ella, se lo debía a su hija. ¿Cómo podía estar a punto de hacerle algo como esto a su pequeña?

Volvió a besar su frente y ahogó un gemido cuando una de sus manos alcanzó su mejilla. Él ladeó su rostro hacia ella, hacia el calor inexplicable que desprendía la palma de su pequeña.

—De todos modos —tragó otro gemido—, yo sé que nunca te olvidaré, ni a ti ni a tu madre. Serás igual de hermosa que ella, recuérdalo.

La pequeña suspiró contra la deteriorada camiseta del pariahno, mientras éste se permitía inhalar profundo en sus cabellos. Llevaría ese aroma en sus memorias hasta su tumba y eso era lo que más dolía.

—Sólo quiero que seas feliz, que lo intentes, tal vez no sea la mejor vida, pero al menos tendrás una.

Las luces de los *centinelas* dieron de lleno en el rostro del padre, éste levantó ambas manos, en señal de rendición. Uno de los guardias leyó su *signâtum* y lo reconoció como un nómade, no intercambiaron más palabras. Ni siquiera una despedida, una vez efectuado el cambio no había nada más que hacer. Después de todo, era afortunado.

2

Doce años después

Y-315 escuchó con atención las palabras del *avari*, no alzó el rostro ni emitió sonidos, no estaba permitido.

— Muchos matarían por una oportunidad como esta —añadió éste con euforia, ella en cambio se limitó a clavar sus ojos en la enorme cucaracha que caminaba por el piso de la celda, demasiado cerca de sus raídas sandalias de cáñamo.

« ¡Detente ahí! »

Sus manos estaban sudando copiosamente y la tierra arraigada en el hueco de las palmas había comenzado a escurrirse por todo el largo de sus dedos, al final la cucaracha se largó, y su atención cambió al espeso barro entre sus dedos. Que las manos le sudaran era una respuesta involuntaria de su cuerpo que, para su mala suerte, había iniciado desde el instante en que el *avari* apareció frente a su celda. Ciertamente no era la mejor forma de causar una buena impresión.

—Supongo que querrás tus cosas de vuelta —daba la impresión de que al *avari* le costaba trabajo decir esas palabras, pero ella continuó inmóvil, estaba determinada a saber qué pasaba con el humano frente a ella, incluso ahora que padecía los efectos del nerviosismo en su piel y los cosquilleos no hacían sino aumentar.

—Aunque te advierto que no servirán de mucho —era bueno contagiando el pesimismo, a continuación se encogió de hombros y sacó un par de llaves del bolsillo trasero.

Pero Y-315 no se dejó amedrentar, por lo menos no más de lo que ya estaba. Ella sabía que su superior tenía razón, poco y nada serviría tener de regreso sus cosas, no eran muchas. Sin embargo eran invaluables, porque era lo único que tenía de su pasado. Esas pertenencias, de las que no tenía ni idea, quizás le darían una identidad.

Conocía sólo dos cosas de su pasado, pero ninguna de ellas valía la pena.

—Puedes ponerte de pie.

Era consciente de que su superior ya había terminado de hablar, también que esperaba una respuesta de su parte, pero se encontraba tan conmocionada con la noticia de su adopción que tardó un minuto y medio en hacer caso a su orden, porque eso era, aún encubierta a modo de sugerencia, no era otra cosa más que un mandato.

Los 'por favor y gracias', eran sólo cortesía que humanos excesivamente compasivos brindaban a los pariahs, pero que de todas formas, estaban de más: un pariahno siempre obedecería, sin importar el tono de voz que el amo empleara.

Mientras ella esperaba, el corpulento cuerpo del humano se movía por el lugar con tal gracia que la desconcertaba. A simple vista, parecía improbable que esa mole pudiera caminar sin romper el piso por el que vagaba. No era un hombre obeso, no era grasa, sino todo lo contrario. Los humanos eran bendecidos, eso le había explicado alguna vez su *avari*: siempre sanos, siempre iguales. No retenían más que un quince por ciento del tejido adiposo. Perfectos, eran todo fibras y músculos, incluso cuando aún no terminaba de entender lo que eso significaba.

Y-315 volvió a mirarlo desde abajo y hacerlo la intimidó. Era medio metro más alto que ella, por lo que no se sorprendió cuando el *avari* introdujo una de las llaves en el techo sin hacer el esfuerzo por alcanzarlo, pero sí lo hizo cuando vio que abría una puerta, una que hasta la fecha Y-315 ignoraba por completo que existía.

El brazo del hombre se perdió en la compuerta recién descubierta, parecía estar buscando a tientas en la rendija. Por un minuto el corazón de la chica se comprimió de horror. ¿Y si no había nada que encontrar? Y si su caso era de esos únicos donde realmente no había una sola cosa para entregar, ningún recuerdo, nada de nada.

Cinco minutos más tarde su miedo se evaporó como el agua, cuando el *avari* regresó junto a ella, con una pequeña caja de madera cubierta por telas de araña.

—Eso es todo lo que traías cuando te trajeron a mi cuidado.

El *avari* esperó un momento antes de entregarle el cofre, Nyara dedujo que el humano quería asegurarse de que no comenzara a llorar de un momento a otro. Desde luego, Y-315 sabía muy bien que en ocasiones como esta los de su raza solían volverse bastante sensibles, quizás porque se generaban muchas expectativas con respecto al contenido de esas cajas, o tal vez por el simple hecho de que no esperaban nada. Pero ella no era cualquier pariah, era una *virgo*, de todos los males, el menor, así que no lloró. Razón por la cual el humano prosiguió con su discurso:

—Nunca olvides que tu progenitor se suicidó poco tiempo después de que te entregó a nosotros.

«Fantástico, justo lo que no quería recordar » Pensó.

Tomó una bocanada de aire. ¿Gritar o permanecer en silencio?, últimamente aquello era todo lo que deseaba. No había puntos medios, no quería más palabras, ni las necesitaba. Palabras, ¡para qué! bastaba con saber que su obligación era oírlas, pero tener que utilizarlas la haría semejante a ellos.

Se resistía a esa raza en la misma medida en que sentía una profunda gratitud. Era una sensación tan contradictoria que, el simple hecho de sentirla la fastidiaba. En serio, ¿recordar el final de su progenitor? ¡Por supuesto que conocía la historia de su pasado! Comenzando por el de sus padres. Era, después de todo, la vergüenza de su raza.

—Yo personalmente intercedí para que te aceptaran en el criadero —esto último lo dijo con un tono soberbio. Probablemente porque se sentía un héroe y lo era para ella. De no ser por ese humano, no estaría respirando. Le debía la vida.

No estaba permitido para los pariahs mantener relaciones sin el consentimiento de un amo, pero se consideraba más grave aún cruzarse en período de fertilidad. Los pariahnos eran una plaga y ella había estado al borde de convertirse en una pila de cenizas. Sus padres quebrantaron esa ley. Y esa era la segunda cosa que hubiera preferido no recordar.

El humano carraspeó incómodo, por lo general, él solía ser bastante paciente y en contadas ocasiones parecía hasta sentir cierta compasión por ella.

—A las cinco en punto vendrán por ti —Nyara asintió, por primera vez alzando el rostro desde que su superior le había dado el consentimiento para responder.

—No tenemos mucho tiempo así que voy a cometer la estupidez de confiar en tu buen juicio, no tendrás nunca otra oportunidad como esta, tenlo presente. Siempre.

Las facciones del humano se volvieron rígidas, serias, dándole a éste un aspecto casi adulto, cosa irónica porque apenas tenía ciento dos años, todavía le quedaban cuarenta y ocho años más, antes de que iniciara el proceso de envejecimiento. Sin embargo, para ella, su *avari* no era mucho mayor que ella.

Por otra parte, su crianza no había sido mala. Fue educada bajo las leyes de *La Orden*, le enseñaron obediencia, protocolo y buena conducta, historia oral de las razas, entre otras asignaturas necesarias para la convivencia entre humanos, y aunque Nyara no concluyó su educación, se podría decir que era una *virgo* aceptable con algunos detalles que pulir. Por otra parte, Nya estaba segura que fue su peculiar belleza la que la salvó de morir como el resto de los pariahs, o peor aún, ser dejada en libertad como sus padres. Ella había sido un error, lo sabía. Pero dos muertes por su causa no podían ser en vano, por lo mismo Y-315 pondría todo de sí misma para subir de rango: de ser una 'aceptable' a una excelente *virgo*.

—Si saqué a relucir el tema de tu creador es para que seas consciente del sacrificio que se hizo, necesito que comprendas lo afortunada que eres —Él inclino su rostro hacia el lado, rascó la zona baja de su nuca y se quedó viéndola con expresión grave—, no hagas estupideces, fuera de aquí hay cientos de los de tu especie rogando por una oportunidad, ellos mueren a diario a causa del hambre y enfermedades tan básicas como un resfriado mal cuidado.

—No soy digna —susurró.

—No, no lo eres —aceptó él con voz fría antes de dejar caer la caja sobre sus manos, sin permitir que sus pieles se tocaran.

Ella no agregó nada más, sus ojos se clavaron esperanzados sobre el objeto que ahora reposaba en sus palmas, las que no dejaban de temblar. El humano hizo una mueca, algo similar a una sonrisa compasiva y dio media vuelta.

—Tienes media hora —recordó sin girarse antes de cerrar la celda y dejarla sola con sus memorias, con su historia.

En cuanto el *avari* se alejó, ella atenazó la caja contra su pecho. Todos los pariahnos tenían un pasado, aquello no era un secreto; pero en su caso era una vergüenza.

Desde pequeña, jamás le ocultaron el motivo por el cual sus padres fueron expulsados del criadero al que pertenecían: faltar a la ley. La pequeña pariah nunca tuvo reparos en admitir que su existencia representaba una equivocación, una falla, motivo de sobra para desaprobar la existencia de rebeldes dentro de su especie; ingratos que insistían en hablar acerca de derechos, igualdad e injusticias.

¿Cómo entenderlos? Si su propia vida representaba una prueba fehaciente de la inmensurable caridad de los humanos. Ella siempre se había mantenido apegada a las reglas, jamás pensó en otra cosa que no tuviera relación con ser de utilidad para un amo y no era hasta ahora, después de doce años en cautiverio, que finalmente un humano la escogía a ella. ¡A ella!, de entre todos.

En un principio Y-315 se vio tentada a llorar, cuando su *avari* le informó de la noticia, Nyara tuvo la sensación de que el suelo se movía bajo sus pies, pero fue más lista que eso y se mantuvo serena. Lo cierto es que había oído de casos en que los pariahnos se deshacían en lágrimas y los humanos conmocionados por tal gesto de debilidad, se arrepentían a última hora o los cambiaban por otros menos sensibles.

Sadoc, un *onus*, que conoció en cautiverio y que luego fue dejado en libertad por el mismo motivo que sus padres, solía decir que esa actitud por parte de los humanos se debía a que les remordía la consciencia, porque hasta las lágrimas eran iguales entre ambas razas. Sin embargo ella no lo creía así, de todos modos, pensó que lo mejor sería prevenir. Y así lo hizo.

Todo pariahno transferido a un hogar junto a humanos, sabía lo que eso significaba: decir adiós a los recuerdos y darle la bienvenida a una nueva vida, a una familia; una que le abriría las puertas de un hogar y daría regalías que el mismo criadero era incapaz de ofrecer. Tal vez, con un poco más de ambición y suerte, podría escalar aún más alto y ascender de *virgo* a *matriz*.

Estaba exhausta, durante la mañana habían revisado cada una de sus piezas dentales por orden del comprador. La higiene dental era primordial para los *virgos*, los humanos no querían una compañía sin sonrisa.

—Nadie los quiere —añadió para sí en un hilo de voz, recordando a algunos de sus compañeros del criadero. Era común tener peleas y perder dientes en ellas. Una forma sucia de eliminar competencia a la hora de ofrecerse a un potencial comprador.

Suspiró cansada mientras se aprestaba a abrir la caja. Sus manos temblaron aún más cuando palparon el objeto que resguardaba el humilde envoltorio de madera. Entonces un súbito pensamiento la golpeó.

Observó la cicatriz en su muñeca, aunque ahora casi imperceptible, el inicio de una 'N', o tal vez se trataba de una 'W' incompleta, luego dos centímetros más al norte se dibujaba una curva que asimilaba una 'Y'. Hoy podrían no ser más que insignificantes manchas difusas, pero durante doce años ella había vivido con esas marcas, con ese recuerdo, con su pasado.

Con tres años de edad y recién ingresada al criadero, Y-315 sólo traía consigo un humilde colgante de madera tallado con forma de corazón, que cuando fue arrancado de su cuello cortó su piel lloró tanto, que los superiores no sabían si era por la herida o por miedo; como resultado se lo ataron a su muñeca. Desgraciadamente utilizaron demasiada fuerza al atar el cordón de zapatos, y las letras grabadas en el corazón quedaron incrustadas en su carne. Increíblemente no sollozó y para cuando los *avaris* le quitaron la improvisada pulsera, la costra ya estaba seca.

Con quince años de edad y doce de ellos en cautiverio, Y-315 acababa de comprender cómo fue a parar esa marca en su muñeca, una que había hecho suya por la inútil necesidad de tener una identidad. Ser más que un número.

Solían decirle que imaginaba cosas, que no había nada escrito en su mano, lo cual era cierto. Hoy podía no verse mucho, pero tiempo atrás... Acomodó el pequeño corazón sobre su piel, justo sobre la cicatriz y comprobó con una dicha justificada que no eran fantasías, que efectivamente era su nombre. La certeza, generaba en ella una sensación indescriptible.

Años atrás, ella no tenía un modo de explicar lo familiar que parecían las letras grabadas en su brazo, pero ahora que las veía bien, que las comparaba, Y-315 podía constatar que aquellas líneas difusas coincidían a la perfección con el colgante; el mismo que decía 'Eny'.

Sí tenía identidad.

—Eres más que un número —admitió esta vez en voz alta, y fue preocupante lo familiares que resultaron aquellas palabras.

Mientras en el centro de la ciudad de Lodebar, Abner bostezó por tercera vez en menos de cinco minutos, los había contado. Al ser el Presidente de Signâtum Corp. o la cara visible, como prefería llamarlo él, no tenía muchas horas para abastecerse de energías, sus horas de sueño se limitaban a cuatro e incluso menos. De cualquier manera, adoraba su trabajo.

La corporación que encabezaba no era otra sino la responsable de uno de los mayores hitos en la historia de la humanidad, sin ella y su más brillante creación: el chip de rastreo o el *signâtum*, el mundo no sería ni la sombra de lo que actualmente es.

Los pariahnos andarían libres encabezando levantamientos, mezclándose entre los humanos y ¿por qué no decirlo? Aumentando las posibilidades de una nueva catástrofe, como lo fue lo de la *Nueva Visión*.

—Te ves mal —le saludó Lotter Vitallus, quién acababa de entrar a la oficina sorprendiéndolo. Por supuesto, no esperó invitación. Abner estaba acostumbrado a esto último, su padre tenía esa chispa impulsiva e impetuosa que lo hacía creerse en casa donde sea que estuviera. No siempre había tenido buenos resultados así que lo dejó pasar.

Por otra parte, estaba completamente extrañado de ver al hombre ahí, en su lugar de trabajo. Lot había sido su jefe hasta hace tres décadas, pero una vez que se retiró, no quiso saber nada más de los chips. Abner lo entendía completamente, él mismo apenas manejaba una versión general y extraordinariamente resumida sobre los tecnicismos del *signâtum*, ni siquiera entendía el tema de los rastreos satelitales. ¡Dios lo librara!, esa mierda *geek* se la dejaba a los expertos, lo suyo eran las relaciones públicas y ni siquiera eso. Se sentía ahogado cuando tenía a más de seis personas en una habitación, en cambio lidiar con un par de empresarios hambrientos de poder era su mayor alegría. Él era un maestro manipulando, y su producto era bueno. ¿Por qué venderlo al menor postor?

—Efectos secundarios de ser un hombre sensato.

—Existen alternativas.

—¿Qué me sugieres, papá? —ironizó sin abandonar la comodidad de su escritorio—, ¿una inyección de colágeno? —Lot puso sus ojos en blanco y Abner sospechó que estaba pensando en lo afortunado que era por haberse jubilado, y le daba toda la razón. Lot se acomodó en la silla frente a él, al parecer demasiado a gusto. Abner enarcó una ceja cuando el rubio apoyó sus piernas sobre el escritorio.

—No, a decir verdad ya me ocupé de tu problema.

Los ojos de Abner se achinaron suspicaces. Tenía un par de sospechas sobre la inusitada visita.

—¿Una nudista? —preguntó mitad broma mitad en serio. Lot se recostó aún más sobre la silla, su boca se abrió en una enorme mueca divertida.

—No —fue tajante, pero sin abandonar ese tono jovial que lo caracterizaba—, recuérdame que te dé eso para tu cumpleaños número ciento cincuenta.

—Bien, entonces me toca asumir que para ese entonces, se tratará de unas condolencias, ¿verdad? — Terminó Abner, quería fastidiarlo, no era un misterio que su padre odiaba la idea de envejecer.

Acomodó sus anteojos de descanso y nuevamente, volvió su vista al monitor.

—Supongo que te alegrará ver aparecer tus primeras canas —la mano de Abner se tensó por un instante sobre el teclado, la llevo hasta su camisa y desabotonó el primer botón. No caería en ese juego.

—Me tiene sin cuidado —mintió encogiéndose de hombros, luego en un arranque de inspiración añadió—, y lo sabes. —dando énfasis a su punto, suponía que si restaba importancia a las palabras de su padre, éstas serían menos reales.

—Espera a llegar a viejo y verás.

—No sé de qué te quejas, más que mi padre, luces como yo, perfectamente podrías pasar por mi hermano.

A diferencia de Abner, su padre tenía el cabello rubio ceniza, y medía un metro ochenta y cinco centímetros, cinco más que Abner. Desgraciadamente, el color de pelo y altura era lo único que tenían de diferente, sus facciones eran casi idénticas. Ojos negros y sesgados, el arco del labio superior femeninamente marcado y una mandíbula cuadrada que le habían valido varias cartas de jovencitas en su época de adolescente, también a su papá.

Lot bufó antes de acomodarse por tercera vez en la silla, era una suerte que fuera de acero. Su padre tenía un cuerpo bastante pesado.

—¿Te importaría quitar tus zapatos de mi nariz? Es molesto.

Sus pies hicieron un ruido exagerado al contraerse por la lustrosa madera y por fin descansar en la alfombra. Acto seguido, los ojos de Abner se clavaron donde segundos atrás se encontraban los mocasines de su padre.

—¿Buscando rayas? —se burló el rubio, mientras su hijo maldecía por lo bajo, agradeciendo secretamente que el calzado fuese de gamuza.

—Ya, en serio. ¿Qué quieres decir con eso de que te ocupaste de mi problema'?

—Pasas demasiado tiempo solo, necesitas compañía.

—Tengo a mi *Etzux* —contrarrestó luego su atención fue, nuevamente, absorbida por el monitor.

—Yo no llamaría a un auto una compañía.

—En mi caso lo es, paso mucho tiempo en él — volvió a ganarle la partida, sabiendo de antemano que el tema no iba realmente por el área de los automóviles.

—De eso precisamente es de lo que quería hablarte —empezó él y Abner entornó los ojos, anticipándose a lo que venía.

—Es de los pocos convertibles que quedan en el mercado —estaba empecinado en mantener el control de la conversación. Autos, parecía un tema seguro.

—No es eso a lo que me refiero —articuló su padre y su piel se puso de gallina. Ahora venía el discurso que se temía desde el instante en que vio asomar su cabello claro por la puerta.

—Hijo, pasas demasiado tiempo fuera de casa y te adelanto, no te estoy pidiendo que regreses a vivir con tu madre o conmigo, sé que eres un hombre adulto.

—Ciento treinta y ocho, y contando.

—Tranquilo, ya renuncié a mis caprichos. Pero eso no cambia las cosas — Muy bien. Ahora estaba interesado.

—Necesitas desligarte del trabajo, te sobreexiges mucho y terminas demasiado agotado. Mírate, no has tenido novia en los últimos eh… ¿Quince años?

De hecho, eran veinte, pero Abner no estaba de humor para esclarecer dudas. Para la sorpresa de su padre, cerró el ordenador portátil y llevó la mano derecha hasta su sien, la vena en esa zona palpitaba más que de costumbre. Quizás necesitaba unas vacaciones o tal vez, era su padre quién lo ponía así.

Suspiró cansado antes de hablar.

—Dime la verdad, mamá te envió ¿Cierto? —Lot era tan bueno mintiendo, como lo era cocinando; en resumidas cuentas un asco.

—No, esta vez fui yo quien decidió venir. Me tenías preocupado.

—Ya ¿Y por eso actúas como casamentera? —No era la primera vez que sus padres se interesaban por su involuntario celibato, pero sí la primera en que veía a Lot tan nervioso, algo en su interior le advirtió que aún quedaba mucho por decir.

—No era esa mi intención.

Abner se inclinó por encima del mesón, con curiosidad y listo para explotar a la primera insinuación.

—¿Quieres oír una verdad, campeón? —Esto era nuevo, ¿ahora lo trataba de 'campeón'? Que él recordara, nadie lo llamaba así desde que tenía trece—, sólo quería darte un regalo.

Abner decidió que cualquier regalo que despertara tanta incomodidad en el atrevido de Lot, debería ser catalogado como un bicho peligroso.

Olviden la curiosidad, ahora estaba preocupado. El hombre se había trabado con su propia lengua y para cuando los ojos negros de su padre se encontraron con los de él, éste concluyó lo innegable: Estaba jodido.

—Creí que si te volvías más responsable, con el tiempo, tú me entiendes, podrías formar tu familia

¡¿Quién sabe?! Incluso llegar a tener hijos —era evidente que había memorizado el discurso.

Su padre, su loco y desalmado padre, no tenía la más mínima idea de lo que estaba hablando. Era obvio que la fría de su progenitora lo había enviado ahí.

—¡Lo sabía!, te envió mamá —exclamó mitad victorioso, mitad molesto. La molestia tomó la delantera en las emociones de Abner, estaba ofendido, harto, agotado. Se puso de pie y comenzó a dar zancadas hacia la puerta. Lot lo siguió, casi pisando sus talones. Ambos se detuvieron cuando el rubio habló.

—Lo digo en serio —era el colmo, continuaba defendiéndose, su vista fija en la puerta. Abner la abrió para él, no quedaba un ápice de alegría en su rostro.

—También yo.

—Al menos me dejarás mostrarte mi regalo…

—Confía en mí, no me interesa.

—Sólo quiero que te hagas responsable.

Abner se quitó los lentes que utilizaba para el monitor, un tanto exasperado, pero consiguió mantenerlos en una mano antes de cerrar la puerta tras su cuerpo, dejando a ambos en el interior de la oficina a salvo de las miradas curiosas, lo último que deseaba es que los escuchara su secretaria, o Dios lo librara de Bellet, su mano derecha. Inhaló profundo antes de hablar.

—¡Soy responsable! —En ocasiones, no servía contar hasta diez. Por más que había intentado articular las palabras con lentitud, en su intento por estirar las palabras una por una, terminó apuntando el pecho de su padre con el pulgar de forma temblorosa.

—Mírame —su padre lo hizo—, aquí las personas depositan a diario su confianza, su dinero y su futuro en mis manos.

Abner fue consciente de la mirada compasiva que le daba su padre, sabía lo que veía: un costoso pantalón negro sin planchar, el cabello despeinado y unos anteojos al borde de estallar entre sus manos. Por supuesto, él debía considerarlo una copia suya medio siglo más joven, exceptuando por el cabello negro. Abner sintió vergüenza.

Con una rápida y disimulada mirada a su propia fachada, descubrió que ya tenía los tres primeros botones de la camisa desabrochados, había heredado todos los malos hábitos de su padre, en serio, era un desastre.

—Sabes que no me refiero a eso.

Abner maldijo y caminó hacia el lado opuesto de aquel sitio, lejos de Lot. Recostó su cabeza sobre el cristal, estaba frío y lo ayudaba a despejarse del calor que su sangre hirviendo le había provocado, furia pura. Desde el enorme ventanal que rodeaba el ala norte de Signâtum Corp, Abner podía ver todo el centro neurálgico de la bahía de Lodebar.

La Avenida Lancourte, un amplio bulevar de cuatro carriles que bordeaba toda la ciudad, era la calle más extensa y más lujosa. Las vías estaban separadas por bandejas de un verde artificial y en cada esquina se levantaban enormes palmeras de agua tornasol y por ser meramente decorativas, el agua era de mar. Abner no entendía mucho esa obsesión de su raza por el ahorro, mejor dicho, la comprendía, sin embargo le parecía un tanto exagerada. «Sí, habían pasado por tiempos oscuros, pero ¿No era esa la gracia de la vida? ¿Avanzar?» pensó mientras seguía observando la arteria principal de su ciudad.

En la vereda sur de Lancourte, hay una amplia gama de finos restaurantes de ostentosa gastronomía y diseños extravagantes; joyerías, tiendas de famosos diseñadores y mucha gente mostrando sus adornos como si fueran extintos pavos reales. Las mujeres destacan por el *glamour* y buen gusto, nada de excesos chabacanos, contrario a lo que se acostumbraba en la época de la Globalización. Tomó una bocanada de aire, sin alejar sus ojos de la Avenida, dio unos pasos hacia el noreste, antes de bajar la vista a sus pies, alcanzó a divisar el sector de residencia de las castas fundadoras del país y donde se construían los inmuebles más caros de Lodebar. Para muchos, vivir en la capital era el paraíso y la verdad es que tenían razón. Él estaba bastante satisfecho con su vida, claro, cuando no tenía al fisgón de su padre planeando artimañas para joderle la mañana.

Desgraciadamente, el sitio donde solía encontrar la concentración hasta en el momento menos pensado, ya no le parecía en absoluto agradable, no con su padre aquí.

—Sé muy bien que eres capaz de valerte por ti mismo —agregó éste con tono conciliador, intentaba mejorar el ambiente que había creado, se notaba a kilómetros, pero Abner no estaba interesado en hacerle las cosas fáciles.

—Entonces ¿De qué rayos estás hablando? —el rubio rodó los ojos, mientras buscaba algo guardado en uno de sus bolsillos.

Eso fue raro, incluso para alguien como él. Abner se preguntó en qué lío acababa de meterse y por un instante, hizo su molestia a un lado.

—Ten —le advirtió antes de tirarle un silbato desde una distancia prudente. Abner todavía estaba apoyado contra el cristal, así que no le fue fácil atrapar lo que su padre tan descuidadamente acababa de arrojarle. Observó el silbato con incredulidad.

—No estarás pensando en darme un perro, ¿verdad? —preguntó en voz baja, casi para sí mismo. Había comenzado a moverlo de un lado a otro, simulando a un péndulo. «¡Qué infantil!», se dio cuenta y cesó el movimiento al instante, sólo para ver que su padre lo miraba risueño. Maldito.

—Vamos, ni siquiera tú me crees tan tonto. Sé que eres alérgico —Abner quiso agregar algo, de preferencia una frase que borrara toda expectativa o creencia a su padre de una vez, y de paso, quitar esa sonrisa idiota de su boca—. No pensaste que lo olvidaría.

Abner se limitó a guardar silencio, había preguntas que realmente no necesitaban respuestas, ésta en particular era una de ellas.

—Si no es un perro, ¿para qué rayos quiero esta cosa? —señaló con sus ojos fijos en el silbato.

—Sólo espera y verás.

Abner optó por no decir nada y se llevó una mano hasta su frente, un poco asqueado por la emoción que desbordaba su padre. Para nadie era un secreto que éste amaba los lujos, Abner no quería ni imaginar la clase de animal exótico que había conseguido esta vez. Cuando observó a Lot ver la hora en su reloj de pulsera, la molestia que sentía comenzó a disiparse y un deje de esperanza se abrió paso en su interior.

—Ya es tarde, tú mamá me espera para comer.

—No quiero ser quién te distraiga.

Su padre captó la indirecta, pero antes de salir agregó:

—Piensa positivo, no estarás con esa molesta tos ni los ojos llorosos, sin embargo, podrás disfrutar de una compañía y adquirirás responsabilidad.

«Sí, claro».

Cuando Abner llegó a casa estaba más muerto que vivo, algo preocupante ya que los de su especie gozaban de una condición física extraordinaria. Mientras se dirigía a la cocina en busca de un batido proteico que le ayudara a sosegar el dolor muscular, observó la hora en el reloj de su muñeca y descubrió estupefacto que otra vez se había desvelado por causa del trabajo.

Con batido en mano y un sándwich de queso y lechuga en la otra, se encaminó a su cuarto. Notó que esa noche se encontraba más exhausto que de costumbre, posiblemente por culpa de Lot y sus manipulaciones de padre. Tanto era su agotamiento que pasó directo a la cama sin detenerse en la ducha. Entonces recordó lo que había ido a hacer Lot a su trabajo, además de molestarlo, claro estaba.

Abner decidió que debía a 'la cosa', lo que sea que su padre había conseguido como mascota, por lo menos unos minutos, razón por la cual recorrió las habitaciones una a una, arrastrando los pies casi como un zombi, pero sin resultados satisfactorios. Ya eran las cuatro de la mañana y era muy probable que el animal hubiese huido.

«En una semana ya estaría muerto» pensó con alivio mientras se desnudaba, se tomó menos tiempo del habitual en deshacerse de la camisa «Tengo que dejar de jugar con los botones. Es una pésima costumbre». Se quitó el bóxer y se acomodó bajo las suaves colchas de seda.

—Sí —suspiró con placer mientras degustaba el confort del lecho bajo su desnudez, de inmediato sus párpados comenzaron ceder, los sentía pesados y tibios, finalmente los cerró. Hasta que el teléfono comenzó a chillar.

Abner se giró sobre su cuerpo, cubriendo su cabeza con la almohada para ignorar el molesto ruido, pero éste continuó sonando. Frustrado, como se sentía, alargó una mano dispuesto a arrojarlo contra la pared, pero justo en ese momento el maldito aparato se detuvo. Abner suspiró aliviado y descolgó el teléfono, pero cuando estaba listo para sumergirse de una buena vez bajo la calidez de su cama, comenzó a sonar el inalámbrico.

—¡Tienes que estar bromeando! —escupió furioso, pero la repentina idea de que hubiera ocurrido alguna desgracia lo distrajo de su pila de maldiciones. Podría tratarse de Lot, o peor aún Elle, ¿Y si le había sucedido algo a su madre?

Se levantó con un extraño presentimiento, el miedo había logrado espantar el sueño así que avanzó con rapidez en dirección al mueble más lejano de su cuarto, en donde descansaba el inalámbrico.

—Por favor que se trate de una urgencia de trabajo —rogó irracionalmente asustado y deseando como nunca no ser tan malditamente trabajólico, como para recibir llamadas de esa índole a horas como esas.

—¿Te gustó mi regalo? —musitó la familiar voz de su padre a través del auricular con un tono sofocado. Abner se maldijo por imaginar lo que su interpelante habría estado haciendo antes de llamarle.

—Date por muerto —le advirtió antes de cortar.

—Abner, no, no cortes.

—No me gustó el regalo. ¿Satisfecho? —ni siquiera se detuvo a respirar—, no había una maldita mierda en mi casa, revisé todo, hasta el baño. Así que ahora déjame dormir —cortó.

Esta vez Abner no esperó a que lo volvieran a llamar, se aseguró de dejar desconectado el teléfono y partió de vuelta a su cama. Justo en ese momento recordó que aún quedaba encendido su móvil. «¿Qué mierda hacía con tres teléfonos en su habitación?» Acomodó su cabeza sobre el cojín y estiró un brazo, dispuesto a alcanzar el aparato ubicado en el buró junto a la cama y la maldita cosa sonó.

—¿Cómo puedes ser tan irresponsable? —Gritó la ahora irritada voz de su padre-. Pensé que podrías cuidarla. ¡Dios del cielo! Pobrecita, debe estar congelada. Maldición Abner, pasará lo mismo que ocurrió con tu último pez dorado.

Abner hizo una mueca triste ante el recuerdo de aquel pequeño compañero, había durado un mes, después de él, el resto de sus mascotas sólo habían ido muriendo regresivamente. ¿Podían culparlo? Había hecho todo cuanto estaba a su alcance, le había comprado comida para los próximos diez años, incluso había mandado a hacer un acuario que cubría una pared de su sala de estar.

¿De qué había servido? Había llegado del trabajo sólo para ver al pequeño Max flotando panza arriba. Desde ese entonces había renunciado a la idea de tener mascotas. Treinta años habían pasado ya desde su última tenencia.

—¿Crees que se escapó?

—Imposible, la dejé encadenada en tu patio trasero, pero lo más probable es que haya pescado un resfriado.

Abner soltó el teléfono sobre la cama. Tal vez el pequeño ser aún vivía. No estaba interesado en tener nuevos compañeros de juegos, ya no era un niño. Sin embargo, no estaba orgulloso de que todos los animales que había tenido terminaran con el mismo futuro, o la falta de uno.

Rápidamente se puso su bóxer para salir al jardín, más por comodidad que por temor a que lo viera un vecino ya que no tenía. Las residencias de Lancourte, estaban construidas a una distancia de dos kilómetros de una con otra. En momentos como esos realmente adoraba su posición económica.

Cuando encendió la luz del jardín todo lo que vio fue la piscina vacía y el jardín atestado de rosales.

—Por favor que no haya sentido sed —rogó mordiendo su labio. Aterrado ante la posible idea de que el animalito hubiese muerto ahogado.

En serio, le gustaban los animales, no era su culpa que éstos perecieran apenas caían en sus manos. Maldito Lot por regalarle criaturas indefensas, era como enviar un cordero al matadero, para Abner no había mucha diferencia.

Avanzó en dirección a la piscina, para corroborar o descartar su trágica idea. De hecho, inhaló todo el aire que le fue posible, preparado para encontrarse con una escena aterradora.

Pero nada.

Se arrodilló a la orilla de la pileta, justo en el borde y estiró el cuello para tener una mejor vista a través del agua.

Nada.

Derecha, izquierda; el mismo resultado.

Nada.

Abner no sabía por donde continuar la búsqueda, por eso adoraba más su auto que su casa, era demasiado grande para él solo; de ahí la idea de sus padres en encontrarle una esposa o mejor dicho, exigirle que les diera nietos. Desde que Elle se negó rotundamente a usar a una *matriz* para poder concebir, una práctica tan absurda como común en la mayoría de las mujeres debido a la esterilidad congénita de la raza, sus padres no habían hecho más que presionarlo para que sentara cabeza. Obviamente, él no lo haría, la imagen de ser padre le atraía tanto como la de tener un perro.

Lot había mencionado que la criatura estaba encadenada en el patio trasero, por lo tanto descartó avanzar los quinientos metros que lo separaban de las canchas de tenis. Lotter había mencionado que dejó a la criatura en el patio trasero así que por aquí debía estar. Siguió dando vueltas por el jardín, pero no fue hasta que se aproximó al muro que resguardaba su propiedad que descubrió que no estaba solo.

Junto a los rosales, entre los cientos de espinos, un par de ojos grises lo observaban con horror, mientras que una gruesa cadena se ceñía en sus tobillos. Sólo entonces Abner reparó en que debería haber preguntado a su padre de qué animal se trataba.

3

Z-505 o Sem, como se hacía llamar, cubrió sus ojos con la mano para protegerlos de la luz. Esa mañana no era diferente a las otras, el sol continuaba azotándole con su calor, convirtiendo una piel que solía ser tan clara como la nata, en un forzado tostado, acentuando su perfil de macho para el trabajo forzado. Ocupación que prefería mil veces ante las labores de un *equs*.

Sí, puede que se rompiera el lomo levantando sacos de cemento, pero entre hacer eso y tenderse en una cama mientras quitaban todo de él para futuras copias suyas en miniatura que ni siquiera conocería, definitivamente le parecía mucho más digna la condición de *onus*. Habían pasado cinco años desde que lo habían cambiado de área y no se había arrepentido ni una sola vez.

Evitó a toda costa dar un vistazo a la humana arrimada en la hamaca frente a él, o a su esposo. ¡Maldición! No podía controlarse, tenía miles de pensamientos erráticos ocupando su mente; culpa, lamentos por su idiotez y rabia por su debilidad. Maldita fuera. Nadie debería verse así, con ese cabello espeso coqueteando en su cintura, lo traía enfermo, al límite. Locura y cordura por igual.

Ella tenía los ojos siniestros y Sem jamás en su vida había visto tanta frialdad, probablemente por la ausencia de color en ellos, cualquiera fuera la razón, era escalofriante, más para él, que estaba acostumbrado a lidiar con la ternura que vibraba en la mirada de sus pares, iris verdes o grises, siempre claros, nada que ver con el infierno que parecía absorberlo cada vez que esa humana pestañeaba frente a sus ojos. Esos pozos de petróleo parecían devorarlo todo, pero a cambio no daban ni un veinte. Y a pesar de su esencia diabólica, para él era un ángel. «La paradoja de Sem», pensó el *onus* riendo para sí mismo.

Una semana atrás, había llegado a aquel sitio junto a dos pariahs que como él, no eran más que animales de carga. El escenario auguraba hacer lo mismo de siempre, construir casas y levantar muros. Y Sem acostumbrado a no generarse grandes expectativas, se sintió feliz al constatar que esta vez, se había equivocado y la tarea para la cual fue traído no era compleja: una piscina rectangular bastante sencilla, como cualquier otro trabajo.

Suspiró agotado, deseando ya no sólo a la mujer que acompañaba al humano frente a él, sino también al extraño líquido ámbar que se agitaba en su copa. Estaba sediento.

—Date prisa, no tengo todo el día —ordenó ella con tono impaciente y en un volumen alto, ya que habían varios metros situados entre ambos.

Escupió hacia un lado, cuidando que sus amos no lo vieran. Estaba tan cerca de perder el control. «Elle», el nombre no llegó a salir de sus labios. Siempre igual de altanera y tan malditamente prepotente. Era insoportable.

Se tragó una maldición y optó por continuar con su trabajo, ya tendría tiempo para cobrársela más tarde y moría de ganas por hacerla pagar, incluso cuando no estaba en sus manos hacerlo. Difícil, pero no imposible, existían muchas maneras de castigar a alguien, incluso si ese alguien te tenía atado de manos. Volvió a tomar la pala y continuó cavando en la grava. Si dependiera de él no terminaría nunca.

La humana volvió a escupir alguna clase de insulto, uno que él no oyó y que poco o nada le interesaba. No necesitaba más razones para odiarla.

—Querida, tómatelo con calma, aún queda tiempo —escuchó que el humano intercedía por él. Pobre idiota, usaba un tono tan amable y conciliador, que a Sem le pareció un marica y al parecer, a su esposa también, ya que bufó molesta.

El espeso sudor se deslizó por su rostro y todo el polvo gris del cemento que atestaba aquel lugar, rápidamente comenzó a adherirse a su piel. Sem sacudió sus manos y se las llevó hacia el rostro. De nuevo, él intentaba de algún modo quitar la humedad, pero sólo consiguió formar una pasta acuosa.

—¡Maldición! —Entrecerró los ojos e intentó sin suerte limpiar la suciedad que acababa de entrar en ellos, mientras luchaba contra el ardor bajo sus párpados. Aún así, la vio.

Siempre la veía, al menos desde que había llegado a la mansión Gurges-Vitallus. Su rostro lucía serio, pero esa actitud indignada no la hacía ver mayor, de hecho la hacía lucir hermosa. Sem la observaba y ella deliberadamente evitaba su mirada.

«Mírame» pidió en su mente, mientras luchaba contra el calor.

Sem sacudió su cabeza, dándose por vencido con el asunto del barro y molesto consigo mismo. Quería alejar a Elle de sus pensamientos, por lo que cambió su fantasía por una no tan buena, pero igual de apetecida: una ducha.

Realmente mataría por un baño, excepto que no podría hacerlo sin el permiso de sus amos. Sem no era dueño ni siquiera de los alientos que absorbía. En la escala de especies, los *onus* eran de última categoría, prácticamente eran burros de carga. Puede que él tuviera unos trabajos extras, sin embargo era incapaz de quejarse. No con ella.

—Si sigues pensando así, la piscina estará lista el próximo año —escupió la culpable de su tormento con una firmeza sobrecogedora. Por lo general, ella conseguía doblegar al más fuerte de los hombres, bastaba con verse a sí mismo, había cedido a cada uno de sus caprichos—. Además, le hablé al *onus*, no a ti.

«¡Genial!, simplemente genial» pensó Sem. Se refería a él, pero era incapaz de verlo a los ojos. El *onus* por el contrario, la observó hablar y esta vez no alejó sus ojos de su rostro, a sabiendas de que aquel detalle, la pondría nerviosa. Mirarla siempre se trataba de algo nuevo, un espectáculo que ponía a prueba su cordura.

Pero Sem ya había caído preso bajo su hechizo. Ella había construido, en base a sensualidad y carácter, las cadenas que amarraban su cuerpo, alma y mente y lo complejo era que no estaba tan seguro de querer las llaves para conseguir su libertad. Sin embargo, Elle insistía en no mirarle.

Hit Gurges por su parte, suspiró rendido, evidentemente estaba cansado de su mujer. Es que el carácter de esa humana era en verdad algo único. Sem nunca creyó en las leyendas que circundaban por su especie; historias como que "alguna vez todos formaron una misma raza", lo hacían reír descontrolado. Ni siquiera creía en ángeles o demonios, pero tenía claro que si tuviera que encontrar la reencarnación de Satanás, esa sería Elle Vitallus.

Esa mujer era el Diablo en persona, piernas que parecían eternas y un cabello dorado, tan suave que te robaba el aliento y su olor. Joder, el deseo comenzaba a colmarle cada poro de su sucia piel, pensar en esa mujer era un suplicio. ¿Recordarla?, aquello era imperdonable, concentró su atención nuevamente en el cemento, evitando que su necesidad por ella lo pusiera en evidencia.

«Maldita, mil veces maldita»

—Hey, ¿Cuánto crees que tardará en estar lista la piscina?

«Su voz una oda a la sensualidad», pensó Sem, mientras luchaba por no demostrar cuánta rabia y deseo sintió al oírla.

Uno, dos, tres... Los segundos pasaban y con ellos el *onus* hacía lo posible. La humana era una arpía, sabía perfectamente lo que provocaba en él ¿Por qué otra razón se referiría a Sem en primera persona? No era común que ella le hablara directamente, menos si podía evitarlo hasta que estuvieran solos.

«¡Concéntrate!»

Se recordó que de todos en aquel sitio, Hit era el único que parecía sentir simpatía por él y el resto, incluso sus pares, lo miraban con asco. Y ¿Por qué no decirlo? también un poco de envidia. Sobre los encargados del aseo y mantenimiento en la mansión, pues de ellos ni hablar. Con suerte le dirigían la palabra y no eran precisamente amables. Elle en cambio, bueno, ese era un tema aparte.

Resignado a cumplir con su trabajo, aquel para el cual había nacido, se resignó a obedecer. Dejó la pala junto al montículo de tierra y sacudió sus manos en sus desgastados *jeans*. Él era perfectamente consciente que la tela que cubría su muslo derecho, estaba tan raída que dejaría su piel al descubierto, también que ella lo notaría, con ese último pensamiento sonrió satisfecho y se encaminó hacia la pareja con la intención de responder.

—Amo —inclinó su cabeza, como hacían los pariahnos siempre que se encontraban frente a un humano. Por desgracia, la palabra brotó de sus labios como una burla, no con el respeto y devoción que debería emplear. Afortunadamente, Hit era un idiota en toda la extensión de la palabra y sonrió en respuesta, así que Sem continuó—. El terreno fue marcado apenas la semana pasada y somos sólo tres *onus* trabajando en su construcción.

—Debería bastar —intervino la rubia—, ¿No es su especialidad acarrear cargas? —Sem quiso decirle que tenía por lo menos diez especialidades más y ninguna de ellas incluía cemento, al menos que fuese el de una pared y con ella atada a esta «Oh sí, aquello definitivamente era su especialidad». Los labios se curvaron en una sonrisa, mientras se disponía a responderle a la dama.

—Con su permiso, ama Elle —esperó por su reacción y cuando ésta no lanzó una de sus habituales frases mordaces, prosiguió—. Considero que si bien sus dichos son acertados, incluso siendo los mejores dentro de nuestra especie, no se puede quitar toda la tierra de su jardín en sólo una semana. Como dije antes, somos apenas tres y usted pidió una piscina de 180 metros cuadrados. Me temo que lo que pide es imposible.

Ella bufó molesta y se puso de pie, sus piernas esbeltas parecían nunca acabar y captaron la atención de todos los hombres en el jardín, humanos y pariahnos.

—¿Cuánto tiempo? —insistió Hit sin notar dónde había ido a parar la atención del *onus*. Por su parte,

Sem estaba distraído tratando de no evocar su olor o el sabor de su piel, de otro modo terminaría diciendo alguna idiotez y sabía que no tenía derecho a sentirse así de enfermo, sobretodo no con esa mujer.

—Un mes, como mínimo.

—Muy bien —finiquitó el humano y el *onus* asintió, luego dio media vuelta, listo para volver su atención a la construcción, probablemente podrían tardar menos en quitar la tierra y por fin terminar la piscina. Sin embargo, el matrimonio se había negado a introducir retroexcavadoras por temor a dañar el jardín, aunque Sem comenzaba a pensar que Elle tenía otros motivos para prohibir la máquina, unos que no tenían relación con el amor por las plantas. Quién sabe, tal vez él no era el único sin prisa.

Maldiciendo su falta de compromiso, Abner avanzó hacia el rincón en donde su nueva mascota lo esperaba, pero en cuanto dio el primer paso, el arbusto en donde la criatura estaba escondida se sacudió y los ojos grises desaparecieron de su vista.

Muy bien, ahora se había quedado sin ideas, la cosa estaba asustada, comprensible, pero justo ahora no le apetecía jugar, estaba cansado, su jornada en la fábrica había sido agotadora y todo en lo que podía pensar era en una cama suave y cálida.

Volvió a intentarlo, inclinándose lo suficiente para vislumbrar algo de su rostro, pero el resultado fue el mismo: la pequeña cría se alejó al menor avance del moreno. Por lo menos esta vez reparó en el detalle de sus ojos, eran enormes y parecían devorarlo todo. Claramente él no inspiraba confianza, su padre tenía razón, sólo bastaba con ver al pariah para corroborarlo.

Más les valía a sus padres darse por vencidos después de esto.

—Ya sé, ¿Está bien? —Continuó avanzando y en su mente ya no figuraba la comodidad de su cama, sino que… Qué demonios iba hacer con su nueva adquisición—. No te simpatizo.

Finalmente, la distancia entre la criatura y él se esfumó. A Abner le bastaba estirar un brazo para poder alcanzarla, sin embargo no se movió.

—Hola —dijo en cambio, mientras pensaba en algún modo de sacarla de su escondite.

Ella no respondió. Bueno el silencio era mejor que una huída. Pensó en ir por comida y ofrecérsela a cambio de que accediera a salir de entre las ramas. Hasta donde él sabía, los pariahnos eran casi iguales a los humanos en materias fisiológicas, como los simios, sólo que a diferencia de éstos últimos, los pariahs podrían dañarse, eran muy frágiles, y ese rosal... Abner frunció el ceño con preocupación, podría lastimarse gravemente con esas espinas.

—Hey —insistió, pero la hembra no hizo nada, nada de gritos, nada de llantos y absolutamente nada de risas.

A falta de una mejor idea, se agachó y comenzó a palmearse los muslos, como instándole a acercarse, pero fue en vano, la pariah seguía sin moverse. Medio vencido por su falta de ideas, recordó que la novia de su amigo Heber solía cambiar la voz para hablarle a su perro.

—H-o-l-a —articuló letra a letra, cegado por la falta de opciones y con una voz casi femenina; al instante quiso darse de bruces por caer tan bajo. Pero era tarde y demonios, mañana tenía que madrugar. Finalmente perdió los estribos.

—¡Sal de ahí ahora! —exigió con una voz que no daba espacio a réplicas. Abner de verdad estaba dispuesto a ir por una escoba con tal de sacarle de los matorrales. Nunca pasó por su mente agredirla, pero al igual que los perros, él pensó que bastaría un poco de coacción para hacerla reaccionar. Su pensamiento fue acertado y en efecto, funcionó.

Dos manos blancas se asomaron por la hierba, sus uñas estaban rotas y ensangrentadas.

—Maldición —jadeó y ella se detuvo asustada, probablemente pensando que se debía a ella, lo que era en realidad cierto, pero no de la forma que pensaba. De cualquier modo, en vista de que él no añadió nada más, la pariah continuó arrastrándose hasta mostrar el resto de su cuerpo y fue ahí que Abner perdió el aliento, era sólo una cría.

Un escalofrío recorrió su espalda, probablemente gracias a la brisa suave que refrescaba la noche, aquello le recordó que se encontraba medio desnudo. Pero la sensación de encontrarse expuesto ante una chica, no le molestó en absoluto, al menos no como la de pescar un resfriado. Después de todo, era una hembra pariahna no una mujer, por mucho que se parecieran.

Volvió a palmear sus muslos, instándola a acercarse. No lo hizo.

—No quiero abandonarte a la intemperie, pero no me dejarás más opción que esa si insistes en quedarte aquí —la criatura continuó sin inmutarse, aunque él no podría afirmarlo, ya que una masa de cabello oscuro cubría gran parte de su rostro.

—Vamos, estoy seguro que no quieres pasar la noche aquí ¿verdad? —en vista de que ella seguía sin responder, Abner dio media vuelta en dirección a su casa, acababa de encontrar una solución a su problema.

Sin abandonar su rincón seguro junto a las rosas, Y-315 observó a su amo irse. ¿La estaba abandonando? No, no podía ser eso, tenía que ser otra cosa. Ella dejó salir el aire que había estado aguantando minutos atrás. El humano era todo lo que habían dicho y a la vez no era como nada que hubiese visto antes. Estaba oscuro y las luces que se dejaban ver desde la piscina no iluminaban suficiente como para verificar si su amo, era como los fantásticos humanos que su maestro del criadero, le había descrito que eran.

Muchas horas atrás, después de que su *avari* la preparó, un agradable humano con el pelo color oro llegó a buscarla al criadero y le había informado, más o menos, a lo que se tendría que enfrentar. Cuando el rubio le explicó cómo sería su nueva vida, ella pensó que estaba exagerando en muchas cosas, comenzando por el tamaño de la casa, pero no lo habían hecho. Era inmensa.

No había conseguido explorar mucho, porque la cadena que la mantenía sujeta al terreno cerca de los rosales, era demasiado corta, sin embargo en el trayecto hacia el caserón pudo observar que en el paisaje abundaba el color verde y cuando cruzaron el arco de la entrada, le dio la impresión de que estaba ingresando a un castillo provenzal enclavado en el pasado. Igual a los que se construían en la era de la globalización, o al menos eso le habían enseñado en Historia oral de las razas.

Una vez que el vehículo se detuvo, el rubio la ayudó a bajar evitando todo contacto físico, la pariah para facilitarle las cosas, se lanzó fuera del auto. Una vez afuera respiró hondo y atrapó en sus pulmones una brisa exquisita que olía a pasto húmedo y a algo más que no supo identificar. Segundos después, el rubio la instó a seguirlo por una vía gravillada que era acordonada por arbustos florales. Luego subieron por una escalinata arqueada, para segundos después volver a bajar hasta llegar al patio trasero donde se encontraba la piscina, donde más tarde la encontraría atada su nuevo amo.

A Y-315 sólo la habían encadenado dos veces en su vida, cuando expulsaron a Sadoc y ahora. Es decir, la primera vez realmente se lo había merecido, había sufrido una fase de descontrol que entre gritos y llantos no dejó a nadie indiferente, ni siquiera Sadoc, muy por el contrario, su compañero de juegos se había autoexiliado al romper las reglas queriendo ayudarla. Sadoc, al igual que sus padres, era un rebelde que no sabía valorar la bondad de la raza humana.

Y aún así ella había llorado en su honor, aunque también por culpa. Fue por causa de su descontrol que su amigo violó las reglas, si se hubiera mantenido serena como generalmente solía ser, quizás su amigo estaría a salvo. Por eso agradeció que la encadenaran al poste del centro del criadero, al aire libre, donde nadie pudiera salvarla de la lluvia ni el frío, apenas habían sido unas horas, pero aún así la redimió porque en aquel entonces, ese pequeño lapso de tiempo, le pareció eterno. Sí, ella había aprendido la lección de lo imperioso que era reflexionar antes de hablar.

Por esa experiencia fue que había guardado silencio cuando el tipo con cabello dorado le había pasado el grillete por el tobillo. De hecho, el humano, quien se presentó como Lot, había explicado a Nyara que esto evitaría que se perdiera en la gran casa donde residía su hijo, o en el peor de los casos, cayera al agua, Y-315 dudaba que eso pudiera ocurrir, pero lo agradeció de todas maneras.

—¡Listo! —exclamó su amo, quien venía corriendo en dirección a ella, pero algo en él era diferente. Su atuendo, se había cubierto el torso.

Una vez frente a ella, se puso en cuclillas para alcanzar su altura.

—Eres una *virgo* ¿no? —Ella asintió, agradeciendo que por primera vez ambos estuvieran en sintonía. Comenzaba a temer que no se sintiera conforme con ella y optara por devolverla a su criadero.

Observó a su dueño moverse inquieto. Se había puesto una mano bajo la barbilla, metiéndose el dedo pulgar en la boca, mordiendo la uña, como si todo lo que estaba ocurriendo en ese momento fuera un acertijo. Aquello le pareció de lo más extraño.

—Bien, lo supuse —respondió cortés, confundiéndola aún más, no se veía como alguien que lo supusiera, pero ella se limitó a mirarlo, debatiéndose entre permanecer en silencio o agregar algo. Después de todo, nadie le había dado permiso para dirigirle la palabra

—Vale, no —añadió el humano después de un rato con actitud avergonzada. Aquello la incomodó aún más, él estaba avergonzado y era culpa suya, sin saber qué hacer, continuó sin moverse. Comenzó a respirar de forma débil, evitando por todos los medios molestar a su recién estrenado amo, algo en él no era normal. Era casi divertido.

—¿De verdad piensas ignorarme?

Los ojos de Nyara se abrieron alarmados. Por supuesto que no lo estaba ignorando, pero tampoco podía hacer otra cosa más que oírle, su deber era complacer al amo, no dar su opinión o puntos de vistas.

—Muy bien —finiquitó él—. No quería llegar a este punto, pero no me dejas alternativa.

La criatura observó aterrada como el humano se alzaba y abría la parte superior de su bata, exponiendo el silbato que colgaba de su cuello, pero no era cualquier silbato, sino un *sibilus* idéntico al que solía usar su *avari*.

Cuando vio la resolución en sus ojos, Nyara abrió la boca para implorar, pero en cuanto lo hizo comprendió que era tarde, su amo ya se lo había llevado a los labios. Cerró los ojos esperando el suplicio.

Abner sopló el silbato que su padre le había dado horas atrás en el trabajo. Honestamente, no tenía demasiadas esperanzas puestas en ese instrumento, pero supuso que tal vez esas criaturas vendrían adiestradas. Quién sabe, quizás extendían la mano a modo de saludo. Sin embargo, no le llevó demasiado tiempo descartar esa teoría.

Las pequeñas manos de la pariah se fueron directo a los oídos, al parecer en un intento por eludir el sonido. «Qué extraño», pensó Abner, no oyendo nada en absoluto. Bruscamente, la criatura cayó desplomada a sus pies. Abner dio un paso atrás, consternado y sin entender qué rayos acababa de pasar. Lo primero que hizo fue arrancarse de un tirón el silbato y arrojarlo en la piscina.

Ahora podía ver el cuerpo de la criatura desparramado entre los rosales. Al fin podía verla por completo y la joven hembra no aparentaba más de quince años. Se inclinó frente a la *virgo*, alejando cuidadosamente las hebras de cabello que se deslizaban a lo largo de su cuello, era muy angosto y sus frágiles huesos sobresalían a la altura de la clavícula.

Rápidamente, acomodó dos dedos bajo su mandíbula, buscando signos vitales, no pudo ver si había perdido el color porque tenía el rostro cubierto por cabellos, ramas y tierra. Estiró la manga de su bata, dejando a la vista un costoso *Rolex* y esperó que el segundero avanzara.

— ¡Oh no! —exclamo después del minuto, cuando comprobó el ritmo cardíaco de la cría, su pulso era débil, casi ausente.

Diablos.

Tenía pésimos antecedentes como poseedor de mascotas. No ésta, ella no podía morir, ¿Menos de un día? Ni siquiera su último pez dorado duró tan poco. Se apresuró en arrancar la cadena de sus pies, agradeciendo que éstas no utilizasen llave, sino clave. Secretamente, continuaba siendo un sentimental incorregible y toda su casa mantenía un sistema de alarmas computarizado con la misma combinación: La fecha de cumpleaños de su madre.

¿En qué demonios pensaba cuando utilizó aquel silbato?, pero aún ¿Qué diablos hacía Lot regalándole eso? Había ingresado a la casa con la idea de llamar a su padre y exigirle una explicación o al menos un tutorial de cómo criar una pariahana, pero entonces recordó el regalo que le había llevado a su oficina horas atrás.

"Sólo espera y verás", habían sido las palabras de Lot y Abner había entornado los ojos al oírlas. Ahora en cambio, se lamentaba por ser incapaz de retroceder el tiempo, hubiera deseado poner mayor atención en las palabras de su progenitor. "Piensa positivo, no estarás con esa molesta tos ni los ojos llorosos, sin embargo, disfrutarás de una compañía y adquirirás responsabilidad". Tenía que darle ventaja, no había mentido del todo, al menos un pariahno no le provocaría alergia.

Cargó a la *virgo* en sus brazos, con la intención de llevarla al interior de su casa, la noche no era excepcionalmente fría, pero ella sólo portaba una precaria túnica color ocre. Abner dudaba que aquello fuese cómodo, mucho menos abrigador.

Podrían acusarle de ser un mal amo, pero nunca de hacerlo a propósito. Sus mascotas habían muerto por casos fortuitos, no desinterés. Maldijo otra vez y se dirigió hacia el interior de su casa, buscaría su maletín de primeros auxilios. No era un experto en materia de pariahs, pero sabía curarse a sí mismo cuando se abría una herida. No podían ser tan diferentes, ¿o sí?

4

S em dejó escapar un gemido cuando el agua llegó a la zona de su torso, estaba fría. El resto de sus compañeros habían alcanzado a utilizarla tibia, pero órdenes son órdenes y él, a diferencia de sus pares, debía quedarse hasta altas horas de la madrugada excavando.

Recostó su cabeza contra la pared del baño, intentando no pensar en ella o en el sueño que había tenido la noche anterior. A veces, cuando la paciencia alcanzaba su tope máximo pensaba en huir. En momentos como ese, daba igual lo que les esperaba a quienes huían o que su destino fuera incluso peor que la muerte. Abrió la boca con la vista hacia el techo para tragar unos chorros de agua, en un afán por encontrar algo positivo en darse una ducha fría.

Últimamente se sentía desorientado, confundido y en ocasiones desesperado. Sem no sabía qué palabras escoger o qué decisión tomar. Estaba claro, no tenía poder real sobre sus propias acciones, pero incluso los de su especie tenían dignidad. Aunque desde su llegada a la residencia de los Vitallus, parecía haberla perdido.

Retomó el hilo de sus pensamientos acerca de una eventual fuga y sus facciones se tornaron serias de inmediato. No se trataba de que no pudiera vivir sin ella, sino que ni siquiera se atrevía a imaginarlo. Cerró los párpados, mientras las frías gotas se deslizaban por su rostro, hombros y todo el largo de su cuerpo, hasta que la sintió acercarse.

—Muévete —ordenó con una voz neutral, él abrió los ojos lentamente y prosiguió a obedecer como el siervo que era.

—Está fría —le advirtió antes de obedecer, pero la humana no hizo caso y en lugar de eso, empujó con su hombro haciéndolo a un lado.

Elle deshizo el lazo que anudaba su bata en la zona de su cintura y la gasa se deslizó con suavidad por su cuerpo, demorándose en cada una de sus curvas hasta dejarla completamente desnuda frente a él. Se tomó su tiempo disfrutando de la forma en que él la veía, exhibiendo toda la gloria de su anatomía ¿Desnuda? Sí, pero nunca expuesta.

—Perfecto.

Sem comenzaba a encontrarle la razón, ella acababa de darse la vuelta mostrando unos glúteos dignos de ser esculpidos y él aprovechó ese momento para intentar pensar, «qué rayos tramaba ella». Pero no tramaba nada, simplemente estaba desatando su enorme trenza rubia, era tan larga que le rozaba la cintura.

Ella alzó el rostro girando hacia atrás y lo sorprendió viéndola, Sem reconoció de inmediato el sentimiento en sus ojos, porque era el mismo que imperaba en los de él: deseo.

—¿No alcanzaste agua tibia? —Sem creyó percibir un ápice de preocupación en su voz al preguntarle. Enarcó una ceja por pura costumbre y Elle rodó los ojos ignorándolo e introduciendo un pie en la precaria ducha de los *onus*.

—Son muchos los que ocupan este baño —respondió él, incapaz de apartar los ojos de la extraordinaria anatomía femenina. Demonios, incluso desnuda se veía tan omnipotente «¿Existía acaso algo imposible para Elle Vitallus?»

La humana soltó una cruel carcajada y la sangre del pariah se congeló, temiendo haber dicho algo en voz alta. Elle avanzó hasta quedar frente a él, su pecho cercano a su torso, casi tocándose bajo el chorro de agua fría y cuando fue alcanzada por el agua, dejó escapar un suspiro ahogado, no chilló, ella era demasiado fuerte para eso.

—No es cierto —le contradijo, mientras sus largas ondas claras se adherían a su piel ahora húmeda; primero por los hombros, luego por el cuello e incluso más abajo.

Sem tragó el aire acumulado en su garganta, con las manos inmóviles a ambos costados de su cuerpo, dispuestas a romper la pared si hacía falta con tal de liberar su frustración.

—Lo que sucede es que te envidian —añadió, acomodando la mano en su pecho entumecido y su contacto lo quemó. Ella parecía disfrutar de su respuesta.

Mordió su labio inferior y tragó pesado, mientras esos dedos largos y delgados comenzaban a trazar círculos por la piel de sus tetillas.

—Te envidian porque eres el mejor —las manos de ella eran imparables una vez que empezaban a tocarlo. Adoraba sus caricias.

«Si tan sólo»

Sem la tomó de la muñeca, obligándola a retirar la palma de su torso, la piel de esa zona aún ardía y su lado masoquista quería que lo volviese a tocar, pero más anhelaba poder estar dentro de ella. Los giró a ambos, dejando a la arrogante de su ama con ambas manos por sobre su cabeza. El chorro de agua caía ahora sobre su propia cabeza, dificultando su labor.

—Tan fuerte —insistió ella, mientras él se mantenía inmóvil. Había tomado la iniciativa y ella podría castigarle por eso, pero en ese momento Sem estaba preparado para soportar cualquier suplicio con tal de alcanzar la liberación.

Llevó su mano libre hasta la llave y la cerró, sin el ruido del agua los gemidos de su dueña eran audibles, fuertes, encantadores. Una sonrisa se instauró en su propia boca.

—Tú no quieres que me vaya —se atrevió a confrontarla y el semblante de la rubia perdió el color, incluso si hubiera estado en condiciones de decir algo, no habría podido. Sem no le dio tiempo para replicar o terminar de disgustarse, en su lugar, liberó los brazos de la humana e inclinó el rostro, y ella al instante lo alcanzó.

Ya no había espacio para miedos, siempre era así. Sus bocas se encontraban con orgullo e insolencia; eran violentas, groseras, no se trataba de una caricia sino dominio, competir por someter al otro, el único momento en que se encontraban en igualdad de condiciones. Luchando por robar el oxígeno al contendor y de paso impregnarse al máximo posible de su sabor.

Un solo paso en falso y ambos terminarían cediendo, él lo sabía, pero era incapaz de comprender a esa mujer, se limitaba a tolerarla. Ella deslizó sus brazos por todo el grosor de su cuello, atrayéndolo más cerca, pidiendo más roce y exigiendo más.

Sem gimió contra su boca mientras la oía reír; jadeos, carcajadas y ruidos de roces secundaron sus movimientos. Guerras de manos aferrándose al cabello al igual que dientes a la piel, Sem sabía jugar sobre terreno seguro, Elle se lo había enseñado. Siempre zonas sin riesgos, siempre sin dejar marca.

Mordía su boca y lengua las veces que fuera necesario, absorbía todo de él y entregaba nada a cambio. Elle estaba próxima a concretar y Sem no se sorprendió. En los últimos cinco días la había conocido en más de una forma y sabía que Elle odiaba verlo mientras se adentraba en ella.

Como era habitual, desvió la mirada y él la levantó en sus brazos, mientras las piernas de ella rodeaban sus caderas. Piel contra piel redefiniendo los límites. ¿Dónde empezaba el humano y dónde acababa el pariah?

Una de estas noches él se rebelaría, una de estas noches ella no lo visitaría... una de estas noches el sueño de Hit se interrumpiría. La detonación de placer los sacudió. Ambos jadearon ante el íntimo contacto, sus frentes tocándose, sus ojos evitándose y el corazón de ambos mintiendo.

Y-315 despertó, extrañando el duro roce de las púas bajo sus pies, tampoco sentía el malestar de la cadena en su tobillo. Abrió los ojos y sus pies estaban libres. Luego giró su rostro y no reconoció nada en absoluto, los olores, los colores, sobre todo las texturas, todo era completamente diferente.

Se arrastró con sus codos hacia atrás, pero chocó contra una pared o por lo menos su cabeza dio con una, el resto de su cuerpo se mantuvo recostado sobre esa superficie blanda.

«¿Qué estaba pasando?»

Permitió a sus manos deslizarse cautelosas por la tela y era fría, pero no como el jardín o el criadero donde solía vivir. Aquel sitio era frío en un sentido agradable, porque se adaptaba a la temperatura de su cuerpo o eso le pareció a ella. Pero cuando escuchó unos pasos acercarse se apresuró a volver a su posición anterior para fingir que dormía. Seguía sin entender nada.

Abner caminó hasta el centro de la sala y se sentó en una orilla del sofá de cuero donde ahora dormía la pequeña hembra *virgo*. Al menos había recuperado su color, si es que se podía llamar de esa manera, ya que su rostro continuaba escondido por una enredadera de cabellos oscuros.

En un principio, había pensado en dejarla, en llevarla al *veterinae*, pero recordó la hora y era imposible que lo atendieran. Si bien era una persona de importancia, nadie ayudaba a un pariahno después del toque de queda. Ni siquiera a un pariah suyo. De modo que había optado por dejarla dormir en el sofá y se limitó a esperar paciente hasta la hora en que la pequeña criatura despertara.

El pecho de ella subía y bajaba a medida que inhalaba, demasiado fuerte para alguien que está dormido. Abner sonrió sin poder evitarlo, sin embargo la mano izquierda de ella captó su atención, se encontraba doblada bajo la oreja de un modo que a todas vistas era incómodo, se apresuró a estirarlo, pero ella no se dejó.

—Veo que ya despertaste —murmuró sorprendiéndola en su mentira y consiguiendo finalmente apartar el brazo de la rebelde criatura.

Una vez que la piel del cuello quedó libre Abner comprendió que estaba herida, la pequeña *virgo* estaba escondiendo una fea llaga, seguramente hecha por los rosales.

—Diablos —exhaló preocupado, comenzando a buscar con torpeza en el interior del maletín de primeros auxilios que había llevado hasta el sofá mientras ella dormía.

Y-315 aprovechó su distracción para alzar el rostro y con torpeza comenzó a apartar el pelo de su cara. Ahora, con más luz, la *virgo* finalmente pudo ver al humano sin perder detalle y bastó una mirada para confundir la noche con el día. Sólo una mirada y había olvidado incluso cómo se debía respirar, comenzó a toser ahogada, mientras su amo se arrodillaba, poniéndose a su altura. Eso sólo la ayudó a verlo más de cerca.

Su pequeño corazón comenzó a latir desesperado. Realmente él era todo lo que le habían dicho, su piel era clara del tipo cremosa, como todos los humanos, para nada similar a el blanco enfermizo que imperaba en su raza y limpia, muy limpia, tanto que hasta el aroma la atontó: olía a especias frescas, como bosque en invierno y hierbas húmedas, tal vez un poco a pino también. Volviendo a su cara, notó que su amo era lo que muchos llamarían hermoso, cosa que para ella sólo coincidía con la descripción del sol o las estrellas. Pero ahora, no podría importarle menos, estaba demasiado concentrada mirando sus ojos, mirándolo de verdad.

Ese humano tenía unos ojos realmente excepcionales, tal vez esa era la razón por la que los de su especie tenían prohibido mirarlos a la cara en primer lugar. Lo que recordó a la *virgo* que, de hecho, estaba rompiendo una regla. Entonces, una de las esquinas en la boca de su amo se curvó y ella dejó de pensar con claridad.

Sabiendo que era algo malo, se permitió inhalar otra vez robando otro poco de su olor, mientras su amo todavía en cuclillas, continuaba hurgando en su maletín frente a ella.

—Tienes una herida muy fea —le admitió serio y rodeó la muñeca, ella comenzó a alejar su mano, pero el humano no dejó que se soltara.

—¿Sabes? creo que puedo con ella —finiquitó con voz dulce y guiñándole un ojo. En los labios de la *virgo* se formó una sonrisa.

De repente, su dueño desvió la vista hasta su muñeca, en dirección a lo que ella reconoció como un reloj. Abner vio la hora y bostezó exhausto. Demonios, ya iban dar las cinco y media de la mañana y no había dormido en absoluto.

—Definitivamente necesito dormir —soltó para sí mismo, mientras comprobaba el pulso de su pariah—. Ahora es estable. ¡Por poco!

Pensó en lo cansado que estaba y en el trabajo que aún le quedaba por delante con la tenencia responsable de esta adquisición, entonces tomó una decisión.

—Supongo que después de todo, un par de días libres no me vendrá mal. Además, aún tengo que bañarte.

5

*P*ara Ellen Vitallus las cosas siempre habían sido fáciles, más que nada porque siempre conseguía lo que quería. Por otra parte, adoraba a su esposo Hit en la misma medida que a la enorme mansión que compartían. Vivían cerca del río Etanus que cruza Lodebar y desemboca en el mar de Bering y mientras los muros de su mansión eran bordeados por la arena clara y caliente de la costa, la entrada principal daba hacia la Avenida Lancourte, al noreste de la ciudad, en el sector mejor conocido como La villa de los Fundadores.

Afuera, el cielo verde, típico de la primavera, proyectaba los violentos rayos del sol. Era una suerte que la ciudad estuviera construida bajo un domo que los protegiera de esos rayos, a diferencia de esos bichos rebeldes que aspiraban a algo tan absurdo como la libertad. No, en realidad no era una suerte, sólo cuestión de siembra y cosecha. Su familia había obrado bien durante siglos, pertenecía a la casta de los fundadores, incluso habían sido los gestores del jodido chip, merecían esto: salud, riqueza y todos los beneficios que pudieran albergar en el futuro.

A la rubia le agradaba observar los cambios del Océano cada mañana, de ahí la manía de su esposo en cuestionarse la construcción de una piscina. Por un lado, vivían a orillas de la playa y por otro, un poco más alejado, tenía el Etanus. Lo cierto es que a Elle no le apetecía en absoluto tener una alberca, su piel ya estaba suficientemente lastimada por la excesiva exposición al sol, era claro que había abusado, ya que los de su especie tenían bastante tolerancia a los rayos UV, por lo tanto, menos quería exponerse al falso azul que reflejaba el agua clorada. Pero ella no reconocería, ni siquiera ante sí misma los motivos ocultos tras la obsesión de conseguir su propia piscina. No en los próximos cien años, al menos.

Aquella mañana no tenía prisa por levantarse, el viento costero de la primavera se escurría por las ventanas provocándole escalofríos. Seguramente Hit las había dejado abiertas, descartó de inmediato que alguno de los *virgos* lo hubiese hecho, ya que todo el personal de aseo conocía su aversión a las bruscas corrientes de aire. En honor a la verdad, sentía aversión por todo, todo lo que no fuera ella misma.

Abrió los ojos con precaución al percibir un olor a primavera, aunque fue en vano ya no había un solo rayo de sol que atravesara su ventana. El cielo se mostraba de un verde oscuro con tintes grises, como si quisiera solidarizar con su estado de ánimo. Irónico, no tenía una razón de peso para actuar así, nadie había muerto. Amaba a sus padres y a su hermano, sin mencionar que era dueña de una belleza innata, pero en momentos como este... Se sentía vacía.

Se enderezó en su cama intentando vencer el cansancio y la extraña autocompasión que la estaba atosigando. Dio una rápida mirada a su alrededor y tardó otros treinta segundos comprender el porqué de ese olor a primavera: cálido y dulce, casi alegre... tan falso. Todo su cuarto se encontraba repleto de buqués de flores: rosas, camelias, claveles, tulipanes.

Pétalos de rosa formando una alfombra en el borde de su cama, pequeños capullos de camelias bordeando su tocador. Elle quedó sin habla observando el despliegue de color. No importaba si estaban o no en estación, para su esposo no existían imposibles. Cerró sus ojos otra vez, sintiéndose emboscada en lugar de conmovida, las flores parecían querer ahogarla y el único pensamiento que ocupaba su cabeza era que necesitaba salir de esa habitación. Se sentía asfixiada.

Escapó de ahí corriendo por las escaleras, deteniéndose en el pasillo principal que atravesaba todo el primer nivel de la mansión. Un enorme reloj de pared con manecillas de plata y oro daba la hora. Era tarde, pasaban de las doce. ¡Y apenas despertaba! Realmente la había dejado exhausta. Concentrada y decidida, como tantas otras veces, se obligó a no dejarse llevar por las reminiscencias de la noche anterior. Salvo que un leve dolor muscular incomodaba ciertas zonas de su cuerpo, demostrándole que obviarlo sería tan imposible como ignorar al responsable del malestar en cuestión.

Pensó en cambiarse de inmediato, pero eso le significaría tener que entrar al cuarto otra vez, de modo que mandó a un par de *virgos* encargados del aseo a tirar todas las flores y sacarle un conjunto deportivo, mientras que ella tomaba una ducha.

Una vez que había arrancado los últimos vestigios de rosas que quedaban en su piel, reemplazó el pijama por las ropas nuevas, justo entonces su estómago sonó. Sin embargo, le bastó con ver la ventana para perder el apetito. No necesitó mirar más, se había arrepentido en el preciso instante en que entró a la cocina. ¿Cómo no lo vio venir? Mientras más lejos estuviera de él, mejor. Salvo que había hecho todo lo contrario. Su vida era perfecta, todo iba bien, malditamente bien, hasta que lo conoció y arruinó su vida.

Lo había conocido en la casa de su padre, Lot lo tenía en una celda bastante más grande de lo habitual, incluso lo dejaba vagar libre cuando no habían visitas en casa. En palabras de su padre, lo habían conseguido para construir la nueva ampliación de su casa, como había terminado y además, habían congeniado, él no quería devolverlo al criadero así que decidió comprarlo.

Por supuesto, Elle había catalogado su actuar como estúpido. Ella, a diferencia de su hermano, había tenido mascotas pariahs desde pequeña, pero una cosa era criar a un *virgo* y otra muy distinta adoptar un *onus*, éstos últimos sólo servían para trabajos forzados. Lot había insistido en que no lo quería como mascota, pero el pariah tenía veintisiete años, apenas le quedan tres años hábiles.

—No es la gran cosa —murmuró ella, recordando las palabras de su padre.

Pero había sido una cosa abismal. Ella había visto al macho sudar y acarrear cargas pesadas una y otra vez, mientras visitaba la casa de sus padres. Incluso se había entretenido viéndolo dormir. Claramente, había perdido la cordura, traerlo a su propia casa fue sólo el comienzo de su ruina. El *onus* no había pasado veinticuatro horas bajo su techo, cuando se encontró arrastrándolo del cuello hacia su propia habitación. Fue una suerte que él no protestara, lo que tampoco le sorprendía, ya que no tenía elección, otra razón para odiarse a sí misma.

Elle tuvo que apoyarse en el mostrador de la cocina y dejar escapar un hondo suspiro cargado de todas esas palabras que no podía decir. Luego procedió a cerrar el último botón de su escotado peto, pero era tanta su ira contra sí misma, contra sus acciones y su habitual remordimiento, que terminó rasgando el ojal.

—¡Maldito animal! —escupió en voz baja, mientras observaba al castaño trabajar a través del cristal. Indudablemente era fuerte, enterraba la pala en medio de la zanja, una vez y otra más, continuó haciéndolo por una eternidad de minutos hasta que finalmente se detuvo para secar el sudor que resbalaba por su frente.

Incluso, a través del vidrio que los separaba ella era capaz de sentirlo cerca. Tan cerca. Rápidamente alejó ese pensamiento, asqueada por sus cavilaciones y avergonzada por la más oscura de sus fantasías, una tan aberrante que no se permitía a si misma recordar, mucho menos pronunciarla en voz alta. Inclinó su rostro por un instante para verlo mejor, maldiciendo en un hilo de voz mientras una densa lágrima se deslizaba por su mejilla.

«¿Cómo era posible tenerlo todo y sentirse sin nada?». Meditó, mientras el tibio líquido salado invadía desde la garganta hasta sus entrañas.

Vacía, así es como se sentía. Sin embargo cada vez que el *onus* la tocaba, cada inmundo segundo en que ese macho se sometía a sus caprichos y obedecía a sus órdenes, Elle volvía a nacer, volvía a sentir y sólo entonces, cuando todo acababa y ella abandonaba los aposentos del *pariah*, se permitía pensar. Se permitía bajar las defensas, soñar e imaginar un futuro que en realidad no existiría y no porque fuese un imposible, sino porque era monstruoso. La cruza entre razas estaba prohibida y se pagaba con algo mucho peor que la muerte.

Abner se removió en su cama, dispuesto a comenzar a luchar contra las sabanas y rogarle al reloj con la habitual frase: "Cinco minutos más". Sin embargo, recordó que esa mañana no trabajaría. No había llamado a su oficina, porque se encontraba demasiado agotado para hacerlo. Pero ser su propio jefe solía tener un par de ventajas, unas que por lo demás, él nunca aprovechaba.

Lentamente, estiró ambos brazos hacia el cielo y luego lo hicieron sus pies con algo más de pereza siguiéndole un leve bostezo. A continuación, se volvió a esconder bajo las sabanas en posición fetal, preparado para otra ronda de dulces sueños. Pero un fuerte ruido proveniente de alguna parte de la planta baja, lo hizo erguirse sobre la cama. Su sueño se evaporó.

Abner maldijo en varios idiomas al recordar que ahora era responsable de una criatura además de él. ¿En qué lío se había metido?

—¿Qué pasó? —preguntó en voz alta desde su cama, mientras se rascaba la zona alta de su pecho y luego ascendía hasta alcanzar el cuello.

El sonido en la cocina cesó y por supuesto, no obtuvo respuestas. Para nada sorprendido, se levantó de la cama vistiendo únicamente su bóxer. Ya se ocuparía de eso.

Abner caminó hacia el baño de su cuarto y se enfrentó a su reflejo. Una barba incipiente se asomaba por su piel, dejando una franja dos grados más clara que su cabello cubriendo el borde de su mandíbula. Lavó sus dientes y dejó la ducha para más tarde, de todas formas debería limpiarse de nuevo una vez que bañara a la pariah.

Mientras se encaminaba hacia la cocina, en donde suponía que se encontraba la pequeña *virgo*, comenzó a meditar las palabras de su padre. «Un pariahno para que madurase de una vez», qué estúpido. No necesitabas ser un genio para adivinar las intenciones de Lot, quería que se encariñara con la cosa.

Abner podía ver el futuro tan claro «maldición» y no aceptaría el embauco de su progenitor. Estaba clara la motivación que escondía tras su regalo, la quería para futura *matriz*. Incubadora de sus hijos. Lot y su madre debían estar en verdad desesperados por conseguir nietos. Tenían el padre y el envase, sólo quedaba encontrar una madre para conseguir los óvulos.

—Menuda idiotez —dijo deteniéndose un momento para observar el comedor, lucía intacto. Al parecer el caos se había limitado a la cocina.

De repente, Abner encontró sentido a las palabras de Lot. Ya no era un niño, de hecho, tenía más de un siglo de diferencia con su hermana Elle, ya era hora de que sentara cabeza, sólo que recordó lo difícil que había resultado lidiar con su mascota la noche anterior y rechazó la idea de inmediato.

—Nah —masculló, abatido por lo serio que se había puesto segundos atrás. De ahora en adelante, debía tener más cuidado con su padre. Al parecer, se había perfeccionado en el arte de la manipulación y sería ingenuo de su parte subestimarlo. Después de todo, no era un secreto que Lot Vitallus siempre obtenía lo que quería. Era un mal de familia, suponía.

Cuando llegó a la cocina, se convenció que él no tenía el "Don Vitallus de la correspondencia", ya que esperaba encontrar a la *virgo*, pero no vio pistas de ella por ningún lado. Definitivamente él, a diferencia de su hermana o su padre, no conseguía siempre lo que quería.

Revisó la alacena, bajo el lavavajillas, incluso metió la cabeza en el refrigerador, a pesar de ser obvio que ella no cabía en ninguno de esos lugares. Siguió buscando por toda la casa y volvió a maldecir la extensión del terreno donde residía. Buscó por el primer piso, no había señales de vida, luego subió hasta el torreón que coronaba su palacete para tener mirar desde las alturas si la cría se encontraba en alguno de los jardines. Nada.

Abner, frustrado volvió a la cocina y reparó en el caos que había quedado en la cocina; definitivamente la *virgo* había estado en esa habitación, la basura había sido abierta y disgregada por todo el piso, en la esquina de la isla un montón de alimentos desperdiciados del día anterior, esperaban ser comidos.

—Ahí se había llevado a cabo gran parte del crimen. —susurró.

Probablemente la criatura había sentido hambre y en su afán por conseguir abastecerse, terminó buscando comida en el contenedor. Con su torpeza, no le sorprendió que ella terminara por darlo vuelta. Esa parecía una buena explicación para el humano, salvo que lo dejaba como a un pésimo dueño.

«Demonios, realmente era el peor amo de la historia»

A pesar de que ya había echado un vistazo desde la torre, salió al jardín imaginando un sinfín de tragedias, repasó los rosales en donde la había encontrado ayer y no encontró más que una mata de cabellos, los que seguramente se habían enredado ahí la noche pasada.

Sin obtener pistas de su paradero, regresó al interior de su hogar, dispuesto a llamar a su padre y avisarle que ya había perdido a su mascota, sin antes revisar por última vez dentro de la casa… La llamada podía esperar, también el discurso de su padre.

—Demonios —se quejó después de lo que le pareció una eternidad. Decidiendo que ya había perdido la mitad de la mañana en una búsqueda sin resultados. Apoyó su cabeza contra la pared del pasillo, justo en frente del reloj y vio que marcaba la hora con una lentitud desconsiderada, no habían pasado ni siquiera treinta minutos.

—¡Dios!, ¿Por qué a mí? —Abner comenzó a deslizarse con lentitud hacia el suelo, estaba en verdad frustrado y pensaba seriamente en comenzar a darse de golpes contra la pared. Aún con un par de bóxer y el pecho al descubierto, se mantuvo quieto con la vista perdida en algún punto inexacto de la habitación de invitados que se asomaba al final del pasillo.

Pero él seguía sin ver, estaba demasiado ocupado culpándose. En algún momento pestañeó en reconocimiento y la esquina derecha de su boca se curvó en una sonrisa. Abner se puso de pie y dio los veinte pasos que lo separaban de la habitación con la puerta semiabierta. Ya en el interior, se arrodilló frente a la cama y alzó el cobertor celeste.

—Veo que te encanta jugar a las escondidas — increpó a la *virgo*, pero su tono era gentil y su expresión serena. Abner no estaba enojado, de hecho se sentía aliviado. ¿Quién sabe? Tal vez no era un amo tan malo después de todo. Quizás sólo necesitaba un poco de práctica. Justo en ese momento, la hembra pariahna se adentró aún más bajo el catre.

Vale, puede que necesitara mucha práctica.

—Por lo visto disfrutas haciéndome las cosas más difíciles de lo que ya son —tal y como se lo veía venir, no obtuvo respuestas por parte de la criatura. No chillidos, no gruñidos, nada.

Deslizó su mano a tientas en el interior del oscuro túnel que se formaba bajo la cama y después de dos intentos fallidos, sus dedos dieron con algo que se sintió suave y delicado, Abner lo atrajo hacia él y cuando un grito agudo retumbó por todos los confines de la casa, soltó su cabello de inmediato.

Luego de esa experiencia traumática, tanto para él como para la cría, decidió que debería entrar él mismo en lugar de solo una mano. Abner empezó por la parte superior de su cuerpo. Primero un brazo, luego las caderas, el muslo y después, el resto de su anatomía. Por suerte, no había rastros de polvo, ya que una vez por semana Yona venía a encargarse del aseo.

A diferencia de los demás integrantes de su familia, él no consideraba que los pariahnos fueran necesarios para las labores domésticas, no era que les restara importancia o discriminara, como había insinuado su padre en más de una ocasión, sino que le gustaba hacer las cosas por sí mismo. Si permitía que Yona se encargara de los quehaceres del hogar, era únicamente porque sus padres prácticamente se lo habían impuesto.

Yona no era cualquier pariahana, sino que había sido pariente directo de su *matriz*, quien había muerto varias décadas atrás. Lo que en resumidas cuentas, quería decir que llevaba años trabajando en su familia, por lo tanto era de confianza.

—Te tengo —dijo con voz de villano, justo cuando conseguía alcanzar la curvatura de su cintura. La cría abrió los ojos alarmada y unas manchas rojas se formaron en sus mejillas, o eso imaginó Abner, quien no la pudo ver bien porque sus ojos aún no se acostumbraban a la oscuridad.

—Has sido una chica mala —le dijo sin mirarla, con su cabeza sobre el suelo alfombrado y sintiéndola respirar con fuerza a su lado—. Y las chicas malas merecen ser castigadas.

Cuando Y-315 oyó esas palabras se sintió tentada a decirle que ella no era mala. Demonios, todo lo que deseaba era serle de utilidad y sin embargo, desde que había llegado a su casa había hecho exactamente lo contrario. Primero anoche cuando se hirió el cuello, había puesto a su amo en la obligación de socorrerla y hoy durante la mañana. ¿Cómo demonios se atrevió a hurgar en su cocina? ¡Por todo lo sagrado! Él podría incluso reportarla con las autoridades. Un dolor en el estómago la había despertado muy temprano. No era correcto, sin embargo tenía hambre.

Su mundo se movió y fue suspendida por los aires, pronto todo lo que pudo ver fue el suelo, esa suave y aterciopelada superficie a la que el humano había llamado alfombra. En los criaderos solían tener cerámica y madera, de hecho, la madera era genial, sobre todo en el invierno, al menos mucho más cálida que el cemento. Con el vaivén de su andar, comprendió que su amo la había trasladado sobre su hombro y ahora los dirigía a ambos hacia…

«Oh, cielos ¿Me estaría llevando hacia la sala de castigos?»

—Espero que te portes bien, así nos ahorrarás un montón de problemas a los dos —ella no podía ver hacia donde se dirigían, pero era obvio que habían salido del cuarto en donde se había escabullido por la mañana.

El diseño del piso había pasado de ser un cálido marrón a un frío azulejo, era grisáceo como sus propios ojos y a ella no le gustó, la hacía imaginar que pisaba caras cada vez que caminaba, pero sabía que era común ese nivel de lujos en casas como esas.

Se detuvieron por un momento y oyó como el humano abría una puerta. Luego su cuerpo giró como una manecilla de reloj cuando Abner se inclinó para rotar algo que chillaba como rata. Entonces oyó un sonido familiar: la resonancia del agua. Su amo la deslizó por su hombro, hasta que ella quedó en sus brazos. No era una sala de castigos. Era el paraíso.

—Muy bien, aquí vamos.

Abner había llenado la bañera con agua tibia esperando que eso facilitara su labor, la experiencia le había enseñado que no importaba de qué especie se tratara, el agua fría apestaba y los gatos no eran los únicos que le rehuían. Había estado en casa de su amigo Heber Fac cuando Nebeth, su mujer, decidió bañar al perro con agua fría. El maldito animal se había escapado del baño dejando tras de sí un repugnante rastro entre lodo, espuma y otras sustancias menos agradables.

Ese fue uno de los pocos momentos en los que él agradeció ser alérgico a los perros. Por supuesto, no pensaba igual cuando tenía apenas ocho años y sus compañeros de clases llegaban contando historias sobre su valeroso cachorro labrador o el heroico pastor alemán del vecino.

Como niño se vio marginado innumerables veces por no poseer lo que a vista de todos parecía ser el mejor amigo del hombre, hoy sin embargo, lo había superado.

—Sabes, realmente espero que esto resulte.

Introdujo su mano en el agua, estaba tibia, ni muy caliente ni muy fría para evitar inconvenientes, pero de cualquier modo había querido asegurarse. Tenía demasiadas expectativas puestas en su mascota. Cuando se inclinó hacia ella para examinar su rostro, no mostraba signos de molestia.

«Muy bien», pensó para sí con renovadas esperanzas, «esto podría funcionar».

El cuerpo de la pariah continuaba en sus brazos o al menos la mayor parte de él. Se había ido inclinando poco a poco, hasta que toda la zona inferior de su cuerpo quedó cubierta por el agua, pero Abner aún no se sentía listo para soltarla del todo. Prefería pecar de exagerado antes que exponerse a un accidente ¿Qué tal si se ahogaba? Bueno, él no le daría opción, Nyara se encontraba atrapada entre sus manos, cuando el agua sobrepasó su cintura, ya era tarde para huir.

Y-315 estaba pensando en que nada podría hacerle competencia a ese baño y que jamás huiría de aquel sitio. En el criadero también tenían tinas, pero no contaban con agua caliente, ni esa cosa espumosa que su amo esparcía por sus brazos.

—¿Puedo soltarte?… sin que intentes escapar —añadió a último minuto el responsable de su dicha. El humano en cuestión, tenía la voz grave, pero dulce, no del tipo femenino, a veces se oía dominante y otras, preocupada.

¿Por qué infiernos iba ella a querer escapar? Ah claro, después de que actuara como una cría sin modales y salvaje que sólo pensaba en conseguir comida sin permiso, no era de extrañarse que él se pensara lo peor de ella.

Afortunadamente, aún estaba a tiempo de arreglar las cosas. «Apenas llevaba medio día en esa casa», se recordó con alegría, una sonrisa traviesa comenzó a formarse en su boca a medida que cavilaba sus opciones, la pasada noche se había tratado más sobre primeras impresiones y presentaciones, ahora deberían conocerse de verdad.

Y-315 negó, señalándole que no trataría de escapar.

—¿No puedo soltarte? —la miró serio, con el entrecejo fruncido, a lo que ella asintió, como si fuera posible, aún más contrariada.

Abner le soltó la cintura y se pasó una mano por la frente, el vapor del agua lo había sofocado y ahora que lo recordaba ni siquiera había desayunado por culpa de la desaparición de la *virgo*, cosa que no hubiera pasado si él fuese un dueño responsable y le diera comida a la hora correspondiente, así que suprimió su fatiga arrodillándose junto a la bañera para alcanzar un mejor ángulo.

—¿Muy fría? —preguntó mientras deslizaba la esponja por la piel de su brazo, la pequeña *virgo* negó.

—¿Muy caliente? —intentó otra vez, ella de nuevo negó y Abner se estaba cansando un poco, así que contraatacó.

—¿Quieres comer? —soltó casi al instante y ella cayó en su trampa, tal como lo esperaba, negando.

La criatura estaba negando por pura costumbre, cuando entendimiento se asomó en los enormes ojos grises de la pariah, se entretuvo como un loco viéndola asentir entusiasmada y sin poder evitarlo, soltó una carcajada.

«¡Que idiota!», pensó Y-315 mientras cerraba los ojos para que no le entrara agua. Se había sumergido en la bañera justo cuando su amo comenzó a reírse de ella. Estaba avergonzada y se sentía como un pariahno defectuoso, probablemente lo era, no había hecho sino equivocarse desde que llegó a esa casa. Cuando el aire comenzó a faltarle, dos gruesos brazos la sacaron a la superficie.

—Muy bien pequeña, vamos a tener que hacer algo contigo. No puedes ir por ahí ocultándote de mí siempre — Ella se quedó mirándolo mientras la reprendía con un tono jovial ¿Qué otra cosa podría hacer?

Los mechones de su cabello estaban ahora empapados y adheridos a su rostro dificultando su visión. Tomó una rápida bocanada de aire, para no incomodar a su amo, pero no fue suficiente, le dolía el pecho.

—No sé qué pensar —dijo el humano sin soltarle los brazos—. Actúas como si me temieras, pero la única que ha puesto en riesgo su propia vida eres tú.

Ella no lo iba a negar, él tenía razón, por supuesto, eso sólo sumaba puntos en su contra.

«Dios del cielo», exclamó en su mente sin llegar a mover los labios, «no permitas que me envíen de vuelta»

De nuevo, ella intentó recobrar respiro a respiro el aliento. No se trataba tanto de que no pudiera decirle algo, sino que no sabía qué decir.

—No voy a hacerte daño, ¿sabes?

Pero ella no tenía cómo saberlo, se recordó Abner. Apenas y llevaba unas cuantas horas y hasta el momento sólo había conseguido herirse el cuello con los espinos de los rosales, caer inconsciente luego de oír el silbato, morir de hambre, y... «Jesús, ¿Y si le había perforado el tímpano o algo peor?» Abner se asustó ante su último pensamiento y se precipitó a revisar su oído.

—Nada —soltó más aliviado, recordando que ella se había sumergido en el agua y no había mostrado señales de dolor. Difícilmente podía ser algo bueno juntar oídos lastimados y agua.

—Quiero cuidar de ti, pero no puedo hacerlo si insistes en mantenerme lejos.

La verdad era que ni siquiera cerca podría cuidarla, él era un desastre de persona, su padre lo había jodido bastante con la "sorpresa-responsable", lo mejor que podría hacer por esa pobre criatura sería devolverla al criadero. Pero lo haría luego, cuando al menos hubiera comido algo.

—Una vez que estés limpia, tú y yo comeremos. Muero de hambre.

Ella consintió o sacudió la cabeza de arriba hacia abajo, que en realidad, era lo mismo.

"No hagas estupideces", le había advertido su *avari*, antes de que abandonara el criadero. "Fuera de aquí hay cientos de tu especie rogando por una oportunidad". No era digna, por supuesto y jamás lo sería. Observó su cuerpo, estaba cubierto por la misma túnica que traía cuando llegó, salvo que ahora se encontraba mugrosa a causa del incidente con las rosas. Y-315 observó apenada cómo el agua cristalina se volvía turbia a medida que su túnica iba desprendiendo barro.

"Lo siento", quiso decir, pero la sola acción de hablar sin que se lo pidieran tiraría por la borda cualquier intención de volverse una 'excelente' *virgo*, en lugar de eso inclinó la cabeza avergonzada y mordió el interior de su mejilla esperando la reprimenda. Sin embargo, el humano apenas se inmutó, si bien se quedó un par de segundos observando la turbiedad del agua, recompuso sus facciones al instante.

Ella se estremeció casi saltando en la bañera, cuando las grandes manos del hombre se escurrieron por su cuero cabelludo. Era su costumbre, siempre tomándola por sorpresa. Abner comenzó a masajear con sus dedos, desenmarañándole el cabello. Era tan considerado y amable que Y-315 sintió deseos de llorar, algo absurdo porque no le dolía ninguna área de su cuerpo, pero era un sentimiento extraño, como si tuviera miles de arañas caminando por su pecho y garganta. Se sentía casi ahogada, pero de una buena manera.

—Me gustaría, por ejemplo, no lo sé… ponerte un nombre —Ella alzó el rostro, por primera vez viéndolo, reparando detalladamente en la semi desnudez que ostentaba ese cuerpo. Su piel era clara, limpia y por lo bien que se sentían sus dedos sobre su cabeza, ella podría apostar a que también era suave.

—Ya sabes… algo más amigable que Y-315, no es por ofender, pero eso me suena a robot.

Ni bien él había terminado de decir esas palabras, y una voz desconocida que vagaba en sus memorias resurgió con fuerza desde lo recóndito de su inconsciente *"Eres más que un número"*.

Observó la marca en su brazo, todavía estaba esa "N" casi irreconocible y la "Y" un poco más al sur. Pensó en el sencillo colgante que había recuperado el día anterior gracias a su *avari* y se llevó la mano derecha al pecho, justo donde sentía la cruda madera tallada.

—Una vez tuve un pez dorado —continuó el humano—, lo llamé Max.

Ella frunció el ceño, intentando no perder el contacto visual con su amo, mientras con una de sus manos trataba de capturar el colgante que acababa de perder en algún lugar de la bañera cuando intentaba sacarlo para observarlo de cerca.

—No me mires así, sé que es nombre de perro, pero soy alérgico a ellos y como nunca pude permitirme tener uno, lo nombré así.

¿No podía permitirse uno? eso era raro. Viviendo en esa casa…

—En todo caso puedes estar tranquila, no te llamaré Max, aunque podría…

Sus pulmones se quedaron sin aire, de repente se sentía incapaz de renunciar a su nombre, incluso si nunca lo había usado, incluso si ni siquiera era capaz de emitirlo en su mente. ¿Max?, al diablo Max, los peces y los perros, ella era un pariahno, y de algún modo extraño y desconocido, se sentía orgullosa de serlo. Como si con ello pudiese llegar hacia donde pertenecía, como si fuera sólo un medio para alcanzar su meta.

—Está bien, lo siento —se retractó, al parecer captando el disgusto en el rostro de la chica—. Si tienes algo mejor en mente, eres libre de decirlo, no te lo reprocharé.

"Eres más que un número".

—Vamos, puedes hablar —le instó mientras esparcía algo cremoso y de color beige entre sus manos y luego lo deslizaba por su pelo—. Anda, dime cuál es tu nombre.

El olor a vainilla la descolocó, era dulce y natural, lo era todo. Sus labios se curvaron en una sonrisa antes de acercarse a su amo.

—Mi nombre es Nyara.

Los ojos del humano se abrieron en sorpresa y uno de sus dedos se resbaló dejando que un montón de espuma entrara en los ojos de la cría. Esta vez, ella sí lloró.

Pero Abner no podría haber reaccionado de otra forma ni aunque le hubiesen advertido. Era primera vez que la escuchaba hablar o emitir un sonido. Y no había estado preparado para ello. Intentó, quitarle la espuma, pero fue un fiasco, la cría tenía unos ojos aún más grandes ahora que no estaban pegados por legañas y tierra. Ahí estaban, ojos grises, irritados y ahora mirándolo con furia.

6

*A*bner se arrepentía de haber llamado a Yona para que no viniera. En un inicio había parecido una idea de lo más inteligente, pensando que eso le daría tiempo a solas con su mascota para conocerse y de paso, desarrollar confianza. Por supuesto, no contaba con que las mascotas eran mucho más que diversión y compañía, también requerían un montón de atenciones: baño, comida, vestimenta y eso sólo era el principio.

Llamó a Lot en cuanto terminó de bañar a la pequeña *virgo*, su padre había aplacado su preocupación al comunicarle que tenía todas sus vacunas al día, había dicho otras cosas, pero Abner no les prestó atención, para ese entonces su estómago tenía una orquesta de sonidos y la cría de pariah no se veía mucho mejor cuando la dejó en el cuarto que colindaba al suyo.

Había corrido a toda prisa hasta la cocina con la intención de improvisar algo rápido para la pequeña y él. Siendo honesto, fue una grata sorpresa comprobar que los fideos comenzaban a perder su consistencia rígida. Al parecer no todo vaticinaba ser malo.

Abner maldijo por lo bajo cuando el timbre de la entrada sonó. Corrió hasta ella y observó por el visor esperando ver alguien en el exterior, pero las cámaras de vigilancia no apuntaban nada. Un breve temblor en la puerta alejó su atención del monitor y se apresuró a ver quién era.

—¿Qué haces aquí? —la pregunta no acababa de salir de su boca cuando la puerta se abrió y el idiota de Fac entró a su casa como si nada.

Abner se recordó que el retrasado en cuestión era en realidad su amigo. Es fácil olvidarlo cuando te avientan una puerta en la cara.

—Visitarte ¿Qué crees? —El moreno rodó sus ojos cerrando la entrada y tragándose las ganas de decirle "adelante, siéntete como en tu casa", el sarcasmo nunca se le había dado bien, en lugar de ello siguió a su amigo al interior de la misma—. Tengo el fin de semana libre.

—Hurra —dijo él, con muy poco humor en su voz, Heber bufó.

—No pareces contento —se detuvo girándose hacia él y por primera vez deteniéndose para darle un vistazo—. Amigo, lo tuyo es serio.

Abner resopló harto de perder el tiempo y se dirigió hasta la cocina, con la esperanza de llegar antes de que los fideos se recocieran. Por supuesto, sabía lo que había visto su amigo, las sombras exhaustas bajo sus ojos, marcas de rasguños en la piel de su rostro y pecho, sin mencionar que aún traía puesto un bóxer que a decir verdad, ni siquiera le gustaba.

—¿Recuérdame por qué te di una copia de mis llaves? —contestó con una evasiva, no tenía intención de explicarle a su amigo el porqué de su condición. Ya se había ridiculizado lo suficiente por el día.

De cualquier modo, había sido su culpa, casi había ahogado a la pequeña cría mientras le enjuagaba el cabello, así que no le sorprendió que ésta le hincase sus uñas en todas las partes que encontró al alcance para reclamar su atención, de otro modo ella seguiría con la cabeza sumergida bajo el agua y probablemente en estos momentos, Abner estaría lamentando otra pérdida de mascotas desafortunadas.

Todo eso sin mencionar que le había arrojado champú directo a los ojos, pero en su defensa, escuchar el nombre de la *virgo*, había sido suficiente para que cualquiera perdiera la concentración. «Nyara ¿Quién en el infierno llamaría a su hijo así? Gustos de pariahs», supuso Abner más resignado, volviendo su atención hacia su amigo.

—Porque soy el mejor. Ambos lo sabemos, de otro modo estarías sumergido en tu trabajo las veinticuatro horas del día.

—Ah lo olvidaba, Heber el salvador.

El aludido se encogió de hombros.

—Así me dicen.

La cocina de Abner siempre había sido una monstruosidad, en palabras de Vasni, su madre, no de él, quien siempre la encontró demasiado grande. Sin embargo, ahora parecía extremadamente pequeña con Heber ahí, comiendo como un cerdo mientras Abner contaba los segundos para que el maldito se fuera de su casa.

—¿Tenías hambre? —murmuró minutos después, con la vista puesta en las porciones que su amigo acababa de servir a ambos sobre la mesa. Como era de esperarse, Heber no había sido para nada justo, de hecho la mitad de la cacerola se encontraba en su platillo. Abner se preguntó cómo rayos haría para dividir el resto entre la *virgo* y él, suponiendo que la cría considerara a los fideos como una especie de comida.

—La verdad no, pero te conozco y sé que si no me como esto tú terminarás arrojándolo todo a la basura.

Abner no dijo nada, más que nada porque su amigo tenía razón, el despilfarro era uno de sus mayores defectos, en su defensa, Abner no tenía otra opción, vivía solo, y Yona tenía la mala costumbre de cocinar como si se tratara de un batallón.

—Hum —metió una porción de masa a su boca sintiendo una punzada de remordimiento al recordar que la pequeña cría seguía esperando por comida en su cuarto mientras él disfrutaba de unos fideos a la boloñesa recién servidos.

—Entonces, ¿Cómo es que esas marcas de amor llegaron a tu cuerpo? —se burló su amigo—. Juraría que llevabas célibe algo así como ¿Siempre?

—Jajá. Muy gracioso.

Heber ignoró su comentario y se llevó la copa de vino tinto hasta sus labios.

Fac, usaba el cabello rubio corto, como los coristas en la iglesia. No es que Abner fuera mucho a esos sitios, pero había visto la televisión suficiente como para distinguir la imagen prototipo del chico bueno y Heber encajaba perfecto en el papel.

Hasta el día de hoy, Abner no se explicaba cómo su amigo podía dar clases de Historia, siendo tan alegre y poco serio. Aunque supuso, después de meditarlo bien, que Heber no debía mostrarse así en el colegio donde impartía las clases. Mal que mal, era su trabajo, al igual que él, se recordó Abner, mientras intentaba alejar de su cabeza las imágenes del trabajo. Estaba seguro que lo tomaban por un bastardo frío, lo que estaba bien, no iba a la oficina a hacer amigos sino a producir.

—Ya sabes, siempre puedes contarme. No soy tu hermana, no correré donde tus padres a decirles que tienes novia.

—¡No tengo novia! —escupió ya harto, estampando su puño sobre la mesa. La verdad era que había perdido el apetito y sólo podía pensar en ir a ver a la cría de pariah. Santo Dios ¿Y si se desmayaba de fatiga?

—¿Y qué me dices de un novio? —le tentó, pero por la forma en que curvó su boca, Abner ni se molestó en enojarse, no valía la pena. Conocía a Heber lo suficiente como para saber cuándo lo estaba fastidiando.

—Vale, lo entiendo, es sólo algo pasajero y no quieres hablar de eso —Dio otro trago a su copa—. De cualquier modo, ya sabes que puedes contarme, por si quieres unos consejos o algo así…

—Tenemos la misma edad —le echó en cara Abner.

—Sólo hasta enero, en dos meses más te sacaré ventaja. Por cierto, voy al baño. Tanto vino me despertó al aguacero.

El moreno hizo una mueca de disgusto, pensando que su amigo podría haberse ahorrado los detalles, sin embargo suspiró aliviado cuando lo vio desaparecer por el pasillo. Al oírle cerrar la puerta, Abner se puso de pie y se apresuró en vaciar el resto del otro plato en el propio.

Tomó una caja de jugo del refrigerador y como no sabía si la cría tomaba del plato, como hacían los perros o biberones, como hacían los monos, optó por llevarle una taza y un plato. Por lo que sabía, ella podría incluso tomar directo de la caja.

Depositó todo en una bandeja y casi se tropezó camino a la habitación, sintió alivio al ver que ella no estaba desmayada ni nada remotamente cerca de lo inconsciente, en cambio, le esperaba con sus grandes ojos grises abiertos de preocupación.

—Disculpa mi retraso, tuve un inconveniente.

Ella asintió.

—No, por favor, no otra vez con el lenguaje de señas, o lo que sea que se llame esa cosa que haces de asentir y negar. Puedes hablar, ya te lo dije.

—Pero…

—Pero nada, no me gusta hablar solo me hace sentir como un esquizofrénico.

—¿Esquizo qué?

Abner negó.

—Olvídalo —murmuró mientras se acuclillaba para acomodar la bandeja sobre las rodillas de ella. Frunció el ceño cuando notó que se había sentado en la alfombra y no en la cama, donde la había dejado él antes de salir a la cocina.

—¿Por qué no estás en tu cama?

Ella mordió su labio, indecisa.

—¿Y bien?

—No me gusta. Es demasiado blanda.

—Se supone que esa sea la idea. Blanda, tibia... ¿Te suena comodidad? —soltó entre risas, preguntándose cuándo demonios tendrían tiempo para hablar.

—Por cierto he estado pensando en lo que me dijiste antes, sobre tu nombre y no me gusta.

Ella pestañeó confusa.

—Lo siento, es muy largo y difícil de pronunciar —tomó su mandíbula y le hizo cosquillas con la mano. La cría sintió pudor y corrió la cara.

—Así que decidí que te llamaría Nya, es casi igual.

Ella frunció el ceño, el mensaje era claro.

—Bueno, no es igual, de hecho, es tu nombre sólo que lo acorté hasta la mitad y...

—¿Abner con quién estás? —Ambos se giraron hacia la puerta cuando sintieron la manija moverse.

—Espera —jadeó y la manija se detuvo. Luego, a falta de inspiración añadió—. Me estoy vistiendo.

—¿A esta hora? Hombre, acabamos de comer. Anda, si quieres intimidad sólo dilo. Puedo marcharme.

Abner apretó los dientes y rezó una silenciosa plegaria para que Heber tuviera una extraordinaria muestra de cordura.

—Nah, en serio. ¿Con quién estás? —Bueno, al menos lo había intentado.

Deliberadamente evitó mirar a la pequeña *virgo*. Sabía que no le gustaría lo que mostraban sus ojos y estaba demasiado nervioso para lidiar con la culpa.

Sí, bien. Algunas cosas no necesitaban ser compartidas, como la tenencia de un ser tan parecido a un humano como mascota, por dar un ejemplo. Pese a no ser un gran fan de dicha especie, no era que no le gustaran; sin embargo, lo encontraba excesivo, Abner estaba al tanto de lo costoso que era adquirir uno de esos, era distraído, pero no tanto. Por otra parte, no todos los humanos contaban con la economía necesaria para adquirir una cría.

A decir verdad, tener un pariahno era sinónimo de lujo, estatus, como un *Lamborghini*, o Dios lo perdonara, un *Etzux*, su placer culposo. En cualquier caso, Abner no estaba de humor para afrontar el discurso idealista que estaba seguro, Heber no podría evitar dar, estaba en sus genes. Lástima, su amigo era, entre una pila de cualidades, un tipo sencillo, fácil. Fue por eso que levantó la voz;

—¡Con nadie!

Se hizo un silencio de lo más incómodo, podría haber dicho algo para salvar la situación, pero no estaba de humor. Abner casi esperaba que Heber abriera la puerta de un momento a otro, no le sorprendería, la maldita cosa no estaba con cerradura.

Aquel pensamiento lo dejó confuso, ¿Por qué en el infierno iba él a necesitar seguro? En nombre de

Dios ¡Estaba alimentando a la pariah no tomando un maldito baño! Después de lo que parecieron siglos y algo así como un montón de existencias el tipo habló.

—Amigo. No esperas que me crea eso ¿Cierto? — Abner se congeló en su lugar, como si tuviera cinco en lugar de ciento treinta y ocho—. Intenta con algo mejor.

Con el orgullo por los suelos, Abner se tragó una maldición, desviando la vista hacia abajo sólo para quedarse boquiabierto.

En medio de la conmoción había arrastrado la cría hasta su cuerpo y le tenía la boca cubierta con su mano, y por la forma en que la pariah se agitaba contra sus brazos, era obvio que había tapado más que su boca.

—Lo siento —se disculpó rápidamente, sus manos la habían soltado con la misma rapidez que le había llevado darse cuenta que para variar, había estado a punto de matarla. La respuesta de ella fueron continuos jadeos en busca de aire. Era un estúpido.

—¿Qué fue eso? Válgame Dios ¿Oí gemidos?

Algo afuera se sacudió, «el propio cuerpo de su amigo» dedujo al oír unas carcajadas que secundaban el golpe.

—¿El pequeño Abner volvió a hacer de las suyas? —Sí, bueno, el pequeño Abner estaba harto de esa mierda.

Mientras observaba el frágil bulto estremecerse entre sus brazos, quiso matar a su amigo por ponerlo en esa situación. Para empezar, si no hubiera llegado sin invitación, Abner no se hubiese visto en la penosa obligación de alimentarla a escondidas; peor aún, no hubiera asfixiado a la cría.

De cualquier manera, matar era un acto penalizado y además de meterse en un montón de problemas, probablemente se arrepentiría con el tiempo «Además, la pobre Nebeth no merecía convertirse en viuda tan pronto» se recordó levantándose del suelo, donde había estado acuclillado frente a la cría y encaminándola hacia la cama, tropezó con la bandeja que él mismo había dejado minutos antes junto al catre.

Abner recobró el equilibrio con rapidez y se encaminó hacia la puerta.

—Espera aquí, ya vuelvo... —No había dado dos pasos cuando se devolvió sobre sus pies acordándose de algo de suma importancia—, No te muevas —le pidió con un susurro antes de llevarse un dedo a la boca, ella imitó el gesto.

—No diré nada —susurró ella, haciendo de hecho, todo lo contrario a lo que había afirmado. Abner no pudo evitar sonreír y se encaminó hacia la puerta donde su amigo.

—¿Desaparecido en acción? —preguntó ya en el pasillo soltando una maldición cuando el rubio apareció detrás de él.

—Ni te creas tan afortunado, sólo había ido por algo de comer.

—¿Más?

Heber se encogió de hombros, dando un mordisco voraz a su manzana. A continuación se devolvió por el pasillo de donde venía y Abner lo siguió, sentándose en la mesa donde habían estado comiendo minutos atrás.

De repente se preguntó si tal vez no estaba exagerando demasiado al esconder a Nya. Vale, quería ser un buen amo, pero tampoco era la gran cosa. No se trataba de un hijo ni nada por el estilo, era una mascota y estaba deseando que su amigo se fuera para pasar tiempo con ella.

Querido Dios, él no podía estar tan jodido ¿O sí? No era que la pequeña cría fuera a morir como hicieron antes sus peces dorados, sin embargo, no podía estar tan falto de afecto como para obsesionarse así de rápido con ella. Con un suspiro frustrado se relajó contra el respaldo de la silla.

—Tengo un pariahno.

La manzana que su amigo había tragado quedó regada en pequeños trozos en la cara de Abner, éste pestañeó lentamente, dejando caer partículas blancas desde sus pestañas.

—¿Qué acabas de decir?

Abner estiró su brazo para alcanzar el paquete de servilletas que se encontraba en el centro de la mesa junto al jarro de néctar y dos manzanas intactas. Se limpió el rostro y antes de responder lanzó un suspiro.

—No fue idea mía, papá llegó con él digo con ella, ayer por la noche. La verdad es que no me dejó opción, pretendía bañarla hoy y devolverla al criadero, pero entonces llegaste tú e interrumpiste todo.

—Entiendo —Masculló el rubio con determinación. Hasta el momento, su amigo no se había burlado. Gracias al cielo por eso. No obstante, seguía siendo demasiado extraño. Además, ¿Cómo diablos iba Heber a entender? el hombre odiaba desperdiciar una lata de atún, apenas sobrevivía entre lechugas y manzanas, era peor que una vaca.

Sacudió su cabeza, intentando alejar la paranoia. Todo estaba bien, no había por qué alarmarse. ¿No era esto mejor? ¿Ahorrarse el discurso valórico de su amigo, el drama? No, decidió él, no lo era.

—¿Por qué dices que me entiendes?

Heber pestañeó confundido.

—Se supone que tú odias los excesos, no entiendo cómo puedes tomarlo tan bien, sin siquiera gastarme una broma.

—No lo sé —se aclaró la garganta, su actitud pasó, en un pestañeo, de determinación pura a relajada. Raro—. Creo que no es algo que dependa de ti. ¿Dijiste que se trataba de un regalo de tu padre, no?

Abner asintió.

—Ahí lo tienes. No fuiste tú quien tomó la iniciativa de comprarla, por otra parte, eres mi mejor amigo, te conozco hace casi un siglo. No esperabas que te juzgara así como así ¿Verdad? Entonces, ¿Puedo verla? —preguntó Heber sacudiendo sus palmas mientras arrastraba despacio la silla hacia atrás y se ponía de pie.

De repente, un impulso violento azotó en el interior de Abner al oír las palabras de su amigo. Una conmoción completamente sin sentido le sobrevino al ver al rubio avanzar en dirección a la puerta donde sabía, le esperaba la cría.

Se adelantó y tomó al otro hombre del hombro. No fue un gesto fuerte, pero de todos modos lo detuvo.

—¿Qué pasó?

—¿Qué te hace pensar que está ahí?

Heber frunció el ceño.

—Vienes de ese cuarto.

—Sí, pero…

—Estuviste algo así como digamos… quince o más minutos, según tú "cambiándote de ropa", pero yo sigo viéndote en bóxer, los que por cierto son horribles ¡hombre! Diles a las mujeres de tu vida que ya no compren tu ropa interior.

—Lo siento, tengo que… —El moreno sacudió la cabeza—. Tengo que cambiarme.

—Está bien, yo igual tengo cosas que hacer, como preparar algo de ambiente para cuando Nebeth llegue a casa, flores o qué se yo. Algo se me tendrá que ocurrir.

Abner bufó, pensando en cómo de patético era que tu mejor amigo te viera en esas condiciones. Bueno, él no había esperado recibir visitas, exceptuando el pariah.

Abner acompañó a su amigo hasta la entrada, ni siquiera sabía por qué lo hacía, el tipo había entrado con sus propias copias de las llaves, asaltaba su refrigerador cada vez que quería y ahora, además le había visto en esos horribles bóxers con un diseño que no valía la pena mencionar.

—Joder —soltó Heber de repente, deteniéndose junto a la puerta y girándose hacia él—. No te preocupes, no te voy a pedir un beso —se burló, pestañeando exageradamente—, aunque tienes que admitir que sería un buen momento. Con eso de acompañar a la chica hasta la puerta. Aunque, debería ser al revés. ¿Es dejarla en su casa y no correrla de ella, cierto? —negó y dando el asunto por pasado, continuó—. De cualquier manera, me preguntaba...

—No, no te prestaré mi *Etzux*.

—¿Quién quiere tu mugroso convertible?

—Por la forma en que lo miraste la última vez que pasé a buscarte a la escuela... tú.

—Sí, sí... Como sea, no es de eso de lo que quería hablarte —Abner frunció el ceño, pero Heber ni se inmutó—. ¿Sabes? Me entró la curiosidad, sólo por saber. ¿De qué raza es tu pariahno?

—*Virgo*, ¿por qué?

—Nada amigo, nada —pero Abner podría jurar que nunca antes había visto al tipo tan pálido, antes de cerrar la puerta tras de él, añadió;

—Voy a cuidarla Heber, relájate.

Si tan sólo pudiera creérselo.

Minutos después, regresó al cuarto de huéspedes para terminar de alimentar a la *virgo*. Al menos lo intentó, la verdad era que la cría ya había empezado por sí misma y tenía la cama convertida en un amasijo de porquería.

Nyara tenía las mejillas y el contorno de su boca manchadas de salsa, trozos de masa caían por su frente y pelo; las mantas no estaban mejor, ahora la adornaban manchas de salsa y cebolla a cuadros. Ni se inmutó cuando Abner entró al cuarto, la cría tenía enfocada toda su atención en el plato el que tenía soldado a su rostro y no dejaba de lamerlo.

—Espera aquí —le advirtió, ella siguió absorta en la porquería esparcida por la cama.

Diez minutos más tarde, Abner entraba por la puerta, vestido con una camiseta de lino gris y unos pantalones claros. Nyara pensó varias cosas a la vez, cada una peor que la anterior.

Ella había visto humanos antes, ya que iban por montón a visitarles en el criadero donde residía, pero nunca se había topado ninguno como él; su amo era alto, cada vez que lo miraba, tenía la impresión de que doblaba su estatura.

—¿Qué te hiciste, Nya? —preguntó retóricamente, sus labios se torcieron en una sonrisa y una mirada divertida se alojó en sus ojos.

Ella estuvo a punto de preguntarle porque la miraba de esa forma, pero entonces recordó la forma en que la había llamado y su cara se arrugó con disgusto.

—¿Nya? —musitó.

Abner todavía con esa expresión entretenida en sus facciones, se acercó hasta ella y se acomodó en la cama esquivando la comida derramada, mientras Nyara lo miraba curiosa «Tal vez tiene hambre», pensó preocupada, olvidándose momentáneamente de su feo apodo y tomando un poco de su comida para ofrecérsela. Como Abner no respondió, soltó lo que tenía atrapado en el puño y comenzó a amontonar los restos de masita que se habían esparcido sobre el cobertor hasta crear una montaña sustanciosa, recién ahí la acunó entre sus palmas y se la acercó a los labios de su amo. Abner arrugó la nariz.

—Eh... Gracias, pero ya comí —dijo bajando sus manos de vuelta hacia su regazo.

—Estoy satisfecho —ella no le creyó, pero entendió el mensaje. No era digna de alimentarlo y estaba bien, había otras formas de ser útil y ella las aprendería con el tiempo. Esperaba.

—Satisfecho —estuvo de acuerdo, asintiendo con su cabeza mientras observaba al humano acercarse hasta su rostro. Algo en la forma en que la miraba la puso nerviosa, había demasiada concentración en sus facciones ¿Estaría pensando en cambiarla? Sacudió su cabeza, de ser así, lo aceptaría sin rechistar.

—Tú en cambio —soltó un silbido—. Diablos, tienes un asunto serio aquí ¿Verdad?

Nyara tenía hambre aún, era cierto, pero guardar silencio le pareció una opción válida.

—Esto es lo que harás, te pondrás esta cosa — señaló el humano, tironeando una tela larga que tenía atrapada bajo su cuerpo. No lo había visto esconderla ahí cuando llegó, pero no fue difícil deducir que la había traído cuando regresó de su cuarto—. No puedes estar todo el día con esa toalla, ni siquiera se te ha secado el cabello y podrías pescar un virus. ¡Ah! olvídalo, de todos modos tendré que bañarte otra vez.

—Entiendo.

—Y, sobre tu nombre. Bien, no es que sea realmente largo... Nyara, Abner, ambos tienen la misma cantidad de letras.

—¿Entonces? —Ella no pudo detener las siguientes palabras—. ¿Por qué no te gusta mi nombre?

El humano abrió sus ojos sorprendido.

—No se trata de eso, es sólo que... Verás, sé que tienes voluntad y toda la cosa, quiero decir, los pariahnos tienen sentimientos, supongo, no es que eso sea asunto mío ¿Me entiendes? Pero, —Diciéndose que era el rey de los idiotas, Abner abrió la boca para confesar su más absurda fantasía—. Por lo general no me duran las mascotas, papá solía darme peces por lo menos una vez al mes.

Ella arrugó la cara, no lo entendía y a él no le sorprendió que fuese así.

—Eres algo así como mi última oportunidad para no joderla ¿Me explico? mi viejo insiste en que me falta madurar y si no le demuestro que soy un hombre, algo que salta a la vista ¿No te parece? —Estaba bromeando, por supuesto, ella no sabría notar la diferencia, de cualquier modo añadió—. Eres mía, se supone que yo te ponga un nombre, que te cuide, eres mi responsabilidad. Ponerte un apodo es lo mínimo que se espera de mí, si vas por ahí con aires propios.

—Entiendo —le interrumpió Nyara, con las palmas aferradas a sus endebles rodillas—. Eres mi dueño, todo lo relacionado conmigo te pertenece, incluso mi nombre.

—Exacto —ratificó Abner, sin entender por qué de repente se sentía culpable.

El teléfono sonó y Abner corrió por el pasillo a contestarlo, sin esperar que timbrara por segunda vez alcanzó uno de los inalámbricos que se encontraba en el trayecto.

Cuando por fin estuvo sola, Nyara se encontró con que ya no tenía hambre.

«Nya» se recordó «No Nyara».

Revisó con minuciosidad las cicatrices de su brazo, intentando ver la "Y", pero no vio ninguna consonante. Además, qué más daba, esas letras podían no significar nada, siempre había sido Y-315, en lugar de sentirse angustiada, debería dar gracias que su dueño era de los que gozaba con poner apodos, la mayoría se limitaba a llamarles por sus códigos.

Cuando Abner regresó a la habitación, la pequeña *virgo* le esperaba sonriente. «Gracias a Dios» meditó en silencio, por un momento creyó que la había ofendido, aunque por la forma en que lo miraba ahora, estaba seguro que no había sido otra cosa más que la clásica paranoia junto con su exagerada imaginación.

—Era papá, quiere que lo visitemos.

—¿Eso es bueno? —preguntó ella, poniéndose de pie y avanzando hasta él, quién no había querido traspasar el dintel de la puerta.

—La verdad es que no —alargó su mano para alcanzarla y siguiendo sus instintos le sacudió la cabeza y sus mechones marrones ondearon en diversas direcciones—. Mamá quiere conocerte.

—Entonces sólo tengo que esforzarme más.

—Ya lo creo que sí, ella es especial ¿Me entiendes?

Ella negó.

—Es difícil, ya lo entenderás cuando la conozcas. Ahora, tendré que darme una ducha, tú vístete mientras pienso en qué haré contigo.

—¿Hice algo mal?

Él le sonrió, negando con su cabeza.

—Todo lo contrario pequeña, todo lo contrario.

Cuando el humano desapareció de su vista, Nya corrió de regreso a la cama y tomó la tela que su amo le había pasado para que se cubriera, dejó caer la toalla al piso y rápidamente se cubrió con el algodón.

—¡Qué suave! —murmuró arrastrando la voz hacia un suspiro. Era una prenda larga que cubría desde los hombros hasta las rodillas y las mangas le llegaban hasta el codo.

Sin comprender por qué lo hacía, tomó el borde inferior de la tela y hundió la nariz en ella.

Olía de maravilla, como tierra húmeda, madera y chocolate, era un aroma clásico, libre. Olía igual a su amo.

Él le había dado una de sus camisetas.

7

*T*al y como le había advertido Yona, la *matriz* de su familia, Elle vio al par de pariahs recostados contra la pared, conversando cuando se supone deberían estar preparando la mezcla del cemento. Sin lugar a dudas, para ellos era mejor descansar mientras Z-505 hacía todo el trabajo duro. Estúpidas bestias.

—No sé quién rayos se cree —escupió el más fornido y bajo de los *onus*—, ni siquiera es de acá. La ama Elle lo trajo sólo porque se encaprichó con él, todos sabemos que no necesitaba una maldita piscina.

—Sí, bueno, allá ella —contesto el más alto—. Lo que es yo, no quiero estar cerca cuando la olla se destape.

—¿Me vas a decir que no te gustaría ver como castigan al bastardo ese? —insistió el tipo bajo—. Yo mismo me ofrecería en sujetar el látigo si es que el amo Hit se agota.

Elle apretó sus puños cuidando que no la vieran y decidió que lo mejor era esperar. A pesar de que la idea de entrar al cuarto de esas bestias era de lo más tentadora, no sería racional. Podrían ir donde Hit y soltarle todo el cuento.

Lo mejor en este caso, era fingir ignorancia, si esos pariahnos no sabían que ella estaba al tanto de sus intenciones, no estarían alertas, entonces cuando ella resolviera qué hacer, la venganza sabría más dulce.

Esa misma tarde, cuando todos los esclavos habían acudido a sus duchas, Elle se escabulló por los pasillos, pero a diferencia de otras veces en las que solía reunirse con Z-505, el *onus* que le había robado su cordura, siguió de largo e ingresó a la habitación del pariah más bajo, al que había oído hablar por la mañana.

Deshizo el lazo de su túnica dorada y rápidamente quitó el broche de su tanga, sin perder tiempo la enterró entre las sucias vestimentas de esa bestia. Una sonrisa tiró de su boca, pero rápidamente adquirió un rictus cruel mirando su obra, para luego salir de ahí rápidamente.

—Ya veremos quién disfruta el castigo. — murmuró para sí misma.

Mientras se escabullía de los vertederos que los *onus* llamaban habitaciones, divisó a Sem. Elle trató de que no se notara lo mucho que le afectaba estar cerca de él, lo había visto un sinfín de ocasiones; hoy mismo se las había ingeniado para tropezarse con él dos veces durante la tarde. Ninguna de ellas lo encontró solo y pedir a sus acompañantes que les diera espacio hubiese sido una estupidez abismal.

No necesitaba darles más motivos para que lo hostigaran, de hecho lo que precisaba era evitar situaciones de riesgo, al menos hasta que se hubiera encargado del asunto con cierto pariah de patas cortas, rechoncho y boca enorme.

Sin embargo, a pesar de sí misma, no podía acostumbrarse al efecto que Sem ocasionaba en su cuerpo. Y es que Z-505 era imponente, alto y fornido. Ostentaba dos veces el ancho de su esposo y lo sobrepasaba al menos unos 30 centímetros. A decir verdad, Hit Gurges no era una hombre pequeño, era alto y ciertamente su cuerpo había sido trabajado, pero los *onus* no habían sido considerados animales de carga sólo porque sí.

Independiente de su altura, había sido la masa muscular que los caracterizaba lo que los hacía tan idóneos para los ejercicios de carga pesada. Sin lugar a dudas Z-505 no había sido la excepción, y por dónde se lo mirara, estaba bien dotado.

Recordar eso y lo bien que se sentía sobre ella, envió una oleada de calor a su cuerpo.

Habían pasado dos días desde la última vez que la tocó, sabía que estaba siendo exagerada, pero su cuerpo no entendía razones, necesitaba más. Aquel pensamiento la dejó horrorizada. Por el amor de Dios, parecía una alcohólica con el síndrome de abstinencia, por lo mismo tuvo que recordarse que Sem era un animal, no una botella de destilado.

Z-505 se quedó ahí en silencio, esperándola en el rincón más oscuro, tal y como ella le había ordenado por la tarde.

—Has estado ocupado —él no respondió, en cambio se quedó quieto con su vista fija en el piso con los hombros rígidos. Parecía un cordero rumbo al matadero o un asesino rendido ante su inminente muerte en la horca. Aquel gesto la irritó como el infierno.

Elle se acercó dos pasos. Sólo dos fueron suficientes para evaporar la distancia que los separaba y cuando lo tuvo frente, dejó caer su palma contra la mejilla del *onus*, depositando toda su ira, orgullo herido y energía en aquel golpe.

—Me gusta que me respondan cuando hablo.

—No parecía una pregunta —musitó Sem segundos más tarde, con sus ojos aún clavados en el suelo, Elle quiso matarlo; pero justo entonces una curiosidad inexplicable la obligó a seguir la dirección en que Sem tenía fija su mirada. ¿Qué podía tener de interesante un *radier*?

La losa de cemento sobre la que ambos estaban situados permanecía tibia. Al parecer, todo el calor del día se acumulaba en el piso. Interesante, pero no lo suficiente como para competir con su atención. Elle pasó su pie descalzo por su empeine derecho esparciendo un poco de calor, luego frunció el ceño.

—Si gustas te traigo una carretilla, podrías aprovechar para adelantar trabajo, ya que estás tan apresurado por terminar.

Aquello no era realmente cierto, Elle podría apostar que el *onus* tenía tantas ganas de abandonar su casa como ella por dejar de verlo, pero ¿entonces? ¿Por qué no fue a ella la noche anterior? No tenía explicación. Lo había esperado por más de dos horas. Por supuesto, Elle no era tan idiota como para quedarse de pie junto a la puerta, en cambio le había encargado a Yona estar al pendiente.

—Te duchaste temprano ayer —dejó salir las palabras con una indiferencia que no sentía. La verdad era que Sem debió ducharse tempranísimo.

—Quería alcanzar agua tibia —admitió con el mismo tono disminuido mientras se rascaba una ceja.

Esa respuesta tuvo sentido para Elle.

—Por supuesto ¿Cómo no se me ocurrió antes? —razonó avanzando hacia la esquina, lejos de él. Observó apiladas las herramientas de construcción con las que los *onus* construían sus caprichos: picota, un saco de gravilla, un par de carretillas y otras cosas que no supo reconocer.

La réplica de Sem fue encogerse de hombros.

—En tres días se cumplen dos semanas desde que llegaste.

Las últimas brisas de la primavera se deslizaban tibias por su cuerpo, de hecho Elle casi podía escuchar a las pequeñas hojas sueltas crepitando por las ramas y troncos de los árboles, para finalmente aterrizar en el suelo.

—Sé que has estado ocupado —rodó sus ojos—, supongo que es mi culpa, te he sobrecargado de trabajo. —Y eso era decir poco, en los últimos cinco días ella le había exigido deshacer la fosa que habían cavado para su piscina y comenzar desde cero en el lado opuesto del jardín. En su defensa, bueno, no había mucho que decir, era una mujer indecisa y desesperada.

—Ama Elle —ella vio lo mucho que le costaba decir esas palabras, saboreó su nombre mientras lo oía brotar de sus labios—. ¿Qué quiere de mí?

Ser sincera le pareció humillante ¿Por qué? No era nada de otro mundo exigir los favores de un pariahno, por otra parte, sabía muy bien que los servicios de pariahs se restringían a labores domésticas o de compañía y no precisamente de "ese" tipo de compañía. Mantener relaciones sexuales con ellos estaba penalizado.

Desde luego, nadie le creería en caso de que Sem intentara denunciarla, no es que lo fuese hacer, era demasiado cobarde para ello, demasiado predecible. Una súbita furia la llenó cuando se dio cuenta de que sus mejillas habían comenzado a calentarse y sus manos ahora yacían empapadas.

—Desnúdate —si su voz hubiera salido más fría, podría haberle congelado la lengua—, y date prisa, no tengo toda la maldita noche.

Por primera vez durante el tiempo que estuvieron uno frente al otro, él se dignó a mirarla.

¿Dónde estaba el *radier* ahora, eh? De ninguna forma un insulso piso de cemento y gravilla sería más importante que ella.

—Pensé que…

—¿Qué? ¿Ahora tienes permitido pensar? —una sonrisa aún más gélida escapó de sus labios—. Parece que no lo tienes claro, te haré un favor y lo repetiré: Yo ordeno y tú obedeces. No se te permite pensar.

Algo en la forma en que la miró la hizo ser consciente de una cosa, él no se lo perdonaría nunca, y a ella no le importaría...

—No tengo toda la noche —le urgió.

Y con esa última orden, Sem apartó la vista y comenzó a quitarse la única prenda que traía puesta en esa cálida y húmeda noche.

El humilde pantaloncillo de tela color crudo se deslizó raudo por sus largas y macizas piernas, como si la sucia tela supiera el riesgo que conllevaba desobedecer una orden. Pudo haber pateado la prenda lejos, pero no, su *onus* era mucho mejor que eso, en lugar de actuar como un perro rabioso y resentido, procedió a acuclillarse para tomar la tela y doblarla, luego se puso de pie y la acomodó junto a las carretillas con herramientas.

Él actuaba tan calmado y resignado, cada movimiento con una determinación que podría jurar, era calculada. Sin dejar que eso la afectara prosiguió con su acometido ¿Qué si él actuaba como un objeto? Era eso después de todo: un utensilio que debía ser usado. Nada más. No había por qué sentirse mal.

Entonces, ¿por qué sentía una punzada en el pecho? Sacudiendo la cabeza para alejar esos pensamientos se acercó hasta Sem. Elle sólo vestía una gasa color turquesa con el punto del tejido tan amplio que hacía lucir la prenda, casi trasparente. Justamente, por ese motivo lo había escogido.

Hit había viajado al norte de Akor, hasta Saevitia, una de las pequeñas ciudades que hace unos meses, había sido víctima de los ataques a manos de pariahs rebeldes, los que no sólo invadieron la localidad con pancartas alusivas a su liberación, sino que también habían plantado explosivos en la sucursal de Signâtum Corp. Por esta última causa, su esposo se había visto en la obligación de asistir. Él junto a Chadder Ulti, eran los abogados de la firma y tenían que asesorar legalmente el cierre temporal de la sucursal por daños y pérdidas, además de suspender un contrato con la administración Estatal de Saevitia que antes de los atentados, estaba dispuesta a unirse a las filiales Vitallus como colaboradora oficial.

Generalmente, Elle no estaba al tanto de los asuntos laborales de su esposo, pero en esta ocasión, le había preguntado por su viaje, y fingiendo interés escuchó más de lo que realmente quería saber. Era un sacrificio que debía hacer, ya que no deseaba despertar sospechas, sobre todo por lo feliz que le hacía su partida. Después de todo, era una mujer felizmente casada. O al menos, eso aparentaba.

Elle alejó sus pensamientos de los asuntos de su marido y dejó caer los brazos alrededor de sus hombros, eran tan amplios que le hacían pensar en el ancho mar y todas las probabilidades que su extensión le surtía: ansiaba explorar las dimensiones de Sem, cada recóndito lugar, el salvajismo de su oleaje, al sabor salado de su marea, su aroma, su sudor.

Desvió los labios hacia el fornido pecho del *onus*, fingiendo no darse cuenta de que esquivaba su boca, ocultando el dolor que le provocaba ese gesto tan decidor. La cálida respiración del *onus* rozó su oreja y cuello cuando ella continuó su camino en dirección al sur, hacia ese trabajado abdomen, hasta quedar de rodillas. Se entretuvo lamiéndolo alrededor del hueco de su ombligo, mientras las manos del *onus* yacían inmóviles a sus costados. Se preguntó por qué no la tocaba, por qué no aferraba los puños a su cabello y le indicaba qué hacer. Si bien, ella había sido siempre quién tenía el control, aquella vez en la ducha él la había sorprendido tomando la iniciativa, la había asustado, por supuesto, pero seguía siendo un buen cambio.

—Eso es —masculló contra su carne, entreteniéndose en el hueso de su cadera y mordisqueándole la piel.

Sin dejar de lamerlo, continuó descendiendo hasta encontrar su miembro. Observó extasiada como crecía y lentamente fue introduciéndolo en su boca. Era suave y duro a la vez, el contraste la sorprendió. Todo aquello era completamente nuevo y aún así, era como si hubiera nacido para ese día, esa hora: el roce de esa piel contra su lengua; sus labios adaptándose a cada detalle de la erección de Sem. Estaba tan duro y ella era la única responsable, aquel pensamiento la hizo sentirse poderosa.

Sem dejó escapar un par de sonidos indecibles, mitad gemido, mitad ruego. Ante la obvia muestra de placer, la humana alzó el rostro encontrándose con esos ojos dispares que decían tanto y pedían nada. Al instante, las fuertes manos del pariahno encontraron su lugar en el pelo de Elle urgiéndole más.

De algún modo, sin ser consciente, sus propias palmas fueron a parar a los glúteos del *onus*, hambrientas e incautas, mientras que con los labios se esmeraba en succionar con fuerza y avaricia.

Lo sintió estremecerse y sonrió, los espasmos que habían comenzado a recorrer el cuerpo del *onus* no eran fingidos para "complacer al amo", eran placer puro, crudo y animal. De hecho, comprendió demasiado tarde que era ella quién se estaba esforzando en complacerlo. Ella, una humana, intentando dar placer a un pariahno, inaceptable, pero cuando Sem quiso reaccionar para impedírselo, ya era demasiado tarde.

El primer estallido fue el más fuerte, tiñendo de malicia ese semblante altivo, pero ni por asomo le restó dignidad. Elle intentó tragarlo todo, pero incluso humanas como ella, tenían sus límites y terminó con el rostro salpicado de semen y las puntas del cabello hechas un revoltijo. Las siguientes descargas fueron más flojas, cayendo sobre su lengua.

Elle, apartándose de su cuerpo lo miró y quedó atónita, porque de hecho, era primera vez que lo veía de verdad, no en términos físicos, habían estado desnudos una veintena de veces, pero nunca como ahora; no así de expuestos. Maldición, había estado tan ciega, ella nunca lo vio por lo que era: un igual.

Él acababa de apoyarse contra la pared que se encontraba a sus espaldas, sus ojos discordes la observaban somnolientos y la verdad es que era hermoso bajo la luz de la luna. Horrorizada ante su pensamiento, Elle se pasó una mano por las comisuras de su boca, como si de esa forma pudiese borrar lo que había hecho.

Si pudiera lucir más ofendido, a ella le hubiera impresionado. Incapaz de decir nada, al menos algo coherente, se paró, ignorando el dolor en sus rodillas y giró sobre sus pies. No estaba en condiciones de esperar a que Sem le dijera algo y en ese momento trató de huir de ahí, sin antes mirarlo por última vez.

—Debes estar hambriento, iré por algo de comer —soltó sin pensarlo, porque preocuparse por si el *onus* sentía o no hambre, era una soberana estupidez. Corrió hasta su casa y escudada por las paredes de la cocina se permitió soltar un suspiro.

—¿Qué hiciste? —su voz fue un jadeo, antes de enjuagarse la boca con un vaso de agua, luego bebió un segundo trago y se forzó a hacer gárgaras. Pero seguía sin ser suficiente, su olor, su sabor, parecía haberse impregnado de tal manera en su lengua que se había vuelto parte de su piel.

Corrió hacia el baño y vomitó bilis, luego tomó el dentífrico, vertió la mitad del recipiente en su cepillo y limpió sus encías hasta hacerlas sangrar. Pero seguía sin ser suficiente, se quitó la gasa tejida y entró a la ducha. Una vez bajo la lluvia tibia de la regadera, se enjabonó y comenzó a fregar su piel dejándola roja. Sin embargo nada sería suficiente para que Elle olvidara que sirvió como esclava de un pariahno, nada sería suficiente para hacerla olvidar que entregó su voluntad a un animal. No fue hasta que se obligó a salir del improvisado baño tibio, que recordó al bruto que seguía afuera, sin abrigo a plena noche. No importaba si la primavera estaba en sus últimos días, no era lugar para dormir, ni siquiera para un pariah.

A fuerza de voluntad salió a buscarlo, su corazón se detuvo cuando lo observó de pie en la misma esquina donde ella lo había dejado, no se había vestido. Sus labios habían perdido el color y había deslizado sus brazos por su pecho, probablemente en un intento por calentar su cuerpo y soportar el frío. En ese momento, realmente deseó que fuera como otros pariahnos de los que había oído hablar, más rebeldes, menos complacientes, pero entonces no sería él y ella había aprendido a soportarlo.

—Hey —dijo soltando un breve silbido, sin querer exponerse a la recriminación de sus ojos—. Ven acá.

Y lo hizo, tal y como ella esperaba, la siguió hasta el interior de la casa, luego hasta la cocina, sin antes cubrir su desnudez con los pantaloncillos.

—¿Quieres un café?

Él negó.

—¿Tal vez un poco de leche?

Otra vez negó.

—¿Qué tal una cerveza? A Hit lo vuelven loco, estoy segura de que tú…

—No, muchas gracias —la interrumpió sin mirarla, se había sentado junto a ella en el mesón de la cocina, evidentemente incómodo.

Ella no esperó a que le dijera qué le apetecía realmente, algo en su interior le advertía que no le iba a gustar nada escuchar su respuesta, en cambio se encaminó hacia la nevera y sacó una fuente con fruta picada: melón, tunas y fresas en trozos cuadrados.

—Ten esto —le indicó, ofreciéndole un pedazo de fresa indirectamente en la boca, no esperó a que respondiera y lo introdujo entre los labios del pariah sin esperar que los abriera. Él la miró sorprendido, y Elle aprovechó su momentánea distracción para también comerse un cuadro de fruta.

El jugo de tuna disparó oleadas de placer en su boca, Elle se echó hacia adelante, pasó el brazo izquierdo alrededor de Sem, dejó caer el mentón sobre su hombro, mientras con la mano derecha, le daba otra mascada a la fruta, y de paso intentaba convencerse de que nada de eso estaba mal.

—No —pidió él, deshaciendo su agarre, pero ella no le permitió zafarse y lo forzó a sostener su peso en el hombro.

—¿Qué está mal?

Él no respondió.

No podía, adivinó Elle y le enfureció que no fuera sincero. Por una vez, por una maldita vez le gustaría que dijera lo que en verdad sentía, cada palabra que pasaba por su mente. Literalmente, ella mataría por saber lo que pensaba.

Por su parte, Sem pensaba que Elle había enloquecido, no había otra palabra para catalogar su actuar. Y lo que le había hecho... Sem usó todo su esfuerzo para retirar ese pensamiento de su cabeza, lo que Elle hizo no tenía nombre.

Había intentado alejarse de ella, claro, tanto como le era posible entendiendo su condición, vivían malditamente cerca, y no era difícil para ella fingir que lo necesitaba en cualquier ocasión. Pero la indiferencia, el maltrato, lo habían matado, literalmente estaba dolido por ella. Sin embargo, su deseo, su confusión sólo aumentó, mucho más esta noche cuando ella le dio el mayor regalo que una persona pudiera dar, probablemente Elle ni siquiera estaba consciente de eso.

Él tampoco lo estaba completamente, había tenido hembras en su vida, por supuesto, pero la reproducción era una cosa, el placer otra y los sentimientos. Mejor de eso ni hablar.

—Sabes Z-505, cuando hago una pregunta, realmente espero que me respondan.

—Sem.

—Hum —lucía confundida—. ¿Qué has dicho?

—Sem, me llamo Sem.

El entendimiento tomó lugar en su rostro y no se sorprendió cuando ella le sonrió con frialdad, después de todo, ya se había acostumbrado a sus sonrisas. Eran frías y afiladas, como una hoja de afeitar y herían mucho más que una navaja.

8

L uego de esperar por eternos cinco minutos en los que le leyeron el número de serie que resguardaba el *signâtum*, y aguantar otros tres a que adhirieran un brazalete en torno a su muñeca para evitar que se escape o que, ataque a alguien, Nya finalmente dejó de temblar. Tal vez no lo hizo realmente, pero al menos disminuyó la intensidad de sus sacudidas.

Estaba actuando como una quejica, casi podía imaginar a su *avari* negando en frente suyo. Seguramente estaría desilusionado. "No lo mereces", diría él y Nya tendría que darle la razón. Contuvo el aliento sin atreverse a mirar a su amo, estaba avergonzaba. ¿Cómo podía debilitarse por tan poco?

Tres meses con él y miren como actuaba. Santo Dios, ¿la habían golpeado acaso? Por supuesto que no. Apenas se habían acercado para revisar su *signâtum*, que en cualquier caso, era lo máximo que podían hacer por ella. Podría estar cercana a sus días fértiles o algo peor.

—Tranquila Nya —susurró Abner, inclinándose hasta su oído. Ella tragó nerviosa, pero al menos no tropezó con sus propios pies mientras caminaba— No hay razón para que estés así.

Ella tenía serias dudas sobre eso, y si él se refería a su temblor mientras caminaban, pues no sabía cómo controlarlos. Nadie le había quitado un ojo de encima desde que ingresaron al Centro, así que su nerviosismo no estaba ni cerca de acabar. Conocía los centros comerciales, Nyara había oído de ellos durante toda su vida, porque era ahí donde sus *avaris* compraban el alimento que consumían los humanos cuando iban de visita al criadero, «lugar donde solía vivir hasta hace apenas tres meses», se recordó.

Aquello era bastante común, claro que era muy diferente oír sobre el asunto a vivirlo en carne propia, sobre todo porque según parecía, ella era la única pariahna caminando por aquel lugar, Nya comenzó a preocuparse: qué tal si los de su especie tenían prohibida la entrada.

—Piensa en algo lindo o qué se yo. Tiene que haber un modo en que consigas tranquilizarte.

—Ajá —le respondió, pero su dueño no pareció muy contento.

La *virgo* había aprendido ese término de su amo, en palabras de él: era una forma de afirmación más sencilla que el resto, de ese modo se evitaba ahondar en detalles.

No era un misterio para Nyara que Abner, el humano a quién debía su nueva vida, prefería facilitarse la vida. Lo mismo había sucedido con su nombre, él se lo había acortado de Nyara a Nya, como una especie de rito para reafirmar su autoridad; no es que eso le importara demasiado, ella estaba feliz con él, se sentía segura, a gusto. Asimismo, Nya había convertido el "ajá" en su nueva arma y respondía a cada consulta suya con dicha palabra, esperando secretamente complacer a su amo de esa forma.

—¿Me estás escuchando?

—Ajá —dijo forzosamente feliz, siempre tratando de agradarle.

De repente, el humano se detuvo y ella casi chocó contra su espalda, debido al trencito improvisado que había formado tras de él, aquello le provocó reír. La expresión que mostraba su amo, sin embargo, quitó cualquier ápice de humor en la pariah.

—¿Me estás tomando el pelo? —sus ojos eran fuego mientras mascullaba entre dientes, esforzándose más de la cuenta al encorvar su rostro para estar no a su altura, pero sí más cercano.

Tragándose su miedo, Nya mordió su labio, no entendía cómo, pero había hecho algo mal, algo grave, bastaba con mirarlo a los ojos para notarlo y en el poco tiempo que habían pasado uno en compañía del otro, ella había hecho un listado de las cosas que no convenía hacer cerca de su amo.

Para empezar, estaba el asunto del baño, si bien la había limpiado él mismo la primera vez que llegó, aquello no se había vuelto a repetir, ella no entendía mucho sobre el porqué, pero estaba claro que a él le disgustaba. Probablemente por un tema de higiene, aunque ella nunca había oído de nada similar, sí que sabía que el contacto entre razas era mínimo. Su propio *avari* se había negado a tocarla en toda su vida y cuando llegaba la hora del baño, éste se limitaba a formar a los pariahnos en fila, abrir una manguera y mecerla de derecha a izquierda para alcanzarlos a todos. Sin lugar a dudas, aquello era muy diferente a los baños tibios que gozaba en la actualidad.

Otra cosa que había aprendido a evitar era mirarlo directo a sus ojos, él tenía los iris más hermosos que había visto en su vida, en realidad había observado a pocos, la mayoría de tonos marrón y grises, como los suyos, pero no negros. Nunca negros. Era como mirar a la luna; se sentía atraída a él, al igual que un insecto encandilado por la luz.

Aunque no era de extrañarse, dedujo, mariposa nocturna o pariah, no distaban mucho del otro. Y para fines prácticos ambos, tanto luna como amo, eran dueños de su voluntad.

—N... o —titubeó la pariah y a Abner le resultó curioso que algo tan simple y breve como una negativa le llevara tanto trabajo, pero de nuevo ¿Quién era él para juzgar? Se había pasado la mitad de la escuela atorándose con las "eses" y las "erres", se dijo a sí mismo que debería ser más paciente con ella. Además, era tan sólo una cría. ¿No era esa la razón por la que su padre se la había dado, en primer lugar? Para que desarrollara carácter y madurara.

Soltando un suspiro frustrado volvió a erguirse, pero hablar con Nya le estaba costando mucho, debido a la diferencia de alturas, más le valía crecer o tendría que comenzar a acuclillarse cada vez que le apeteciera hablarle.

—Olvídalo —guardó ambas manos en los bolsillos, arrepintiéndose de haber traído un traje en lugar de *jeans*. Entonces recordó que el centro comercial era sólo una parada y que el infierno real le esperaba en casa de sus padres.

Pensar en su madre lo hizo envararse y, a la vez, sentirse agradecido de llevar ropa formal, su mascota en cambio, pues, realmente no sabía cómo se supone que debía vestirla, no estaba seguro si la pequeña túnica que Nya portaba era lo suficiente formal para una cena familiar. Ni siquiera estaba seguro si debía vestirla de una forma especial para ocasiones como esa, es decir, no era un bautizo ni una boda, pero las cenas de su madre tenían la tendencia de ser cubierta por la prensa de espectáculos y revistas de farándula. Realmente no quería ser el responsable de un ataque de histeria de los que su madre solía sufrir.

Tomó otra bocanada de aire y miró a la pequeña cría que continuaba frente él, aún temblando y esperando en silencio a que le dijera, por la forma en que mantenía cerrados los ojos, las peores palabras del mundo.

—Es mi culpa —se apresuró en aclarar retomando el paso por los pasillos del centro comercial, sin estar seguro de estar diciendo una verdad, pero la expresión mortificada en las facciones de la *virgo* lo obligaron a capturar su atención y alivianar de algún modo la carga que parecía llevar en esos escuálidos y pequeñitos hombros—. Soy excepcionalmente distraído y en ocasiones digo cosas sin pensar.

—Ajá.

Abner no sabía mucho de biología, lo suyo eran los números, sin embargo, se atrevería a apostar a que su cerebro corría grandes riesgos de explotar si la pequeña cría de pariah volvía a decir eso.

Le había tomado manía a la frase cuando se la escuchó decir a él casi una semana atrás, por supuesto, en aquel entonces había estado con su madre, razón de sobra para seguirle el amén en todo. Lástima que Nya no hubiese notado, que el "Aja" era una respuesta exclusiva para aquellos a los que silencias mentalmente cuando estas harto de sus preguntas y, por qué no decirlo, de sus historias absurdas. Tampoco quiso explicarle mucho, ya que no le había parecido correcto admitir que su madre lo aburría hasta morir, en cambio, sonaba mucho más digno afirmar que era un modo sencillo de acortar las palabras. Claro, Nya había tomado su explicación como una orden o algo parecido, ya que había seguido su ejemplo al pie de la letra, es más, actualmente no hacía más que repetir eso. ¡Con lo que había costado sonsacarle palabra!

—Ya sabes, puedes decir otra cosa.

—Hum, ¿como qué?

—¡No lo sé, lo que quieras!

—Mmm... —Abner evitó interrumpirla, en cambio intentó hacer como que miraba los estantes junto a él, pero era difícil fijar la vista en los cereales, había un montón de ojos puestos en su mascota, había fingido no darse cuenta, claro, no quería sumar razones al nerviosismo de Nya—. La verdad no se me ocurre nada.

Decidiendo que si no se concentraba en otra cosa terminaría diciendo algo de lo cual seguramente se arrepentiría, descruzó sus brazos y tomó una caja de hojuelas y la puso frente a Nya.

—Me gustan estos —estaba siendo espontáneo, esperaba que Nya lo pillara y cogiera el hábito, no le vendría mal tener una charla con más de diez palabras en ellas.

—¿Uh?

Ok. Naturalidad como tal era demasiado pedir. Sin embargo, no estaba dispuesto a rendirse, entonces, probó otra vez.

—¿O prefieres éste? —Consultó, tomando con la mano izquierda una caja que, en lugar de hojuelas ostentaba unas barras de chocolate y almendras—. Es menos nutritivo, pero ¿de qué sirve vivir más si no podemos darnos un gusto de vez en cuando?

A gusto con su argumento, Abner se cruzó de brazos satisfecho. Por su parte, Nya nunca antes había visto una de esas "cosas", sin embargo, un extraño impulso la incitó a apuntar con su dedo índice la caja de color marrón, la que su amo había catalogado como "menos nutritiva".

Estaba lista para aplaudir cuando lo observó sonreír satisfecho. Luego negó y devolvió ambas cajas al sitio donde pertenecían.

—¿Ni siquiera comes de estos, verdad? — preguntó, pero no parecía esperar respuestas ya que sacudió su cabeza casi arrepentido—. Tendrás que disculparme, en ocasiones es fácil olvidar que somos diferentes. De cualquier modo, no vinimos aquí por comida, sino por vestuario para ti, estoy seguro que por algún lado han de estar.

—¡Mira allá! —tomó su mano arrastrándola consigo sin dejarle responder—. Date prisa, ahí está la comida de perro, estoy seguro de que el alimento para pariahnos debe estar cerca. Y si está el alimento está la ropa.

Dejó escapar un suspiro cansado. Cuando finalmente llegaron a la sección de mascotas, Nya guardó silencio, menuda sorpresa.

—A esto me refería antes.

—¿Cómo?

—Decir lo que pienso, habla sin pensar o en tu caso sin necesitar permiso —rodó sus ojos, dándose por vencido. No tenía sentido explicarle, estaba claro que no lo entendía, así que centró su atención en los productos para las distintas razas de pariahnos que se mostraban en la repisa, había un montón de champús, diferentes plaguicidas, garrapaticidas, pediculicidas, cabello rebelde «¿Qué infiernos era eso?» pensó, acaso la rebeldía se llevaba en la fibra capilar, imposible.

Continuó su exploración: pelaje oscuro, pelaje claro, grueso, fino. Bueno, al menos en eso se parecían. Aunque no era muy asiduo a ir de compras, desde pequeño su madre le había inculcado lo básico.

B5 y H eran los componentes esenciales de sus champuses, ambas vitaminas, por supuesto. Los humanos se preocupaban primero por el interior, luego por el exterior, no a la inversa, como los pariahnos. ¿A quién mierda le importaba el color? Aquello no servía de nada si te quedabas calvo, y aunque la calvicie no era un rasgo de los de su raza, había oído de casos.

—Al parecer sólo hay útiles de aseo, no veo nada que se parezca a la túnica que llevas puesta —dijo esto mirando su precaria vestimenta con algo parecido a la repulsión.

Nya quiso morirse ahí mismo ¿Qué parte de complacer al amo era la que no entendía? A todas vistas él despreciaba su rudimentaria túnica, peor aún; la desaprobaba. ¿Es que nunca podría complacerlo?

Antes de que él pudiera hacer o decir algo, ella comenzó a quitar la sucia prenda que la cubría, no quería darle espacio a una palabra que pudiera sentenciarla a regresar al criadero, estaba siendo todo lo rápida que sus torpes manos le permitían, salvo que existía el asunto del algodón cardado que le rodeaba su cintura a modo de cinturón y estaba, fundido, o algo similar. De cualquier modo no había forma de arrancar la tela de una forma eficaz.

En su lugar, Abner no daba crédito a lo que veía. Frente a él, con el cabello espeso y acaramelado cayéndole en ondas salvajes por la curva de sus hombros hasta rozarle los codos, Nya estaba, bueno... No había un modo sencillo de definir lo que ella estaba o por lo menos, pretendía hacer en ese preciso momento.

—¿Por qué te desvistes? —se encontró tartamudeando, sujetando a la criatura con ambas manos para evitar que hiciera una locura en un lugar público. Al diablo el lugar, era una locura, no importaba donde lo hiciera, estaba mal, punto.

—No te gusta mi ropa —dijo ella, como si esa sola frase lo explicara todo.

—No se trata de eso. Quiero decir, no es la apropiada —se apresuró en añadir notando que la cría asentía en silencio, pero ya era tarde, el daño estaba hecho, bastaba con ver la postura alicaída de su mascota.

Para ser honesto, aún no se terminaba de creer que le hubieran dado una *virgo*, sobre todo porque él sabía mejor que nadie, debido al cargo que desempeñaba en la empresa familiar, lo escrupulosos que eran los criaderos a la hora de entregar uno de sus pariahnos. Te sometían a un riguroso Test y otras muchas entrevistas, de haber sido ese su caso, Abner actualmente seguiría coleccionando peceras vacías, en cambio la situación había sido mucho más compleja, casi corrupta. No le sorprendería enterarse de que su padre había cedido unos verdes para que se saltasen el Test obligatorio. Un acto irresponsable, a decir verdad.

Era por casos como el suyo que había tanto fanático adoptando pariahs para luego dejarlos en libertad. Vaya idiotez, como si la libertad pudiera solucionar algo. Los pariahnos nunca podrían estar mejor que en una casa: abrigo y comida. ¿Qué podría superar eso?

Un pariah suelto era el equivalente a uno muerto. Santo Dios, le bastó con dar un breve vistazo a la pequeña *virgo* que, por cierto, continuaba con expresión fúnebre, para confirmar su postura; eran incapaces de cuidarse ellos mismos, enviarles a la calle era enviarlos a morir.

—Bueno, bueno —exhaló aliviado, metiéndole primera a su *Etzux*, alejándose del parqueadero del centro comercial—. ¿No estuvo tan mal o sí?

Tras no recibir una respuesta, buscó el rostro de Nya en el espejo retrovisor y no le fue fácil encontrarla, la pobre criatura estaba casi enterrada bajo una montaña de bolsas de todos los tamaños y colores.

Abner se había emocionado comprando, habían pasado muchos años desde la última vez que entró a un centro comercial y esa máquina expendedora de gomitas para el cabello era la cosa más colorida y graciosa que había visto en largo tiempo, no en vano se había gastado mucho dinero en ella. En cualquier caso, Nya no podría quejarse, estaba seguro que su *virgo* ahora tenía gomitas suficientes para peinarse de aquí a los treinta.

—¿Puedes respirar, verdad?

—Ammja —la escuchó murmurar bajo las bolsas.

En realidad había comprado de todo excepto lo que tenía planeado cuando decidió ir al centro comercial. Sólo rezó porque su madre tuviera algo en casa.

Una vez en casa, mientras observaba la pila de rostros desfilar frente a ella, Nya no podía recordar la última vez que había presenciado tanta belleza junta. No era ciega, conocía el significado de la hermosura, la había visto en ocasiones cuando salía el sol. También se manifestaba con frecuencia en los diseños que portaban algunas mariposas en sus alas. Sin embargo, el desfile de humanos caminando de un lado a otro pasando de ella, hacía empequeñecer cualquier otro objeto que ella pensara digno de belleza. Los humanos no eran sólo hermosos, en absoluto, esa raza era algo superior, único, deslumbrante.

—Deberías cerrar la boca, no hay moscas por aquí, pero algún graciosito podría meterte una pelota de servilleta.

Saltó en su lugar al reconocer esa voz, la había escuchado antes, por supuesto. Era el amigo de su amo, Heber.

Él tenía los rasgos perfectos, típicos de los humanos, mandíbula afilada y fina, tez canela, ojos almendrados y oscuros, la habitual complexión fibrosa y una hermosura chocante como todos los de su especie.

—¿Tú aquí? —soltó su amo y por el tono de su interpelación, estaba claro que no le caía en gracia la presencia del otro humano ahí.

Nya se preguntó si de verdad eran amigos, no es que ella supiera mucho de amistad, pero se figuraba algo más amable, menos agresivo que el golpe que acababa de recibir Heber en el hombro gracias al puño de su dueño.

—¡Sorpresa!

—Puedes apostar a que lo es.

—Vale, ahora me siento mal —los ojos marrones del humano cambiaron de dirección con brusquedad hacia su nuevo objetivo: ella—. ¿Debería estar ofendido? Soy ingenuo, pero no tanto —Escuchó a Abner soltar un malicioso suspiro —, puedo ver que no pensabas presentarnos.

—He estado ocupado. Por cierto, ¿dónde está tu mujer?

—¿Mi Nebethcita? Está por aquí. Vino conmigo, pero se sentía mal. ¿Entre nos? —hizo un pésimo ejemplo de discreción llevando su mano hasta la boca, la mímica en realidad no estuvo mala, pero el tono excesivamente alto de su voz le quitaba bastante coherencia al gesto técnico—. Creo que la carne estaba pasada.

Alguien soltó una exclamación ahogada y luego un montón de risas hicieron eco en la habitación, Nya quiso girarse para ver qué sucedía pero sintió algo cálido envolver sus dedos, su pecho brincó al reconocer el toque de su amo.

—Ven conmigo —masculló Abner ignorando al otro humano, Nya se preguntó si tal vez no estaría su dueño avergonzado de ella. Era muy probable, parecía reacio a que compartiera tiempo con su amigo o con cualquier otro humano, ya que un mes atrás había sucedido exactamente lo mismo. Abner la había mantenido oculta en el cuarto.

Mordió la cara interna de su mejilla intentando no decir nada que empeorara la situación. Sin embargo, era difícil. Desde que habían bajado del auto, él prácticamente la había arrastrado al interior de la casa, aunque más que casa parecía un centro comercial, esa mansión era diez veces más grande que la casa de su amo, y eso que la casa de Abner era tan grande que Nya aún no la conocía por completo. De cualquier modo, si se avergonzaba de ella ¿Por qué la había traído a esa cena, en primer lugar?

Es una petición de su madre, se recordó con vergüenza. Diablos, era todo tan injusto y difícil de entender.

—¡Oye! —Heber los había seguido, notó Nya con preocupación, sin saber si eso era algo bueno o no.

—No le hagas caso.

—¡Abner!

—Sigue caminando —le alentó, ella no tenía demasiadas opciones. Así que, sin otra elección, continuó andando—. Aún tenemos que encontrarte algo para vestir.

—¡Cobarde! —escuchó que decían, pero si su amo lo oyó, pareció no importarle y si a él no le interesaba a Nya menos. Quería complacerlo, ser útil; actuar amargada o cohibida no estaba ni cerca de aparecer en la lista de las diez cosas que debe hacer un buen pariahno, bajo el supuesto de que existiese dicha lista, aunque eso le daba lo mismo, Nyara apenas sabía leer.

Continuaron caminando, o mejor dicho, él corriendo y ella siendo arrastrada, la escena se repitió durante los siguientes diez minutos hasta que Nya no pudo más y a Abner no le quedó más opción que detenerse y esperarla mientras intentaba respirar. Recostada contra la pared, con su pulso acelerado y la cabeza dando vueltas, Nya intentaba recuperar la compostura, un acto fácil de decir pero jodidamente difícil de realizar.

—Lo siento —dijo Abner al cabo de un rato—. Estás así de mal por mi culpa. No debí sobreexponerte. Maldición, ya es lo suficientemente malo haberte traído aquí.

No era bien visto que los pariahs miraran directo a la cara de los humanos, amos o no, seguían siendo una raza superior. Por eso sus siguientes palabras brotaron con un miedo atroz mientras miraba los ojos de Abner.

—¿Te doy vergüenza?

En ese momento ocurrieron tres cosas, Nya no estaba segura si acontecieron a la vez o cada una después de la otra. Pero el punto fue que aconteció y ella jamás lo olvidaría.

Primero, los ojos de Abner, oscuros como el ónix se abrieron sorprendidos y pestañearon sólo una vez; acto segundo, rápido, demasiado para que ella pudiera hacer nada, los brazos de él la atrajeron a su cuerpo y acto tercero, la voz de su amo brotó en un susurro, cercana a su oído:

—El único que da vergüenza soy yo, tú eres perfecta.

Ese fue el momento en que el mundo de Nya cambió.

9

 Sem»

Había soñado con el maldito apodo la pasada noche, tres letras, una vocal, dos consonantes y apenas una palabra. Aún así, era incapaz de decirla en voz alta.

Z-505, el *onus* que trabajaba en la construcción de su piscina le había dicho que podía llamarlo por su nombre si así lo deseaba, de eso, ya habían pasado tres meses y ninguno de los dos había vuelto a hablar del tema. No es que hablaran mucho en realidad, la relación entre ambos se limitaba al plano físico y era meramente profesional, o de eso se intentaba convencer Elle que no hacía más que valerse de sus dotes y posición superior para hacer y deshacer a sus anchas con el pariah.

A veces, en muy pocas ocasiones, se preguntaba si él acudiría a ella si le dieran elección. Antes creía que sí, por la forma en que escondía la cabeza en su cuello, o la ternura con que la envolvía entre sus brazos, pero eso cambió cuando ella cometió el estúpido error del jardín.

Tonta de ella, ¿Cómo pudo olvidar su rol? Estaban tan bien, pero no, Elle tenía que ir y complacerlo, cuándo su condición le otorgaba las facultades necesarias para matar al maldito si así lo deseaba. Bueno, quizás no tanto como eso, incluso los pariahnos tenían derechos, pero podría fácilmente prescindir de él y con su edad, no sería difícil adivinar el futuro que le esperaba.

¿Y lo ven? Era por eso que prefería no pensar, para eso se mantenía muy ocupada, como ahora, que buscaba qué diablos ponerse para la fiesta de esta noche; tenía toneladas de ropa. Vestidos de todos los colores y para todo tipo de eventos. Salvo que no se trataba de cualquier ocasión. Era su cumpleaños.

Veinticinco, la mayoría de edad. ¡Todo un sueño! ¿Entonces por qué se sentía como una pesadilla?

—Ama Elle —escuchó que la llamaban a través de la puerta—. Ya está listo su baño.

No perdió su tiempo respondiendo y se concentró en el chiquero que había montado a los pies de su cama. Diablos, realmente parecía una montaña de telas, pero no cualquiera: seda, lino, incluso algunas incrustaciones de diamantes. ¿Para qué buscar si podía comprar algo completamente nuevo? No importaba si no había usado nunca la mayoría de los vestidos que tenía desperdigados por su habitación, no eran nuevos, así que fin del asunto.

Ninguno de ellos llamaba su atención, al igual que la casa, el jardín, hasta la playa artificial que bordeaba sus terrenos, todas las cosas que de su vida, fueron por un momento el centro de su atención. Se obsesionaba con ellas hasta tenerlas, pero con el paso de las semanas, cuando la novedad pasaba, también lo hacía su interés. Incluso Hit Gurges, su esposo, había sido presa de su síndrome de "niña consentida".

Elle se pensaba enamorada con locura, rogó a su padre que le permitiera casarse antes de los veinticinco, una cosa poco común entre los de su especie, pero tampoco descabellada. La verdad era que los matrimonios no eran muy bien vistos, era anticuado. Los verdaderos enamorados optaban por vivir juntos y un contrato no haría la diferencia, el amor sí.

Pero Elle era una chica segura y todo lo que deseaba lo conseguía, y lo que ella había querido en aquel entonces era la materialización de la historia de amor. Toda. Vestido blanco, el hombre ideal esperándola frente al altar, la torta perfecta, invitados bien vestidos, entre otras cosas... Así que hostigó al flamante novio hasta conseguir su fantasía. Casi un año después, no podría sentirse más desdichada ni vacía, todas las cosas la aburrían, todo la cansaba y la hartaba. Todo, excepto Sem.

Tic-tac, tic-tac.

Después de pasar más de noventa días en casa de Abner, viéndole reír, comer y hasta enojarse, los habituales latidos de su corazón habían sido reemplazados por algo similar a una bomba de tiempo. Y sólo su amo tenía el toque detonador. Era curioso, en los últimos tres meses Nya, se había memorizado un montón de gestos que él repetía, era su fórmula secreta para no hacerlo enojar.

Por ejemplo, si Abner llegaba temprano a casa, lo que era poco habitual ya que después de la primera semana juntos, una vez que ella se acomodó, habituó al entorno y le quedó claro que la piscina era un lugar peligroso, él había vuelto como un autómata al trabajo, ella solía esperarle recostada en la alfombra del *living*.

Era habitual en él soltar un bostezo largo e interrumpirse al reparar en que ella aún estaba ahí. Nya nunca dejaría de preguntarse por qué le sorprendía tanto que lo esperara, llegaba tarde, sí, pero ¿No era ese el deber de una *virgo*? Nyara esperaba hasta las cuatro, cinco, incluso seis de la mañana de ser necesario. No lo sentía para nada como un sacrificio, de hecho, en ese tiempo perdido Nya había aprendido a usar la pantalla digital multifuncional del *living*.

La primera vez que vio bajando ese tremendo panel desde el techo, quedó sorprendida, pero cuando vio cómo Abner manipulaba las imágenes y textos que en ella aparecían, la curiosidad tomó su lugar. En un principio, pensó que ni siquiera lograría hacer bajar el aparato, pero una vez lograda esa meta, todo le fue fácil. En eso mataba el tiempo; mirando imágenes de paisajes de otras ciudades, cotidianeidades humanas, costumbres pariahs y a pesar del precario conocimiento que Nya tenía de las letras, siempre se las arreglaba para encontrar la información que necesitaba para satisfacer su curiosidad, hasta que notaba la hora.

Minutos antes de que su amo entrara a casa, a Nya la invadía una ansiedad extrema. Y cada vez que él se tomaba más tiempo del habitual, una especie de monstruo viviente se acomodaba en su estómago, devorándole las entrañas, robándole su aliento. En cambio, bastaba con verlo llegar para que sus pulmones recuperaran su funcionalidad: Respirar.

De modo que esa tarde de inicios de otoño, cuando el cielo se mostraba rojo y las hojas caían, aún con ropa vieja y el estómago vacío, Nya comprendió que algo no andaba bien, no con su salud, sino con su pecho. La forma en que latía esa bomba de tiempo, sencillamente no era normal.

—¿Te encuentras bien? —le preguntó su amo, trayéndola de vuelta al mundo real, a la vida, al entorno lleno de paredes blancas y olores que te invitaban a relamerte los labios por pura anticipación, lo que automáticamente envío a sus propios ojos disparados hasta la boca del humano, de su amo.

Abner tenía una boca digna de ser mirada, todos los días y cada una de las horas del maldito día, y justo ahora, era incapaz de mirar otra cosa.

Y el reloj de su pecho seguía corriendo: Tic-tac, tic-tac...

Su labio inferior lleno y el superior arqueados.

—¿Nya? —la aludida pestañeó confundida y obvió su habitual recurso, el silencio, reemplazándolo por una respuesta locuaz. Necesitaba alejarse de él por un momento, necesitaba pensar con claridad, incluso si todo lo que quería, era estar cerca.

—Tengo hambre.

Él dejó escapar una carcajada y la soltó, ella extrañó el calor de su toque de forma inmediata. ¿Cómo no hacerlo? Si nadie le había dado tanto cariño antes, él había visto en ella lo que nadie vio.

Abner la había tratado con respeto y preocupación, cuando tenía hambre en lugar de arrojarle el plato al piso, tenía la delicadeza de cubrir su cuello con servilletas, para sentarla en la mesa. Ella sabía que cosas como esas no eran habituales, aunque no entendiera mucho las diferencias entre ellos, las aceptaba. No era la idea comparar, pero en el criadero oía las historias que otros pariahnos contaban.

Su amo en cambio, le había dado una razón para creer en algo mejor, un futuro ideal en su compañía y los suyos. Tal vez, si tenía suerte, incluso podría albergar en su vientre a sus hijos y la humana que escogiera. Nya amaría a esos niños y mujer, tanto como había comenzado a amar a su amo.

—Es cierto, con todo lo de Heber me distraje —no era el único—. Prometo darte de comer hasta que revientes —Ante su cara de pánico, él se apresuró en aclarar que se trataba de una broma.

—En cualquier caso, estoy bastante seguro de que papá tiene amigos *veterinae* entre sus invitados. Pero no te preocupes, no dejaré que revientes. Deja de mirarme así, me haces sentir culpable. Y sobre lo de antes, por favor, nunca, pero nunca de los nunca de los jamás, pienses que siento vergüenza de ti. Acá el único que hará el ridículo soy yo. Sólo estaba arrepentido de traerte porque conozco a mamá, sé la clase de cosas que está dispuesta a hacer para aparecer en las revistas. ¿Oíste las risas de antes?

Nya asintió.

—Pues, ese era Albert. El *virgo* de mamá, ella lo disfraza en cada reunión que celebra. Él apenas tiene seis años, es joven incluso para un pariah.

Nya no se lo podía creer.

—Suele ponerle trajes de astronauta, oso panda, payaso —Hizo una pausa rodando sus ojos—, esta vez eligió un disfraz de humano, muy creativo, podrás imaginar por qué las risas ¿No?

—Y qué es lo gracioso en eso. Un humano no es tan diferente de un pariah, al menos físicamente. — respondió Nya, no viendo las implicancias de su sentencia.

Abner quedó semishockeado, la cría no hablaba mucho, pero cuando lo hacía era elocuente e incisiva. Negó sonriendo, pensando en que deberá poner protección parental en el *touch screen*.

—Sí, tampoco me causa gracia. Albert tiene su cabello rojo y la cara llena de pecas, me lo encontré en la entrada, mientras tú intentabas salir del auto bajo esa montaña de bolsas. Por eso me apresuré en alejarte de ahí... Me niego a que haga eso contigo —escondió ambas manos en sus bolsillos, sin mirarla.

—No importa si eres una pariahna, un perro o un mono. Maldición, podrías ser incluso un hámster y seguiría siendo demasiado ridí...

—¿Demasiado qué?

Se giró atónito, segunda vez que le hablaba…

—Sabes, creo que ya sé la razón por la que no hablas. Dices demasiado.

Nya sonrió, entendía lo que él quería decir y, por supuesto, también comprendió que su amo estaba cambiando el tema y no había mucho que ella pudiera hacer para sonsacarle información. En cambio se limitó a unir sus nudillos y llevarlos hasta su pecho. Entre los pariahnos significaba un pacto, un acuerdo, la forma más antigua de cerrar un juramento.

Supo que Abner lo entendió cuando asintió y volvió a tomar su mano, era un gesto descuidado, sin segundas intenciones, todos los humanos tomaban así a sus mascotas, sobre todo a los chimpancés que eran, después de los pariahs, las mascotas más cotizadas, más que nada porque su precio era más accesible.

Más tarde, en el interior de la casa de los Vitallus, Nya intentaba superar la impresión. En el momento que se encontró por primera vez a la madre de su amo sintió que su corazón se paraba. Se habían detenido con Abner frente a un pórtico, aunque en honor a la verdad, eso no podría ser considerado en ningún lugar del mundo una puerta. La jodida cosa era un muro, una fortaleza, cuatriplicaba el tamaño de la celda que solía ser su hogar en el criadero. Después de tocar, con un fabuloso golpeador de puerta en hierro fundido, envejecido y con forma de puño, algo así como nueve veces, una mujer alta, casi tanto como Abner, les había recibido con expresión indescifrable.

La mujer, Vasni —Nya se obligó a no olvidar el nombre, en vista de que su amo se lo había repetido cerca de quince veces mientras se encaminaban a los pilares que te daban la bienvenida—, lucía como la reencarnación de la belleza. Olviden la belleza, la mujer parecía sacada de un cuento, o una imagen divina de sus sueños. Pues, no le sorprendía, sabía por Abner, que ella había sido modelo en su juventud. Por supuesto, tuvo que abandonar su carrera una vez que se casó, al parecer, no era compatible con la imagen que querían proyectar los de Signâtum Corp.

Sin embargo, todo les había salido mal, pese a que Vasni había abdicado, jamás renunció a su esencia y utilizaba cada oportunidad que tenía para capturar las miradas de los tabloides. No se trataba de desprestigiar a su marido, sino de anunciar con letras gigantes que seguía vigente. Como ahora: resplandecía en una túnica roja, con un escote en V que dejaba a la vista la mitad de su busto. Su piel en cambio, había capturado el matiz perfecto entre el oro y la canela. Nya casi podría apostar a que proyectaba calor, aunque no podría asimilarlo, además era sólo una *virgo*, no se vería bien que intentara tocarla, sin mencionar que ya se había pasado de la raya al mirarle por tanto tiempo.

En su defensa, seguía anonadada por el color de sus ojos, eran tan brillantes y vivos, como chocolate fundido y una fila de aretes negros adornaban su pómulo izquierdo, simulando lunares.

En resumidas cuentas, era una diosa, una diosa de complexión delgada y los rasgos habituales de su raza. Súbitamente fue consciente de su propia sencillez y fealdad. Abner le había dicho que no se preocupara por cómo lucía, que le conseguiría algo en cuanto llegaran, pero presentarse así de indigna ante tamaña deidad.

Abner intentó actuar calmado, simulando no ver cómo la pequeña cría limpiaba sus manos sin cesar en los costados de su túnica. Se sintió estúpido por no haber sido capaz de comprarle algo decente para vestir. No es que se avergonzara de ella, al contrario, le dolía verla tan incómoda y disminuida. Aunque para él, Nya era maravillosa tal cual estaba, recién notaba lo afortunado que era por tenerla en su vida.

Esta vez su viejo había acertado con el regalo, aunque el pobre tendrá que pensar mucho el próximo, para sólo llegar a los talones de la pequeña pariah. Aunque el cumpleaños más próximo era... Elle ¿Cuándo? Pues, Abner ni quería ni podía cavilar en eso. De hecho, dejó de pensar en regalos y cumpleaños por un momento y se concentró en lo imperativo, en el ahora. Nya y su falta de indumentaria.

Le preguntó a su madre si tendría algo para ella, Vasni poseía muchos pariahnos, de seguro tendría algo más cómodo que la túnica que llevaba su pequeña Nya.

—¿Ropa para *virgos*? ¡Por supuesto!

Abner dejó escapar el aire en un silbido mientras observaba a su madre correr emocionada por los pasillos de la enorme habitación con la pequeña colgando de su brazo.

De repente se dio cuenta de que acababa de entregarle a Nya a su madre, sí, la misma persona que le había tinturado el cabello de negro a un pequeño pelirrojo con no más de seis años, la misma mujer que había cubierto de polvos y maquillaje la clara piel de una cría pariahna hasta que desaparecieron las pecas por completo. Hombre, él de verdad era un idiota. Abner sólo podía rezar para que Nya lo perdonara alguna vez, incluso cuando no entendía por qué infiernos le importaba.

«Estúpido, estúpido, estúpido».

Abner decidió no pensar y comenzó a encaminarse hacia el salón donde se estaba celebrando la reunión. La mansión de sus progenitores, era famosa por sus fiestas, además su gran tamaño la hacía ideal para las multitudinarias reuniones que su madre acostumbraba dar. El diseño lo hizo el abuelo Vitallus, cientos de años atrás, en un principio su estilo era renacentista-griega de antes del *Desastre de la Nueva Visión*, pero cuando Vasni se entronó como dueña del hogar, comenzó a reconstruir, ampliarla, remodelar por lo que, actualmente el estilo era una mezcla neoclásica con… Indefinido.

Una vez mezclado entre los invitados, a Abner le fue difícil mantenerse tranquilo. Menos en un salón con cientos de invitados haciendo preguntas de toda índole, sobre él, su *virgo*, la empresa, etcétera. ¿No te parece invasivo el uso del *signâtum*? ¿Cuándo sentarás cabeza?

«En vista de que, tener ciento treinta y ocho no era estar viejo. Pero tú sabes, el tiempo corre, y qué mejor momento para responder a esas preguntas que hacerlo mientras tu madre estaba, "sabrá-Dios-dónde" haciendo "anda-tú-a-saber-qué" a la única compañía que has tenido en los últimos veinte años» reclamaba la conciencia de Abner que, a pesar de haber decidido éste no pensar, esta no dejaba de refunfuñar como un vieja amargada.

Ahora, lo bueno de estar entre cientos de personas, es que apenas si se notaría cuando lograra sacar a Nya de ahí. Además, su madre no podría echarle en cara. Había ido, ¿no? Eso era más de lo que había hecho en mucho tiempo por ella.

Así que suspiró tranquilo cuando logró deshacerse de esa morena que insistía en insinuarle su escote mientras le recordaba lo cerca que estaba de cumplir el siglo y medio, y le enumeraba las ventajas que le traería una vida en pareja. Sí, él no podía estar más feliz de haber dado esa plática por terminada.

—Entonces, ¿Cómo es que tú estás aquí y ella no?

La voz de Heber hizo trizas su control, Abner rodó los ojos y fingió estar concentrado en su copa de vino. Hombre, él odiaba el vino, lo odiaba con todo su ser. Para él, el tinto no era otra cosa sino uvas podridas fermentadas. Que lo perdonaran por no querer consumir esa mierda.

—Es curioso, el destino insiste en unirnos y tú no haces más que evitarme. Ya sabes lo que dicen del destino, intenta doblarle el brazo y…

—Heber, déjalo —la suave, pero firme, voz de Nebeth, su señora trajo un remanente de paz al pecho de Abner, estaba en verdad nervioso y que Fac lo jodiera no ayudaba.

—¿Qué hice?

Ella sólo chasqueó su lengua, no era una respuesta muy clara, pero funcionaba tan bien como una, aquello lo hizo recordar a su pequeña *virgo*.

—Muy bien, me callo. Pero ¡Qué conste! —el tipo tuvo la cara de alzar el dedo índice ¿Se podía ser más dramático?—, que sólo intentaba ser un buen amigo.

—Gracias —murmuró cuando Nebeth tomó a su esposo del brazo y lo obligó a girar sobre sus pies para llevarlo hacia el jardín donde se había reunido un montón de gente.

Esa era una fiesta muy peculiar, tuvo que admitir Abner. A diferencia de las cenas que su madre acostumbraba, no había tanto fotógrafo suelto ni periodista vuelto loco intentando sonsacar detalles sucios de la familia Vitallus. De hecho, él no se había sorprendido por ni un solo *flash* en lo que llevaba de la tarde.

Su padre se estaba comportando como un excelente anfitrión y según había oído, su madre les había dado la bienvenida a todos cuando inició la recepción. Lástima que él se lo hubiera perdido por llegar tarde, era un hecho: no servía para ir de compras. El fiasco de hoy, sólo reafirmaba su tesis. ¿Cómo rayos pudo olvidar lo más importante?, la razón inicial de que fuera a comprar, en primer lugar.

Abner continuó vagando por su casa, el mismo sitio donde había corrido durante tardes enteras, deambuló por los pasillos de la mansión hasta que se agotó y lo hubiera seguido haciendo, si no fuera porque escuchó una voz familiar.

—Y es por eso que quise hacerles parte de esto. Sé que no me estoy refiriendo a cualquier desconocido, ustedes son íntimos de la familia y mi pequeña Elle no se merecía menos que eso, ¿verdad amor? —La voz de su madre hizo eco en cada uno de los parlantes perfectamente ubicados para abarcar toda la casa. Interior y exterior, todas las habitaciones retumbaron con la risa de su hermanita pequeña.

—Gracias mami —a continuación una ovación digna de ser grabada y lo siguiente que se escuchó fue una detonación colosal y seguido de ella el cielo se cubrió de luces.

Fuegos artificiales explotando en el exterior. Abner corrió hasta la ventana para ver de qué se trataba. "Felices veinticinco", citaba el cielo. Era el cumpleaños de su hermana. ¿Cómo pudo olvidarlo? ¿En qué mundo vivía? Mierda, y con lo orgullosa que era Elle, seguro se lo sacaría en cara los siguientes cincuenta años, como si no tuviera ya suficiente con su madre y su fetiche por las crías pariahs.

—Señor —escuchó que lo llamaban, Abner se giró inmediatamente hacia su interlocutor, el que era de hecho, un pariahno.

—¿Qué sucede?

—Hay una cría preguntando por usted.

Nya, se recordó de inmediato.

—¿Dónde está?

—Acompáñeme, por favor.

Él lo siguió sin rechistar, pensando que esa noche estaba resultando aún peor de lo imaginado. «Lo siento hermanita, pero mis disculpas tendrán que esperar».

10

*L*as llamas iban ondeando de amarillo a rojo, rebeldes, indomables. Qué curioso, parecía que esa sola fogata concentraba más valentía de la que poseían todos los pariahs reunidos en aquel lugar. Nya volvió a mirar a sus iguales, se había quedado prendada al fuego, como cualquiera que lo veía por primera vez. La casa de Abner, al igual que el criadero y la mayoría de los hogares humanos, estaban dotados con artefactos electrónicos, el fuego era un método arcaico, incluso ella lo sabía.

Había llegado hasta ahí por casualidad, una vez que se cansara de buscar a Abner después de que la madre de éste le facilitara una tenida más decente, con colores muy por encima de los que acostumbraba usar, Nya se había despedido de la humana y había seguido a uno de los *virgos* que trabajaba en el servicio. ¿La verdad?, no se sentía a gusto entre humanos y tampoco es como si ellos le fueran a hacer un lugar.

Así es como fue a parar a la fogata en el patio trasero, junto a una veintena de pariahnos. Los había de todas las razas, incluso un *equs*, los padres de la especie, era primera vez que ella se topaba con uno, los había visto cuando investigaba sobre pariahnos en la pantalla de Abner, y la verdad es que el pariah que tenía en frente era aún mejor.

El macho tenía unos ojos verdes similares al pasto artificial que bordeaba la piscina de su casa, casi fluorescentes y la piel de su cuerpo era blanca como nata, el cabello en cambio, era de un negro tan oscuro que le hizo pensar otra vez en su amo y en la mirada confundida que lo acompañaba siempre. Nya sacudió su cabeza alejando esa idea y estiró sus manos más cerca del fuego en busca de calor.

Había comenzado por observar al resto de sus pares desde una esquina solitaria donde apenas llegaba el albor. Pero terminó acercándose tanto que le hicieron un lugar junto al fuego, en ese extraño y desproporcionado círculo que formaba el improvisado clan. Pese a que se trataba de desconocidos, parecía algo normal, como si el fuego los uniera, ¿O tal vez era el silencio? Nya no se atrevía asegurarlo, pero lo cierto era que ninguno de ellos se había dirigido la palabra.

Otra vez se quedó prendada viendo al fuego consumir la madera, hasta que una brisa suave le sacudió los cabellos, no los desordenó por completo, la madre de Abner se había asegurado de que eso no ocurriera al ponerle un par de pinzas en el peinado que había improvisado a la rápida antes de cubrirla con la nueva túnica.

Notó que estaba poniéndose fresco. Había anochecido hace una hora y si bien estaba apenas entrando el otoño, sabía que no sería buena idea exponerse a las bajas temperaturas. Frotó ambas manos en torno a sus brazos, por suerte la túnica que le habían dado le cubría todas las extremidades, pero seguía sin ser suficiente.

De repente, sintió que se removía el suelo a lado de ella. La tierra sobre la que se había acuclillado se hundió bajo su peso y el fuerte olor de las rosas consiguió que Nya supiera de quién se trataba incluso antes de que él se presentara.

—Eres Albert, ¿verdad? —el pequeño asintió sin mirarla, sus pequeñas manos estaban ocupadas en la zona del cuello. Al parecer, por la forma en que arrugaba su nariz, intentaba quitarse la loción o lo que sea que le hubieran aplicado para oler de esa manera.

Esperó callada, imaginando que alguien, cualquiera de los ahí presentes diría algo, en lugar de eso, el silencio sólo se hizo más grande y el pequeño *virgo* continuaba sin emitir palabras, no más de lo que decía su rostro a decir verdad. Debido a su edad, tenía sus dientes frontales levemente separados y el maquillaje ocultaba las pecas de su rostro. Sin embargo, a pesar del oscuro matiz que entintaba su cabello, las cejas casi naranjas desentonaban de un modo brusco con el resto del indumentario. Ella se sintió afortunada por no pertenecer a un lugar así.

—¿Cómo te sientes hoy, Al? —preguntó el *equs* guapo que antes había robado la atención de Nya. Algo había comenzado a agitarse en su interior al oír su voz, era un timbre grueso, agradable al oído—. ¿Aún te arde la piel de la cabeza?

—No, pero pica un montón —respondió el pequeño junto a ella, todavía sin mirarla.

—¡No te rasques! —insistió el *equs*, ahora con una nota de humor en su voz... y esos ojos. Nya estaba teniendo problemas para concentrarse—. Si los humanos se dan cuenta te echaran esa mierda mata piojos, y como te tiñeron hace poco tienes la piel de tu cabeza sensible.

¿En serio serían capaces de eso? A Nya le bastó con dar otra ojeada al pequeño para disipar sus dudas. En nombre de Dios, le habían teñido el cabello y era tan pequeño, un niño, si podían utilizar esos químicos en la frágil piel de su cabecita, ella no estaba muy segura de que no fueran a usar esa "mierda matapiojos" que acababa de mencionar el pariahno guapo.

—Lo que Kip quiere decir es que morirás de dolor —acotó alguien.

—Exacto —dijo otro.

—Duele como la mierda —insistió el pariah que respondía al nombre de Kip—. Casi tanto como el reemplazo del *signâtum*.

—Estas condenadas § (eses) —señaló inclinándose y llevando ambas manos hasta su tobillo—. Duele antes, durante y después del proceso de inserción. Definitivamente no es buena idea rascar la costra.

Inmediatamente los ojos de Nya volaron a su brazo. Nunca había conocido a nadie que hubiera sufrido el reemplazo del dispositivo de rastreo, sabía que existían casos, pero estar tan cerca de un pariahno defectuoso era... bueno, era algo intimidante.

Ahora que lo miraba bien, no sólo era guapo sino mayor, uno de los pariahnos más viejos que había visto nunca, debía estar cerca de los veinticinco o algo así. Todo un macho, tenía el porte y la contextura perfecta para la conservación de la especie. Un *equs* de tomo y lomo. Así mismo ella y todos los pariahs en aquella casa, traía sus muñecas y tobillos marcados con las dobles eses §. La señal de pertenencia, la ausencia de libertad.

—De cualquier modo —continuó el *equs*—, se avecinan tiempos mejores. Tú sólo espera y verás, esa humana loca no podrá jugar a las muñecas contigo nunca más.

Nya, se quedó mirando a Kip más de la cuenta ¿qué habrá querido decir con eso de que vendrán tiempos mejores? Cuando escuchaba ese tipo de comentarios, Nya se confundía, acaso no estaban ya en "tiempos mejores"; tener un hogar junto a los humanos, ¿no era suficiente? se entretuvo divagando mentalmente alrededor de la resolución del pariah, mientras miraba fijamente los detalles de la marca que surcaba su propia piel y fue en ese preciso momento, cuando sus barreras estaban bajas y casi se había acostumbrado a la complicidad de sus pares, que escuchó que la llamaban.

«Abner» Le reconoció de inmediato y se puso de pie, ¡por fin venía por ella!

Estaba tan sumida en las características de los de su especie: detalles que antes ignoraba, como el extraño trato al que sometían a algunos *virgos* menores, y que no todos los pariahs estaban conformes con su vida junto a los humanos, que prácticamente había olvidado la razón por la cual estaba ahí en primer lugar.

De repente, ya no estaba tan a gusto, por alguna extraña razón se sentía extraña, incluso más segura entre humanos que los de su propia especie. Notó que algo había cambiado, era como si sus iguales la miraran con odio o resentimiento. ¿Se darían cuenta de su incomodidad? ¿De qué ya no quería estar ahí?

—¡Nya! —volvió a escuchar la voz de su amo, y esta vez brincó en su puesto sorprendida por lo cercano del sonido.

De hecho, estaba a su lado, de pie… Y no lucía contento al igual que los demás pariahs.

—¿Qué te habías hecho? —demandó él, sin percatarse de las miradas molestas o, lo que era más probable, sin importarle. Su voz, varias notas más altas denotaba molestia o tal vez era preocupación. Cualquiera sea el caso, Nya nunca le había visto más incómodo ni desesperado.

—¡Llevo tiempo buscándote!

Abner todavía intentaba hacerse la idea de que le quedaban por lo menos dos horas de fiesta por delante, ciento veinte terribles minutos escuchando a su madre alabar el vestido de Elle, que en lugar de vestido parecía matamoscas. En serio, bien podría haberse puesto una hoja en la entrepierna y luciría igual de recatada.

Dejó a Nya en un rincón, cerca de una de las puertas que daban hacia la terraza donde su familia y amigos se encontraban comentando lo maravilloso que fueron los fuegos artificiales y lo espectacular de la fiesta. Sin antes mirar por última vez a Nyara y advertirle con un gesto autoritario que no se moviera de ahí, se acercó a las mujeres de su familia. Tocó el hombro de Elle y en lugar de hacer algún comentario con referencia a su indumentaria, Abner se limitó a darle un abrazo más largo de lo habitual y susúrrarle unas felicitaciones al oído.

"Me debes el regalo", había dicho antes de que él le guiñara un ojo en complicidad. Su hermanita pequeña era muchas cosas, pero olvidadiza no entraba ni por error en la lista. Si fuera más listo le hubiera dado a Nya, era pequeña y dócil, justo como le gustaban a su hermana. Era una lástima que no pudiera dejarla ir, se había metido bajo su piel y ya no podía renunciar a ella.

Sintió un escalofrío en el solo hecho de pensar en dejarla ir, la observó un momento, y la encontró apoyada en la pared, dejando caer la cabeza hacia los lados. Se estaba durmiendo. Abner sintió ternura y culpa por obligarla a esperarlo. Se excusó con su hermana y se acercó a la pariahana.

—Ven —le ordenó tomándola de una mano.

Se dirigió hasta su *Etzux* y la sentó en el asiento trasero. Y apenas Nya posó su cabeza sobre el escaso asiento que las bolsas del supermercado dejaban libre, se durmió.

«Pobre pequeña» pensó justo en el momento en que se dio cuenta cómo iba vestida. Realmente su mascota no había salido ilesa de las manos de su madre. Querido Dios, la pobre traía puesto uno de esos vestidos color verde limón, un tono tan fuerte que parecía brillar incluso en la oscuridad.

Todo esto era culpa de Abner, por supuesto. En un principio había pensado en ir con ella a su casa, presentarle Nya a su mamá, tomar a la cría y salir pirando de ahí. Lástima que no fuera cualquier fiesta, sino la fiesta de su hermana, que era la reencarnación del orgullo. Elle jamás le perdonaría una falta como esa, no tanto porque lo quisiera ahí con ella, sino porque se vería mal para su imagen. ¿Qué clase de persona eras si hasta tu hermano se marchaba en tu cumpleaños?

Abner casi podía oírla gritar mientras observaba enfurecida el titular de las páginas sociales en la revista de moda. Después de todo se trataba de Elle Vitallus, la joven heredera de Signâtum Corp.

Una sacudida en su codo devolvió bruscamente a Abner al presente, específicamente una pequeña esquina del salón principal hasta donde lo habían acorralado su padre y Chadder Ulti, minutos después de dejar a Nya durmiendo en el auto.

—Ya sabes, tú no eres el único con necesidades — escuchó que le decía Lot, después de que Chad, el mejor amigo de su padre y el abogado más influyente de Signâtum Corp, se les ocurriera la "grandiosa" idea de preguntarle por su *virgo*.

Abner se había limitado a encogerse de hombros y decir que apenas llevaba tres meses con ella, que no había mucho que contar. Claro, todo eso fue antes de que Chad el fisgón, decidiera intervenir, ¡Otra vez!, y preguntar si ya le había llegado su primer celo. A lo que Abner, por supuesto, negó, aludiendo que aún no estaba en edad, que ni siquiera estaba en sus planes, entonces su padre había salido con esa basura de los pariahnos y sus necesidad carnales, blá blá blá- blá blá blá…

—¿No te parece? —Abner desvió su atención hacia el líquido naranjo que se removía en su vaso, para muchos podría pasar por Vodka naranja, pero la verdad, era sólo jugo de fruta —. ¿Qué opinas tú, Chad?

El aludido pareció sorprendido, pero quién sabe, con Chadder nunca se sabía, su cara decía tanto como una tabla, tez trigueña, cabello y ojos marrones, el tipo tenía menos expresión que los genes humanos. Y esos sí que habían quedado inexpresivos, efectos secundarios de la Eugenesia, suponía él.

—Lot tiene razón.

—Exacto —coincidió el padre de Abner, retomando el control de la conversación—. Ellos también tienen derechos. ¿Qué pensabas, que no tenían hormonas?

—No he dicho eso —pero lo pensaba y ni su rostro, ni su negativa, mucho menos sus ojos casi al borde de salir expendidos de sus cuencas, ayudarían a dar consistencia a su afirmación. En otras palabras, Abner estaba jodido.

—Sí claro —respondieron al unísono, Chad y Lot.

Mucho más tarde, cuando logró escapar de la fiesta sin que su hermana o mamá sospecharan, o al menos eso rogaba, Abner metió marcha al *Etzux* y dejó salir un suspiro de alivio al escuchar los suaves ronquidos de Nya que delataban su estado actual de total aturdimiento.

Manejó con calma, no tenía prisa por llegar a casa. El día siguiente era sábado, aunque, de igual modo debía madrugar para ir a primera hora del día a la oficina. Le gustara o no, últimamente los negocios no habían andado del todo bien. Algo curioso, teniendo en cuenta la cantidad de contratos que había celebrado el último año.

—Listo —estacionó el vehículo y se apresuró en sacar las bolsas de la parte trasera, Nya las había utilizado a modo de cobertor, uno muy pobre e innecesario, su *Etzux* gozaba de calefacción estando encendido o apagado, no entendía porqué su mascota insistía en optar por lo rústico, era el mismo problema con la cama. Por más que la llenara de mantas o almohadones, ella prefería dormir bajo el catre. ¿Curioso? Sí. ¿Absurdo?, sin lugar a dudas.

Una vez que dejó las bolsas en el interior de la casa, regresó al auto por la cría, ella continuaba dormida, sus piernas cruzadas en un ángulo imposible y los brazos doblados sobre su cabeza a modo de zigzag, Abner hizo una mueca de dolor.

—Cosita loca —farfulló rodeando sus ojos sin entenderla ni un poco, ella era tan absurda e inocente que conseguía aturdirlo en la misma medida que le sorprendía—, uno de estos días vas a hacerte daño y no estaré ahí para ayudar.

Cargó a la *virgo* en sus brazos, era peso pluma y consideró seriamente la idea de alimentarla mejor. Los últimos días había aprendido mucho sobre Nya, bueno "mucho" entendiendo que él estaba con ella sólo dos días por semana, a veces menos. El resto del tiempo él llegaba bien entrada la madrugada y para cuando lo hacía ella ya estaba tan cansada que apenas abría los ojos, a veces incluso lo esperaba dormida en el sofá del *living*. Abner sonrió al evocar esto último y se apresuró en ingresar a su casa. Pateó la puerta tras de él y se recordó mentalmente volver más tarde para asegurar la cerradura y activar las alarmas.

Una vez que dejó a la cría en su cuarto se dirigió al propio con la intención de dormir, con Nya ya en su cama no debería ser difícil darse una ducha y conciliar el sueño. Era por cosas como éstas que Abner había renunciado a la mayoría de los tragos, bueno, exceptuando el vino que nunca le había gustado realmente, sin embargo los destilados como el Vodka o Whisky dejaban un sabor cálido en su boca, pero el fuego que desencadenaba en su estómago horas más tardes era algo que no quería ni necesitaba, no cuando dormía en promedio veintiún horas por semana.

De repente se acordó que no le había quitado a Nya la monstruosa túnica de la que "gentilmente" la había dotado su madre. Sin siquiera pensarlo, se encontró corriendo en dirección a su cuarto. Ella dormía plácidamente, piernas y brazos igual de inertes y de no ser porque su boca se arrugaba de forma involuntaria mientras luchaba contra un suspiro, podrías pensar que estaba muerta. Exacto, la misma boca que usaba para comer y que rara vez decía una palabra, esa boca que se negaba a liberar más que monosílabos estaba temblando… y acababa de decir su nombre.

Pestañeó un par de veces, preguntándose dos cosas a la vez. ¿Había oído bien?, en segundo lugar ¿Por qué rayos le importaba tanto? Sin detenerse a pensar, otra vez, avanzó hasta quedar sentado en la cama junto a ella. Sabía muy bien lo que pasaría por la mañana; ella despertaría y se acomodaría bajo el catre, mientras tanto él tendría tiempo de sobra para cubrirla con mantas y tratar, en lo posible, de que la cría pasara una noche digna.

Y así lo hizo, empezó por lo básico y le quitó las telas chillonas, luego la vistió con su habitual pijama, éste a diferencia del resto de sus ropas, consistía en su propia camiseta, se la había dado a Nya la noche en que llegó y hasta la fecha no había comprado un pijama adecuado para ella. De cualquier modo no podría volver a usar la camisa, estaba empapada de su olor.

Sentándose a su lado, pudo apreciar a la *virgo* con mayor detalle, era pequeña, muy pequeña, lo suficiente frágil para que se hiciera daño a sí misma sin siquiera quererlo, hoy había visto un claro ejemplo. Miren que desaparecer de su vista, ¿Dónde se ha visto que los pariahs juegan a la escondida sin el permiso de sus amos? Estaba claro que su *virgo* necesitaba una actualización sobre los deberes de un pariahno, de cualquier modo pudo resultar peor, del tipo que empieza con fatal y termina en muerte. ¿Y si se hubiera enterrado una astilla de las leñas que se consumían en la fogata? Aún peor, ¿Qué tal si por error caía al fuego?

Sin entender por qué temblaba, dejó caer una mano en la mejilla de la cría. Su piel pálida, casi trasparente en contraste con la propia, la suya era canela, un tono natural y saludable, no como la nata que era el tono de su mascota. Siguió observándola y dejó escapar un gemido cuando en un arrebato de osadía deslizó su mano hasta alcanzar la de Nya, su palma encontró la de ella, piel contra piel, diferente color y tamaño.

—Es increíble lo similares que somos —sus ojos incapaces de dejarla, su cuerpo parecía igual de renuente—. Sin embargo, somos completamente diferentes.

11

¿Está todo bien? —Elle dibujó una falsa sonrisa en su cara mientras se giraba hacia su esposo. Hit acababa de cerrar la puerta del dormitorio y tenía apoyada su cabeza en ella, esperando ¿Qué cosa en específico? Elle no tenía la más mínima idea, aunque siempre se trataba de lo mismo, ella nunca entendía el porqué.

Su esposo se mostraba interesado en escuchar un argumento veraz, pero al final se tragaba lo que sea que ella improvisara en el momento. Aparte, se notaba cansado, devastado le quedaba mejor, no lucía como alguien con paciencia para insistir, de sonsacar información. Ese era el gran defecto de su marido, era pasivo en toda la extensión de la palabra.

—Va perfecto —era una mentira y ambos lo sabían, al menos Hit fue inteligente y no hizo más preguntas, en lugar de ello llevó su mano hacia el puente de su nariz y la mantuvo ahí por lo que parecieron horas. Y esta vez Elle no esperó a que él añadiera algo, sólo fue hasta su guardarropa y sacó una camisola. No fue su favorita, el maldito armario estaba lleno de prendas de sedas, encajes de todos los colores que esperaban impolutas ser utilizadas, al igual que el ajuar de su noche de bodas. Y lo peor de todo era que el maldito lugar seguía apestando a rosas, la cama, la ropa, inclusive ella misma. El aroma de su encierro parecía estar engrapado a su piel. Elle soltó una maldición y arrojó la tela lejos.

—Cariño —la voz de Hit llegó más cerca y su aliento le provocó cosquillas en su oído. ¿Cómo hacerlo? ¿Cómo explicarle que ya no lo amaba?—. Háblame.

Él continuaba estático tras ella y la tentación de inclinarse hacia atrás, unos pocos centímetros para descansar la cabeza en su pecho, era grande. Sin embargo llevó una mano hasta su mejilla para secar una de las lágrimas que se le había escapado y lo enfrentó. Frente a frente, los detalles de sus facciones le parecieron los de un extraño. ¿Cómo era eso posible si hasta hace poco ella juraría que los conocía de memoria?

El cabello castaño claro de su esposo la hizo recordar la primera vez que lo había visto, Hit Gurges trabajaba como abogado y segundo al mando en una de las sucursales Signâtum Corp al sur del país, y casarse con ella le había supuesto un montón de gratificaciones y arduo trabajo en el ámbito empresarial. Lástima que eso se tradujera en ausencia total de amor en el lecho, no lo culpaba, lo entendía, estaba cansado, probablemente apenas dormía. Y estaba lo otro…

—¿Me quieres?

Él podría haber dicho que sí y hasta cierto punto, eso hubiera servido, en cambio le sonrió con esa lástima que tantas veces ella había confundido con ternura, luego acunó su rostro entre las manos y plantó un beso fraternal en su frente.

—Tontita, ¿por qué preguntas si ya conoces la respuesta?

¡No la conozco!, quiso gritar, porque no sabía, no estaba segura de nada. Ya nunca se veían, ni siquiera lo extrañaba, su desesperación había llegado a niveles exorbitados, tanto que ahora se encontraba atada a ese bicho. ¿Cómo era posible que dependiera tanto de ese animal?

Algo debía estar realmente mal con ella y no era sólo el asunto de su esterilidad, como todo el mundo se empeñaba en afirmar, de ahí su insistencia en usar vestidos estrafalarios y looks arriesgados; prefería mil veces que cotillearan de lo bien o mal que lucía su vestuario a que se dedicaran a husmear más a fondo y terminaran hablando sobre lo patética que era la heredera de Signâtum Corp, joven, casada y además sin hijos. Un completo fraude.

—Olvida lo que dije —forzó otra sonrisa, el asco rezumando sus entrañas ante su interminable hipocresía porque lo culpaba, un acto ilógico, pero era cien veces más fácil hacer responsable a la victima que reconocer su propia bajeza. Hit no la había obligado a nada, él no fue quién la arrojó hacia los brazos del *onus*. Desde luego que no, tuvo que reconocer mientras mecía su cabeza contra la mano que aún permanecía en su mejilla—. Debe ser que estoy agotada.

A pesar de ser un distraído sin remedio, Hit no era tonto, secó la lágrima que había quedado oculta bajo las pestañas del ojo de su mujer y la besó otra vez. Fue un toque tierno, suave, como si se tratara de un infante. Ella no quería sus labios en su frente sino en su boca, porque a pesar de no amarlo, en ese momento lo necesitaba.

No podía estar sola, no soportaba la sensación de vacío que le sobrevenía por las noches, estuviera él o no y es que en ocasiones su silencio dolía. Él perfectamente podría encararla, exigirle saber, preguntar qué demonios sucedía. Pero no, Hit sólo se limitaba a hacer vista gorda; respetaba tanto su intimidad, darle su espacio que pecaba de descuidado, aunque después de todo, no era Hit quién se acostaba con una de esas escorias. Y otra vez se tuvo que recordar que su marido no era culpable.

—Debe ser eso, ha sido una noche muy larga —concluyó tomándola de la mano y encaminándola hacia la cama, como hacía siempre que la situación se volvía complicada. Elle conocía esa rutina de memoria, sabía que él le daría otro de esos besos suaves en su frente, no en sus labios, nunca en sus labios, en cambio se dormiría al instante sin antes pasar una mano por su cintura. Irónico que pese a ser tan íntimos su abrazo se sintiera tan incómodo. Y es que, para todos fines prácticos, eran un par de extraños que compartían la misma cama.

—Antes necesito un baño.

—¿A estas horas?

—El vestido es como goma de masticar, deja un rastro pegajoso en la piel.

—Entiendo —otra vez esa palabra, Elle evitó resoplar, no tenía fuerzas, no esa noche por lo menos. Entonces, en un arranque de osadía preguntó:

—¿Vienes conmigo?

Hit la miró boquiabierto, abrió sus labios formando una perfecta "O" mientras la abría y cerraba. Finalmente, y para sorpresa de Elle, asintió.

—¿En serio?

Ahora estaba frunciendo el ceño.

—Sí, bueno —estaba nervioso y se notaba ya que mientras hablaba se aflojaba el nudo de su corbata—. A no ser que no quieras.

Elle no podía creerlo. ¿Cómo alguien tan inteligente podía entenderlo todo mal?

—Sabes qué, olvídalo, tal vez entendí mal y...

—¡No! —vale, ahora ella claramente estaba gritando y los pocos *virgos* que continuaban despiertos,

Yona y el viejo Fred, el encargado de seguridad de la mansión, podrían oírle.

—¿Cómo?

—No entendiste mal.

—Es que, por tu cara…

—Olvida mi cara, vamos a ducharnos juntos.

Hit negó, lucía tan cansado que Elle se tragó lo que planeaba decir. Después de todo, ella era Elle Vitallus, y los Vitallus no rogaban… Nunca.

—Cariño, mejor lo dejamos para otro día, mañana tengo que madrugar y tú quedaste de desayunar con tu madre ¿O me equivoco?

En cualquier otra ocasión hubiese sido fácil para ella responderle una pesadez, rebajarlo a lo que era, un incompetente. Pero se trataba de otra cosa, acababa de ser rechazada en la cama por su marido. No era tan fácil salir de una situación así sin exponer su dignidad.

—Rayos, el desayuno. Lo había olvidado por completo.

Él continuó avanzando, quitándose uno a uno sus mocasines mientras cojeaba por el esfuerzo hasta finalmente llegar a la cama.

—Ven aquí —le susurró con ojos dormilones, invitándola a dormir a su lado, pero esa noche sentía un frío que no podría suprimir ni la más gruesa de las mantas.

—Ya lo haré, pero antes necesito un baño, luego ¿me contarás cómo te fue en Saevitia? ¿Qué tan grave fueron los ataques?

El asintió comprendiendo su negativa a Elle nunca le habían interesado los asuntos de Signâtum Corp, pero lo dejó pasar, probablemente aceptando su propia culpa.

Para ser alguien que pesaba sobre ciento veinte kilos, Sem se las arreglaba para caminar con pies de algodón. Aquello suponía una ventaja en las noches, cuando le tocaba cumplir con sus deberes extra oficiales. ¿A quién quería engañar? No había nada remotamente similar al deber en lo que él hacía después de las duchas. Y que el cielo lo perdonara, pero para estar mal se sentía condenadamente bien. Continuó vagando por la habitación en busca de su linterna mientras cojeaba al calzarse una de sus sandalias de cáñamo.

—¿Vas a alguna parte? —Sem se mantuvo en silencio mientras terminaba de atar los cordones de su calzado, ni siquiera se inmutó al escucharla. Esa humana tenía la tendencia a controlar todo, él incluido, sabía que no tenía más opción que obedecerle, pero casi asumiendo su condición, lo único que Sem podía hacer para mantener su orgullo lo más intacto posible, era hacerle las cosas un poco menos fáciles.

—¿Otra vez con esas? —escuchó sus tacones resonar sobre la grava, a diferencia del interior de la mansión las habitaciones de los pariahnos, ubicadas en el patio trasero no contaban ni con calefacción ni aire acondicionado, en palabras claras, una basura durante todas las estaciones del año, no es que le importara, porque ahora mismo él estaba muriéndose de calor, la culpable no era otra más que la humana que acaba de escabullirse en su habitación.

Sem se apresuró a tomar la camiseta gris que escondía bajo su almohada, olvidando su calzado por unos momentos y concentrándose en cubrirse de ella. No le temía, hasta cierto punto él era inteligente, de ahí su afán en cubrirse, intentaba hacer frente a la tentación.

—Vamos Z, deja eso ahí —ordenó en un tono que resultó suave. A continuación, le cogió la muñeca e impidió que terminase de cubrirse el torso.

Z-505, era el número de serie que le correspondía, pero ni de lejos el apodo que le gustaba ser llamado, menos por Elle. Le gustaba Sem, y la única vez en que se atrevió a admitirlo en voz alta, ella le había dado una mirada tan contradictoria y grosera, que no le quedaron ganas ni siquiera de probar esos labios. Un hecho completamente nuevo, desde que los labios de Elle se convirtieran en la única cosa que competía a la par con su apetito e inclusive su sed.

El cuerpo de esa mujer se había vuelto una adicción, más que eso, no era sólo su cuerpo y Sem lo sabía, tal vez por eso sentía tanto miedo. Lentamente los labios de ella fueron dejando besos por la piel de sus brazos, en las manos, deteniéndose incluso en sus nudillos. Sem mordió sus labios tragándose el gemido.

—Me gustas así, cuando estás quieto —otro beso ahí, en su dedo medio, pequeño y suave. Desde otra perspectiva podría verse tierno, excepto que no había nada de ternura en la succión que la boca de Elle ejercía sobre su piel —. Y callado... Bueno, para ser honesta no me molestaría si intentaras cambiar eso.

Junto a su cama, la vela ardía de forma pobre, era una luz mediocre como todo el escenario que los rodeaba. «¿Qué haces aquí?», quiso preguntarle, también deseó poder decir mucho más que eso como por ejemplo ¿por qué no me dejas? ¿Qué te obliga a venir a mí noche tras noche? Sin embargo, en lugar de hablar se limitó a hacer lo que mejor sabía, venerar su cuerpo, como ayer, como siempre. Y es que no importaba lo mucho que la odiara, su sentimiento no era competencia contra el intenso deseo que le sobrevenía cada vez que la tenía entre sus manos, bajo su cuerpo, y eso era todo lo que podría tener de ella alguna vez, su cuerpo, nada más. Porque Elle Vitallus jamás sería completamente suya.

—Vamos Z, dime algo, lo que sea...

Sem alejó la mano de sus labios y la reemplazó por su boca. La humana jadeó y rápidamente le rodeó el cuello con los brazos. Olía a fuego y hambre, también percibió un poco de vino.

—¿Qué quieres que diga?

—Feliz cumpleaños —masculló contra su piel, escondiendo el rostro ahora en el hueco de su cuello—, hoy llegué a mis veinticinco, mamá hizo una fiesta — casi podía imaginarla poniendo sus ojos en blanco, hasta cierto punto le causó gracia, hasta que sintió la piel de su clavícula humedecerse. Ella estaba llorando.

—¿Qué sucedió?

Elle no dijo nada al principio, sólo se alzó en puntillas y apretó más fuerte los músculos de su cuello. A esas alturas a Sem no podría importarle menos la hora o el lugar, bien podría entrar Hit a su cuarto y sorprenderles, sabía muy bien lo que ello significaría, exilio ¿Y qué? El cielo acababa de conspirar a favor suyo.

Tomó otro acopió de valentía y deslizó una mano por la cintura de la humana, estaba fría al igual que sus dedos. Estaba tan cerca de comenzar a babear como un perro que casi saltó cuando el calor de su respiración colisionó contra su pecho. Con mayor razón intentó ser cuidadoso con sus siguientes movimientos, simulando estar en control de sus emociones ¡Nada más lejos de la realidad!

—Nada —otro silencio—, eso es lo que sucedió, nada.

De repente, los puños de ella dieron de lleno en su pecho. ¿Lo estaba golpeando? Sem inclinó la cabeza observando su torso, efectivamente, ambos nudillos estaban ensartados en su piel, justo bajo la tela de su camiseta a medio poner.

—¿Qué hice ahora? —pero ella no respondía, tenía su mirada clavada en el suelo y las manos inmóviles en la zona que ahora Sem sentía arder. En serio, era imposible comprender a esa humana.

—¿Es... tan malo? —negó como si estuviera reformulando su pregunta. Sem corroboró sus sospechas cuando la oyó continuar—. ¿Es tan terrible que espere algo más? No lo sé, para ser sincera me hubiera conformado con unas felicitaciones. Estoy cansándome de tener que buscar vestidos cada vez más ridículos para darles un tema de qué hablar. Si no es mi atuendo es mi peinado, los kilos que pierdo o gano, si me caso, si me separo.

Sem estaba aturdido, era verdad... ella lo había pillado con la guardia baja.

—Ni siquiera tú me saludaste.

Sí, definitivamente era demasiada información.

—Aunque, ¿cómo podrías? —ahora lo estaba mirando, esos hipnóticos ojos negros lo observaban con rabia destellando en sus pupilas—. No sabes nada de mí.

Y así, sin esperarlo, fue como si algo se rompiera, no hubo advertencias, sencillamente sucedió. Elle frunció el ceño luciendo lejana, tan inalcanzable como las estrellas del cielo, pero por lejos más bella. Su cuerpo dolió cuando ella rompió el abrazo.

—No me perteneces —atinó a decir mientras volvía a traerla de regreso hasta su cuerpo—. No puedo hacer preguntas, incluso si muero por saber, no está bien y lo sabes.

—¿Qué es lo que sé? —su voz quebrada y tensa envió miedo renovado a todas sus terminaciones nerviosas. Sin embargo, no se había soltado, tampoco lo había golpeado ni menos impuesto distancia. Era un buen reinicio.

—Sem, explícame, ¿qué es "eso" que no está bien a tu parecer?

—¿Vas a irte?

Él podría jurar que la oyó reír, se suponía que no la mirara a los ojos, se supone que debía desviar su vista cada vez que éstas se encontraran, se suponía que cuando un pariah estaba en frente de un humano jamás debía hablarle de igual a igual, pero sobre todo no se suponía que se sintiera de la forma en que se sentía.

Justo ahora: Querido Dios, él no podía ser tan idiota como para enamorarse de esa humana ¿Verdad?

—Eso depende. Dime Sem ¿Quieres tú que me vaya?

—¡No! —bajó la voz recordando la hora, actuando como si su corazón no acabara de golpear su tráquea al oír brotar su nombre desde sus labios—. Podríamos hablar más a gusto en mi cama, si te parece bien.

Ella no necesitó más invitación que esa. Se deshizo de la túnica que traía puesta en cosa de segundos y se estiró sobre su lecho.

El contraste entre la elegancia de su figura, sus facciones y lo humilde de las mantas era en realidad chocante, pero Sem supuso que no distaba mucho de la propia comparación entre ellos dos. Antes de unirse a su ama, aprovechó para terminar de cubrirse con la camiseta y tomar la túnica que Elle había tirado al piso. Dobló la tela con una pericia que parecía ensayada, la tela era en su mayoría hilos sueltos, sin sentido, similar a una telaraña, bajo el supuesto de que éstas fuesen negras.

—¿Por qué te desnudaste? —preguntó.

—Creí que querías —si bien pareció avergonzada, su timidez fue rápidamente reemplazada por esa altanería que era tan habitual en ella—. Por si lo has olvidado, soy tu dueña y te recuerdo que no necesito tu aprobación.

Sin deseos, ni fuerzas de aguantar otra discusión que además perdería, Sem se dejó caer sentado sobre la cama, con la vista clavada en uno de los hoyos de su pared y sintiendo la mirada furibunda de la humana clavándole odio en la espalda.

—¿Quién te crees que eres?

—Nadie —admitió en voz alta—. Sé que no soy nada para usted más que un juguete, en el mejor de los casos un pasatiempo.

La escuchó soltar el aire enojada, pero no iba a detenerse. Ahora que había empezado haría falta de mucho más que un suspiro para que él se callara. La habitual mansedumbre de Sem no era otra cosa sino una bomba de tiempo, y Elle era la única capaz de activar el detonador.

—Me consta que no soy más importante que el piso por el que camina. Y discúlpeme por ser tan insolente pero, es demasiado buena demostrándolo. Me lo hace sentir cada vez que pone sus manos sobre mi cuerpo, incluso al mirarme, o cuando prefiere no hacerlo. Así que, ¿Por qué no nos hace un favor a ambos? Y deja de repetirme al menos una vez al día lo poca cosa que soy... Porque señora, no es necesario, lo tengo asumido desde que tengo uso de razón, puede que antes.

Un silencio perturbador dilató la distancia entre ambos, sosiego que, al correr de los minutos, se extendió hasta su alma. Entonces, incómodo por la incertidumbre, añadió.

—A ciencia cierta, no sé cómo espera que la conozca si ni siquiera se conoce usted misma.

La miró por sobre su hombro, desnuda y hermosa, esa humana era su condena. Estaba consciente de ello, incluso ya se había hecho la idea de los pormenores que ello involucraba. Sobre todo ahora que estaba consciente de que sus propios sentimientos estaban involucrados.

—Tal vez podría ayudarle.

—Sé serio —sus largas pestañas proyectaban una sombra en la zona alta de sus mejillas. Maldición, era tan hermosa, sin poder evitarlo una zona de su anatomía despertó castigándole.

—Lo soy.

Ella dejó escapar una carcajada deliberadamente cruel.

—¿Qué podrías hacer tú por mí? ¡Mírate, no eres nadie!

Aquello fue la gota que rebalsó el vaso, en un solo movimiento Sem giró sobre la cama y se montó encima de su cuerpo. Esta vez, no hubo palabras ni miramientos, él sólo perdió unos segundos en arrancarse el pantalón, las sandalias tendrían que esperar y a Elle le tocaría aguantarse. Así pues, antes de que ella alcanzara a bajar los parpados él entró en ella. Y la humana no pudo hacer nada para evitar verlo, esta vez la estaba haciendo suya y Sem había sido testigo de la sorpresa en sus ojos.

Ella gimió, no una maldición ni otra de sus habituales groserías. Sem no oyó ninguno de sus acostumbrados "maldito animal", ni el habitual "date prisa". De hecho, no hubo ninguna cosa excepto el precario sonido de sus cuerpos colisionando y su propio pecho vibrando contra la suave piel de Elle.

«Oh, era tan cálida»

—¿Esto es todo verdad? —jadeó contra su piel, castigándola con su mirada, con su cuerpo, obligándola a enfrentarse a él y ¿por qué no? también a sí misma—. Contigo todo se resume a esto. El sexo.

Elle no le respondió. Al menos tenía nobleza suficiente como para no soltar otra mentira. Sus ojos oscuros lucían absortos, pasmados, incluso un poco emocionados; eran sinceros pero Sem no le dio importancia, estaba siendo egoísta y lo sabía.

Y maldito fuera por disfrutarlo, ya que no había tenido ninguna consideración para con ella, ninguna estimulación ni juego previo. Si no fuera porque Elle siempre estaba lista para él podrían incluso acusarle de violación. Aunque eso no hacía ninguna diferencia, así lo tuviera encadenado a su cama, él siempre tendría las de perder, mal que mal, ¿Quién era él? a excepción del *onus* que construía su alberca. Nadie, esa reina de hielo tenía razón, no podía discutírselo, pero ¿iba a poder hacerlo realmente? Tratarla cómo merecía ser tratada.

—Más —pidió ella tristemente—, quiero... necesito más de ti.

Sólo bastó una mirada para hacerle perder el control. Su cabello claro esparcido en la cama, tan dorado como el mismo astro rey y esos ojos. Dios querido, esa humana tenía los ojos tan negros como el mismísimo infierno, bajo el supuesto de que existiera uno.

Con ira renovada salió de ella sólo para volver a arremeter, la sintió estirarse en torno a él y temió dañarla, al menos hasta que sus uñas se adelantaron y le desgarraron la piel de su mejilla atrayéndolo hasta su rostro forzándolo a otro beso.

—¡Dije más!

Sem frunció los labios, entre molesto y excitado por su desvergonzado arrebato, pero la lengua de ella había entrado ya en su boca, haciendo difícil la acción le lucir enojado por más tiempo.

—Como la señora ordene.

De nuevo, salió de ella, su cuerpo doliendo mientras deslizaba una de sus manos hasta el sur, abajo, palpando la zona donde nacían sus muslos, cuando llegó a ella, le abrió más los muslos, estirándolos hasta que la escuchó quejarse.

—¿Suficiente bueno?

Elle mordió su labio y asintió, sus ojos atentos a cada movimiento de Sem. El *onus*, por su parte, no entendía porque no los cerraba. Sí, en un principio la tomó por sorpresa, era lógico que lo mirara directamente, pero jamás imaginó que mantendría su vista fija en sus ojos por el resto de la noche.

Sem se pasó el torso de la mano derecha por la mejilla limpiando la sangre de las heridas que habían provocado las uñas de la humana, mientras mantenía un vaivén lento y tortuoso; besando, acariciando con su mano ensangrentada, la silueta de la mujer que respiraba agitadamente bajo su cuerpo.

En un rápido movimiento, los brazos de Elle se entrelazaron al poderoso cuello del *onus*. De espaldas, bajo él, parecía imposible que pudiera alcanzarlo, pero lo hizo, sus extremidades eran largas y delgadas, sobre todo, tenía la determinación necesaria para conseguir acercarse a Sem y él la admiró por eso. Ella se irguió aún más obligando a que él hiciera lo mismo, pero en sentido contrario y así; luchando por el control, terminaron sentados en la cama, ella con sus piernas enredadas en la cintura del *pariah* y sus pelvis prácticamente soldadas.

—Vamos, úseme —mandó el *onus*, mientras acariciaba el contorno de su cuerpo, desde los hombros hasta la cintura.

—Puedo…, maldición, puedo escucharlo. Tu corazón, puedo sentirlo latir desde aquí.

«Infiernos, podría grabarlo de lo fuerte que sonaba» se dijo a sí mismo, tomando a Elle desde la curvatura de sus rodillas dobladas en torno a sus caderas, para acercarla aún más a él.

—Lo sé. También oigo el tuyo —Elle respondió entre jadeos.

—Bien, ahora vamos a asegurarnos de que no lo olvides.

Ya sin poder controlar su impulsividad, inclinó el rostro hacia el cuello de Elle y dejó salir un suspiro que se esparció por la piel de su hombro, provocándole temblores. Escalofríos que, sin tener la intención, reafirmaron su unión. Por más que deseaba continuar en esa burbuja, Sem ya estaba próximo a correrse, pero se negaba a hacerlo solo. Deslizó una de sus manos hacia donde sus cuerpos estaban conectados, pero la mano de la rubia le rodeó la muñeca impidiéndole avanzar.

—¡No! Sin trampas.

Que dijera eso únicamente reafirmó su urgencia por hacerla llegar a la cima, él no era un tramposo, sólo quería acelerar el proceso para caer juntos.

Capturó sus manos y se las llevó a la boca y justo ahí, mientras depositaba pequeños besos en sus nudillos supo que algo había cambiado, que ya nada sería como antes, probablemente todo se volviese peor. La idea no era nada motivadora, pero ¿importaba?, estaba teniendo una noche de ensueño con la mujer que amaba, humana o no, la deseaba, la quería entera para él, pero...

—No se puede tener todo lo que se quiere.

A continuación, inclinó su cabeza y se atrevió a hacer algo con lo que siempre había fantaseado, pero que hasta ahora no había tenido el valor de hacer: lamió sus pechos, los rodeó con sus manos y les rindió tributo, masajeó, besó y succionó. Entonces ella comenzó a temblar y finalmente perdió el control.

Él la siguió quince segundos después desplomándose sobre la cama, y Elle convenientemente sobre su pecho.

—Me estás matando.

Y Elle se echó a llorar.

—Es curioso —la escuchó decir bajito—. Pero podría jurar que te siento en todas partes de mi cuerpo.

Pero no había nada de curioso en ello, Sem se sentía igual.

12

*M*ás tarde, en las oficinas de Signâtum Corp, Abner se tragó una maldición por el inoportuno asalto de su secretaria. Todavía no se sobreponía del desconcierto que le había provocado Nya esa mañana, cuando mientras desayunaba, la pequeña *virgo* comenzó a hacerle preguntas existenciales: "¿Qué nos hace tan diferentes? Aparentemente somos idénticos: tengo manos con cinco dedos, tú también; camino en dos piernas, y tú también; pienso, siento dolor, alegría, tristeza... y supongo que tú también".

Abner quiso matar a su padre por haberle obsequiado a Nyara, y no porque la quisiera lejos, todo lo contrario, sólo no tenía la menor idea de cómo responder a su curiosidad. Porque, cómo explicarle a un pariah que la diferencia entre ellos radica en sus genes. Cómo hacerle entender que su raza desciende de seres humanos depresivos y defectuosos, sin estropear su sanidad mental.

—¡¿Qué pasó ahora?! —gritó mirando de reojo a Marietta, la torpe rubia que tenía por secretaria se estaba llevando de nuevo una mano hasta la boca para morderse la uña de su dedo pulgar. Abner odiaba ese gesto.

—Hoy por la mañana, llamó el Gerente de Finanzas. Le dejó un mensaje.

El moreno giró su silla en dirección a la mujer. Ahora que le daba toda su atención notó que lucía nerviosa, demasiado en realidad. Aunque también podría su paranoia, porque para ser honestos, últimamente estaba desconfiando de todos los trabajadores de su compañía.

—¿Por qué en el infierno me dejaría un mensaje cuando estaba libre para atenderlo?

No pretendía sonar descortés, pero teniendo en cuenta los sucesos del día, Abner consideró que estaba haciendo un buen trabajo manteniendo su mal humor a raya.

—Usted estaba leyendo sus informes.

—Y eso en tu cerebro significa que estoy ocupado ¿Verdad? Por eso le pediste que dejara un mensaje.

—Pensé…

—Alto ahí —su mano casi estaba cavando un hoyo entre sus cejas. Hombre, realmente estaba harto— Haznos un favor y no pienses, limítate a obedecer.

Ella asintió rápidamente y se dio la vuelta, entonces Abner se acordó.

—Ah, por cierto. Incluso si estoy en el baño, me pasas la llamada.

—Entendido señor.

De repente se dio cuenta que su secretaria no le había dado el mensaje de su Gerente de Finanzas, sin ánimos de verla levantó el auricular, presionó el anexo y esperó. Y siguió esperando, hasta que el dolor en su cabeza se intensificó y tuvo que salir hacia el vestíbulo que antecedía su oficina, a buscarla. Sin embargo, el pequeño escritorio junto a la puerta de entrada estaba vacío.

—Y luego exigen aumentos de sueldos y gratificaciones.

Abner giró hacia su derecha donde Chadder Ulti, el culpable de que se pasara toda la noche en vela, lo miraba divertido, probablemente esperando una respuesta.

«Menudo idiota».

En serio, el tipo le caía bien, pero desde que insinuara esas cosas sobre los pariahnos y su época de celo, se había convertido en un verdadero dolor de cabeza. Todo eso sin mencionar que aún tenía un asunto pendiente con el Gerente de Finanzas y Dios lo perdonara, pero no había encontrado el maldito número desde que Nya en su afán por aprender a usar todo aparato electrónico de la casa, formateó toda la memoria de su móvil. Lo había restaurado esa misma tarde, pero reemplazar la agenda de contactos, era un asunto muy diferente.

—Ah, sí. Es ese círculo vicioso donde se exige más, pero no estás dispuesto a dar nada a cambio.

—Y si les pides que trabajen más horas, se quejan de abuso laboral.

—Exacto.

—¿Vas a comer?

Los ojos de Abner fueron rápidamente a su muñeca. Vale, ¿de verdad era tan tarde?

—No tengo hambre.

—Lo supuse, tipo, eres una máquina.

—Sí, bueno, algunas cosas requieren más esfuerzo que meterlas a tu boca.

—Dímelo a mí.

Bueno, Abner no iba a responder a eso, Chadder era no sólo el mejor amigo de su padre, también era el abogado de la firma y ¿por qué no decirlo? su hombre de confianza.

—Entonces, qué te parece si vamos por unas frituras.

—¿Altas en grasa y colesterol? —ironizó a sabiendas de que jamás podría albergar exceso de colesterol en su cuerpo, era uno de las cosas buenas de ser humano. Adiós obesidad, adiós cáncer. Dios bendiga a los científicos—. No me tientes.

—Ja, já —Ulti rodó sus ojos—. Permite que me ría. Tú eres el tipo menos tentable en la faz de la tierra.

—¿Por qué dices eso?

—¿Francamente?

Abner asintió.

—Acompáñame a comer y te cuento.

—¿Qué hay con la secretaria?

—Eres el jefe. Puedes despedirla cuando llegues.

Bueno, eso había sonado cruel, incluso para alguien tan críptico como Chad.

Abner y Chad, caminaron por la vereda sur de la Avenida Lancourte, buscando un restaurante más íntimo, de preferencia, lejos de los restaurantes que acostumbraban visitar los ejecutivos de Signâtum Corp. Se decidieron por *"La Ferraille"*, sólo porque el nombre les pareció adecuado, gracioso y justamente, era nada del gusto de los snobs de la Corporación. De hecho, parecía más una cabaña que cualquier otra cosa.

Una vez ubicados en la sección de mesas con vista al Etanus, Abner preguntó:

—¿Por qué piensas que no me tiento?

Chad se reclinó sobre la silla, en apariencia lucía joven, más como su padre que como él, pero sus ojos marrones lo delataban, parecían cansados, habían visto y vivido muchas historias a través de los años. De pronto el moreno se sintió intimidado por la experiencia de su acompañante, él había vivido ciento treinta y ocho años, pero de algún modo, no parecían demasiados... Y considerando la edad promedio de un ciudadano de Akor, sobrevivir sobre el siglo no era tanto como algunos creían. Tampoco es que él fuese como su padre, obsesionado con la edad y el no envejecer.

—Veamos, te pasas todo el día en la oficina, incluso me atrevería a decir que gran parte de la noche.

—Te recuerdo que la noche anterior la pasé con ustedes.

—Y ya ves como lucía tu cara.

Automáticamente las manos de Abner fueron a parar a su rostro.

—Relájate, no hablo de lo físico. Hombre, no sabía que fueras tan vanidoso.

—No lo soy —mintió—. Y dudo mucho que mi cara...

—Ajá, por eso te tocas la nariz como si te hubiera salido un grano del tamaño del universo.

—Sabes que no tenemos granos.

—Ahora.

—Sí, sí, como sea. No en humanos, por lo menos.

—¿Te han dicho alguna vez que eres un clasista? —dijo esto frunciendo el ceño y sorbiendo su bebida cola con una bombilla.

—¿Clasista? —las cejas de Abner no podrían lucir más arqueadas—. Primero insinúas que soy un tipo frío, como un robot y ahora que soy un clasista.

—Yo no he dicho eso.

—Poco tentable y sin sentimientos suena como lo mismo para mí.

—Pues tienes que saber que hay algo grave contigo. Careces del sentido de comprensión.

—De cualquier modo no soy clasista, ni racista y nada que se le parezca.

Abner golpeó su mesa, molesto por la demora. «¿Por qué tardaba tanto la camarera?»

—Ajá. Como mínimo clasista.

—¿Perdón?

—Te vi anoche, tomaste a esa cría y la encerraste apenas llegaste. Y ahora, estás que echas chispas porque vas a comer aquí.

—¿Qué eres tú, Dios o algo así?

—Me conformo con despertar tu conciencia.

—Bueno Chad, te informo que no soy ninguna clase de tipo frío ni nada, de hecho anoche escondí a Nya para protegerla de mi madre. —aclaró soltando un suspiro—. Además, no quería que viera a Albert. Pero, supongo que no funcionó, los encontré juntos en torno a la fogata.

—¿En el patio trasero?

—Ajá, ya sabes cómo es mamá y sus costumbres.

—Abner, conozco al chico, ¿olvidas que almuerzo con tu padre sábados de por medio?

—Es tu culpa, por seguir soltero.

El hombre rompió en risas.

—Creo que el culpable es otro por irse de casa…

—Permiso —dijo una morena, sus ojos negros destellaban nerviosos mientras le acercaba el plato a la mesa.

Abner estaba listo para soltar una exclamación maleducada, del tipo "¡Por fin!" o "¡Gracias a Dios!", pero entonces recordó que la joven no tenía porqué pagar por los errores de otros. Y si había un responsable de su enojo esa era Marietta, por no pasarle la llamada que había esperado toda la santa mañana.

—Siento la demora —dijo ella, al parecer anticipándose a una queja—. El chef es nuevo y casi le dio un ataque al oír que pedían comida basura.

Un tierno rubor se le subió a las mejillas y recordó a Nya, pero aparte del sonrojo, no tenían nada más en común. El cabello de esta chica era negro, tenía complexión delgada y su piel era de un color canela exótico, y aún más importante, era humana.

—No fue nada —se encontró diciendo—, apenas se sintió.

Cuando ella se fue, mordiendo su labio y luciendo como si se fuera a desmayar de un momento a otro, Abner miró la comida dos pechugas al horno, rellenas de pimentón verde, encrespadas con queso de cabra y aderezados con albahaca, y de acompañamiento traía papas doradas en aceite de oliva. Esta comida en cualquier otro lado, sólo sería chatarra, pero no en *"La Ferraille"*; la presentación del plato era, original, sofisticado y se veía delicioso. De repente, tenía un hambre tremenda.

—Así que... ¿Por qué no le pides su número?

Casi se atoró al oír la sugerencia de Chad, el tipo era un ser raro, salía con cada cosa. Primero lo de Nya y sus "necesidades" ahora lo de esta chica.

—No sé de qué hablas.

Continuó comiendo, pero al ver que el tipo no decía nada, dejó el tenedor y cuchillo con el que había estado trozando el crujiente queso de su pechuga y lo miró.

No fue una buena idea, Chad lucía tan serio que daba miedo, los brazos cruzados encima de la mesa, sus hombros encorvados hacia adelante y las cejas alzadas hasta el cielo. Era el infierno estar con él en esa actitud. Le recordaba a su padre en versión morena y menos payaso.

—En serio, pensé que ya estabas madurito —negó cerrando sus ojos, como si le hablara a un bebé—. No digo yo. Tú eres un tipo imposible de tentar. La chica pestañeó hasta el cansancio, se sonrojó. ¿Y qué haces tú? Ah, sí. Me sales con un "No sé de qué hablas", muy maduro Abner.

—¿Sabes qué? Tienes razón.

Aclarado ese punto, se puso de pie y entró por el pasillo por donde había visto perderse antes a la joven. Su traje nuevo le había llegado del otro lado del continente apenas la semana pasada y claramente, quedaría inutilizable una vez que se le impregnaran los olores de las fritangas y condimentos, pero pensándolo bien... No podría importarle menos.

A la mañana siguiente Abner estaba por cometer un acto que gritaba a todas luces ser ilegal, mientras el bastardo frente a él se mantenía en un silencio y posición que destilaba confianza. Tomó su pluma y comenzó a garabatear figuras sin sentido en uno de sus Post-it®, evitando que el maldito frente a él viera lo que realmente estaba haciendo.

—¿Y?

—Bueno, los datos financieros coinciden con los respaldos. No hay retiros injustificados y tampoco gastos operacionales no asociados al giro de la empresa. En síntesis, las cuentas están bien.

—Ajá. Eso fue lo que dijiste la última vez, pero siguen habiendo pérdidas.

—Creí que me había contratado para manejar datos y registros; si quiere a alguien que le ayude con estrategias de *marketing*, creo que necesita a un publicista señor.

—Bellet, hazte un favor y no colmes mi paciencia. ¿Entendido?

Bellet Bon Dagh III, el Gerente de Finanzas de Signâtum Corp durante los últimos cien años, tuvo el descaro de sonreírle.

—Como quiera.

El resto de la tarde no fue más fácil para Abner. Al menos tenía el apoyo de Chadder, quién cabe decir, le había dado su palabra de honor sobre mantener los problemas de la Corporación en el más estricto secreto. Su gran miedo era que los problemas de Signâtum Corp llegaran a oídos de su padre, se había jubilado hace treinta años, y durante el tiempo en que dirigió la empresa, jamás lo había oído hablar de crisis.

Si bien la auditoría arrojó que el problema no estaba asociado a la administración de los negocios, él era la cara visible de la empresa, por lo tanto, el desequilibrio monetario quedaría en su historial. Abner, sencillamente no podía permitir que un problema como éste llevara el negocio familiar a la ruina, menos teniendo como socios al gobierno de

Akor. Por eso había ido donde Chadder, tenía experiencia en resolver líos financieros y para ser honesto, no confiaba en nadie más. Él había sido la mano derecha de su padre desde el inicio de los tiempos, sólo se había mantenido alejado cuando hace trece u once años, una enfermedad casi lo mata, sin embargo logró vencerla y volvió a la Corporación retomando sus labores como si nunca se hubiese ido, y Abner no podría estar más agradecido.

Elle estaba por meterse una uva en la boca cuando Hit llegó de sorpresa y le estampó un pequeño beso en la frente, para luego sentarse junto a ella en la mesa del comedor.

—Estas muy guapa esta mañana.

—¿En serio? Gracias.

Hit estiró ambos brazos a lo largo de la mesa y alcanzó una de sus manos, estaban frías y creyó que calentarlas sería una buena idea. O eso supuso Elle, al notar que se las llevaba a la boca y soplaba su aliento en ellas.

—No hay de qué, eres mi esposa —dejó caer un beso sobre sus nudillos—. Mereces que te digan todos los días lo maravillosa que eres.

La culpa le pinchó en el estómago, pero se calmó cuando recordó que la del problema no era ella sino él. O sea, sí, también algo de culpa tenía, nadie la había amarrado y obligado a cogerse al *onus*, lo que inmediatamente la hizo recordar la noche anterior.

«¿En serio habían hecho todo eso?»

Tragó con fuerza recordando la zona donde habían estado sus manos, la forma en que la había mirado y ¡Querido Dios! ella se lo había comido con los ojos.

Sin saber qué hacer ni decir, porque realmente, tenía la mente puesta en otras cosas, salió de su silla y mientras corría el visillo y fingía ver algo en la ventana, preguntó:

—¿Vas a salir hoy?

—Sí, tengo que reunirme con tu hermano. No tengo idea que será, pero parece ser importante, incluso citaron al fiscal del Gobierno.

—¿El gobierno también es accionista?

Hit sonrió al notar el tono belicoso de su mujer.

—Sólo minoritario, tiene algo así como un tres por ciento, si es que no menos.

—Bueno —se acercó a ella por detrás, la verdad no había mucho que decir, lo suyo estaba jodido desde hace tiempo, pero ninguno de los dos era lo suficientemente valiente para admitirlo—. Entonces supongo que no habrá problema.

—¿No dirás nada más?

Se giró hacia él, su cabello claro, casi blanco, rozándole la cintura; llevaba su vientre plano expuesto al igual que su pecho. Tenía una esposa escandalosamente sensual y aun así, le era completamente indiferente. ¿Cómo podía estar tan jodido?

—¿Esperabas un beso de buena suerte? —no le pasó desapercibido el tono mordaz con el que le habló.

—Me hubiera conformado con que me las desearas.

—Pues, te deseo suerte. ¿Contento? —Hit no podría sentirse menos feliz.

Por la tarde, Elle ya estaba cansada de estar en cama; francamente las películas de hoy en día eran sumamente simplonas. Además, le bastó con dar un vistazo al reloj de la pared para darse cuenta de que apenas eran las ocho. Diablos, aún quedaban otras cuatro horas para que lograra conciliar el sueño.

Hit, como era de esperarse, aún no había llegado, pero antes de partir se había asegurado de marcar su presencia infectando de rosas la maldita casa. En ocasiones, Elle pensaba que lo hacía con alevosía, porque era imposible que no se diera cuenta de que todas las tardes sus malditas flores se tiraban a los contenedores.

Suspirando resignada, comenzó a cambiar los canales, pero algo le llamó la atención y detuvo su recorrido. La imagen mostraba a un grupo de humanos pro-pariahnos, con pancartas que citaban "JUICIO JUSTO", "LIBERTAD", "INOCENTES" y por último; una hermosa humana desnuda, toda pintada de blanco, cabello castaño y ojos verdes seguramente por lentillas de contacto, llevaba en su pecho una tela que decía "IGUALES". Todos conglomerados en las puertas del palacio de los tribunales de Saevitia, mientras de fondo una voz recitaba "La policía nacional en colaboración con la dirección general de *centinelas*, han arrestado a dos *equs* sospechosos de los ataques explosivos en Signâtum Corp, cuarteles de retención de pariahnos, entre otros lugares emblemas de la represión pariah".

Elle no sabía que ese tipo de protestas estaban permitidas, «Al parecer sí» pensó, mientras seguía absorta admirando a "personas" tal y como ella, defendiendo a esas bestias. Por un momento envidió su valentía, pero duró sólo hasta que la conductora intervino sus pensamientos leyendo: "Investigan posible nexo de coautor de los atentados" luego volvieron a la imagen del tribunal, pero esta vez, en primer plano estaba el jefe de policía y portavoz del fiscal de distrito, Alexander Waltham:

—Estamos estudiando una posible conexión entre los sospechosos de los atentados con ciudadanos de mayor rango provenientes de la capital de Akor —dijo con esa voz parca, característica de los oficiales de Estado.

—Jefe, ¿se refiere a humanos? —preguntó un periodista de la cadena TXD.

—Sí —contestó el portavoz del fiscal —no responderé más preguntas —concluyó.

Elle estaba molesta, se había pasado el día eludiendo a Sem, «¡Z-505!», se recordó con furia, y cuando estaba a punto de lograrlo, aparece en los informes centrales la captura de los pariahanos rebeldes. Por otra parte, no entendía el porqué le molestaba tanto, Z-505 era sólo un esclavo, un pariahno más, como los *equs* que ahora esperaban enfrentarse a la justicia.

«Maldita sea»

De todas maneras, él no había hecho demasiado por buscarla, ningún intento de hablar o contactarla. De hecho, Elle comenzaba a sospechar que no era la única que trataba de esquivar al otro. Maldito fuera, con razón le había resultado tan fácil evitarlo. Por supuesto, aquel pensamiento sólo sirvió para demoler la frágil muralla que había creado para resistirlo.

—Actúas como una patética —Hablar sola, la guinda del pastel. Realmente era un caso perdido, se dirigió hecha una bala en dirección a los atrios, molesta por no haber ido antes.

Sem estaba tendido en su cama, la habitación no dejaba de darle vueltas, los huecos en el adobe seguían adornando las paredes, eso no había cambiado, el problema ahora es que parecían unirse entre sí para luego rodar por las paredes, como si se trataran de mini tornados. Pestañeó confundido mientras repasaba en su cabeza las reminiscencias de las horas anteriores.

Manejaba una vaga idea de lo que había ocurrido, por supuesto, tendría que estar demente para olvidar algo así, pero su cabeza estaba azotándole con un dolor insoportable. Durante la noche había ocupado las pocas mantas que tenía su cama para cubrir a Elle, si bien estaban raídas, seguían funcionando contra el frío, así que se las dio todas a ella. No le sorprendía encontrarse enfermo hoy, con el clima de anoche era difícil no pescar un resfriado.

—¿Sem? —el *onus* hizo una mueca de dolor debido al tirón en su nuca al sentarse en la cama con demasiada rapidez—. ¿Puedo pasar?

Él volvió a pestañear, esta vez un poco más lento para intentar desperezarse. ¿Elle le estaba pidiendo permiso?

—Sí. Quiero decir, claro que puedes —respondió y se interrumpió otra vez, notando lo poco protocolar de su respuesta. Y a falta de una mejor idea añadió—. Adelante.

—Siento molestarte a estas horas —ella entró dando zancos, ni siquiera lo miró, en cambio, comenzó a caminar en círculos por la pequeña habitación, mirando cada tanto por la ventana, en caso de que se acercara alguien—. Supongo que debes estar cansado de tanto trabajar. Porque, eso has estado haciendo ¿Verdad? Ya que no te he visto todo el maldito día y sabes lo mucho que me disgusta que…

La escuchó soltar un gritito, pero apenas pudo ver su expresión, Sem había cerrado sus ojos otra vez porque su cabeza lo estaba matando.

—¿Qué te pasa?

—Nada —Vaya, era bueno saber que al menos mantenía intacta su voz. «Por ahora», le susurró su conciencia desinflando todo su optimismo.

—¿Sem? —Ahora ella estaba sentada en su cama, a su lado, nada remotamente similar a la noche anterior. No había nada sexual en la forma en que lo miraba, Sem abrió un poco más los ojos y los párpados le ardieron, pero valió la pena porque pudo ver claramente la expresión que cubría la cara de su humana.

«Preocupación».

—En serio, no pasa nada —respondió, pero en ese preciso momento una horrible sensación en la garganta, seguida de una picazón en la zona de su nariz, lo obligaron a interrumpirse—. Sólo es un resfriado.

Dicho esto, comenzó a toser.

—¿Un qué?

Sem estiró la mano, buscando algo para limpiarse, pero no había ningún pañuelo a la vista, porque para empezar no estaba preparado para una maldita tarde en cama. Joder, la pasada noche había subido al cielo ¿Era este su castigo por gozar de tanta alegría en medio del infierno?

—Ten —le ofreció ella, sacándose el pañuelo que traía puesto en el cuello—, Lo uso sólo para ocultar las marcas —se sonrojó al decir eso y Sem se dio cuenta de que estaba viendo mejor, sólo necesitaba hacerse el ánimo para utilizar toda su concentración en eso.

—¿Marcas? —enarcó una de sus cejas mientras acomodaba su cabeza en la pared, estaba medio sentado, pero se sentía igual a estar de pie, al menos requería el mismo esfuerzo para él.

—Sí, marcas, de todos modos es tu culpa.

—¿Culpa mía? —estaba atónito ¿Por qué de repente ella cambiaba su tono de voz? Esa mujer tenía serios trastornos de personalidad.

—Sí, por lo de anoche.

Rápidamente, la vista de Sem fue a parar a la zona donde ella había usado el pañuelo, el que por cierto, seguía ofreciéndole. Al final, no le quedó más que aceptarlo de mala gana cuando sintió que otra ronda de estornudos se avecinaba.

—Entonces —murmuró ya más repuesto—. ¿Cómo es que yo hice eso?

Parecía casi imposible, pero la humana frente a él se ruborizó todavía más, sus ojos oscuros parecían dos círculos de ébano consumidos por el sol. Tan consumido como se sentía él mismo.

—Entonces, procura tener más cuidado la próxima vez que juegues con tu boca, besas muy duro.

Ella lo dijo como si tal cosa fuera lo más normal del mundo. Además, ¿a quién le importaba si lo oían sus compañeros? No pareció importarle lo que pensaran ellos anoche, mucho menos lo haría ahora.

—Lo tendré en cuenta —consiguió decir, la sombra de una sonrisa formándose en la comisura de su boca ante la tentativa de que noches como esas se repetirían en el futuro.

—De cualquier modo, ahora lo primordial es tu salud. Mantente abrigado mientras voy por el *veterinae* —luego, como si necesitara explicarse añadió—, no me conviene que te enfermes —Sem sólo asintió, debatiéndose entre reír o dejarse caer dormido en la cama, pero la respuesta de ella lo obligó a eludir ambas—. Por la piscina, quiero decir... Necesito tenerla lista lo antes posible.

Sem estiró una mano y envolvió la de ella, su humana saltó sorprendida en el hueco de la cama, junto a él, pero no se soltó, lo que a todas vistas era un buen indicio.

—Gracias —susurró sintiendo que sus ojos se cerraban—. Y Elle —alcanzó a decir tiempo después cuando la sintió moverse para levantarse—, siento mucho lo de tu cuello.

Ella se volvió rápidamente hacia él y acunó su cara con las manos, estaban frías, justo lo que necesitaba para sosegar el fuego que lo estaba consumiendo.

13

N ya observó el pote que estaba en el suelo junto a ella, la comida no lucía nada rica, pero según su amo estaba llena de vitaminas y toda esa cosa proteica que se empeñaba en darle.

—Vamos —pidió él—. Sólo un poco.

Nya negó.

—Nya —le dijo con una nota de advertencia, pero no había mucho que pudiera hacer, sabía a pasto ¿Cómo rayos iba a comerse eso?

—¿Qué tengo que hacer para que te la comas?

Casi calló, en serio, pero con el correr de los días se había vuelto menos confiada. Salvo que Abner acababa de mirarla con sus ojos serios, razón suficiente para que ella empezara a hiperventilar.

—Por favor Nya, haré lo que quieras, pero come. Necesitas alimentarte, me preocupa lo delgada que estás.

Nya dio un rápido vistazo a sí misma, era delgada, pero no tanto como algunos de su especie. Más importante aún, no estaba desnutrida y sobre su ofrecimiento, se lo pensó por un momento, pero la pregunta no era fácil.

—¿Lo que sea?

—Lo que sea, sólo dime cuál es tu mayor sueño y juro que haré lo que esté a mi alcance para dártelo.

—Bien, entonces voy a comer…

—Es una promesa —Le recordó él con tono solemne sin moverse de su lugar, sentado junto a la mesa a unos metros de ella.

Su dueño usaba todas esas rarezas humanas a la hora de comer, Nya aún seguía sin entender cómo rayos podían ellos preferir esos aparatos antes que las manos. Es decir eran higiénicos, mantenían microbios y bacterias fuera de los alimentos, pero de qué se preocupaban, ellos no enfermaban ¿o sí? Nya por un momento deseó aprender a comer como él, quiso sentarse a su lado, pero por otro, los dedos son lo mejor para comer, son prácticos y rápidos. Características que en este momento, ella apreciaba más que a nada.

—Otra vez te ensuciaste... —dijo él chasqueando su lengua. Dejó la servilleta sobre la mesa y negó sutilmente mientras dejaba su silla para acercarse hasta ella—, ¿Ves cómo me haces enojar? —pero no lucía nada molesto, de hecho, Nya podía ver la sombra de una sonrisa tirando de su boca—. ¿Y qué hay de Yona? No te da pena que ella tenga que trabajar más por tu culpa.

—¡Lo siento Yonaaaaa! —gritó desde su puesto, en una esquina del comedor, sobre su chal y junto al pote de alimento.

La otra hembra respondió algo, pero como estaba lejos Nya no entendió nada. Sin moverse de su lado, Abner se acuclilló y se quedó viéndola, la sonrisa estaba todavía presente en su boca.

—¿Entonces, qué te parece si te enseño a comer con utensilios?

Nya pensó la idea con ilusión, pero temía que al responder que sí quería aprender, éste lo tomaría como "uno de sus sueños hechos realidad" y ¿la verdad? Nya no quería comerse toda esa porquería sólo a cambio de aprender a comer como su amo.

Por otra parte, Abner se preguntaba en qué grado de locura estaba. ¿Enseñar a un pariahno a comer? En serio, si seguía así, pronto terminaría como esos desalmados pro-pariahs que organizaban marchas por la libertad.

«¡Absurdo!, como si esas pobres criaturas tuvieran una sola oportunidad sueltas ahí afuera, sin el amparo de nadie» Abner negó rápidamente, pensando que no durarían ni una semana.

—¿Entonces, qué opinas? —insistió, dando rienda a su locura.

—No opino nada.

—Muy convincente.

Ella cruzó sus brazos en el pecho, negándose a añadir otra cosa e incluso a comer. Pero ella no sabía que con tenedor o sin él, comería y Abner se aseguraría que así fuese.

—¿Otra vez con esas?

Silencio.

—No. O sea, no lo sé.

Abner se aguantó la carcajada, ella lo divertía muchísimo. Más ahora, que había comenzado a hablar mucho desde el incidente de su móvil. Quién hubiera pensado que necesitaba formatear un celular y perder todos sus contactos para conseguir que Nya hablara. Y esa curiosidad, su *virgo* siempre estaba hambrienta de conocimiento, de hecho, cuando él no era capaz de responder o saciarla, se pasaba horas investigando en la biblioteca virtual.

—¿Cómo es eso?

—No me gusta —dijo así sin más, como si eso lo explicara todo.

—¿A ver? No acabas de prometerme que comerías si hago lo que tú quieres.

Ella se mantuvo imperturbable.

—Muy bien, en vista de que eres una mentirosilla, me tocará pasarme al bando oscuro.

—¿Bando oscuro?

—Exacto. Por la razón o la fuerza.

Dicho esto, él tomó uno de sus brazos, intentando separarlo del otro, pero estaban entrecruzados tan fieramente, que él no podría apartarlos sin herirla.

—Ya que insistes con esto, no me dejas otra opción.

Entonces comenzó el ataque de cosquillas, la cría gritó cuando la primera arremetida de Abner la pilló en la sensible zona de su abdomen, entonces él pasó a llevar su pierna sin querer y ella estalló en súplicas cargadas de risa.

—Por... favor —pidió, pero Abner estaba demasiado metido en ello. En realidad, estaba pasándoselo en grande a costa suya.

—Vaya, vaya. ¿No es esto alguna clase enfermiza de maltrato a los pobres pariahnos?

Ambos, tanto Abner como Nya se quedaron congelados en su sitio, como si los hubieran sorprendido en un acto delictual o prohibido.

—¿Qué demonios haces aquí?

Heber se llevó una mano al pecho, como hacía siempre que quería molestarlo.

Abner se puso de pie rápidamente y dio a Nya una mirada suplicante para que no dijera nada que le pudiera dar a su amigo material de tortura para el futuro.

—Bueno, yo realmente comienzo a pensar que nuestra relación Abner, está en crisis.

—¡Yona!

—Hey. Deja a la pobre mujer en paz, estaba hecha un caos limpiando una sábana muy similar a... Oh Nya, ¿no me digas que eres tú la responsable de todas esas feas manchas que la mujer estaba fregando?

—No le hagas caso Nya, nadie lava ropa a mano desde la invención de la rueda o algo así.

—Pobres puños —continuó el rubio—, juro que vi sangre en ellos.

—¡Yonaaaa!

—Hombre, deja el maltrato, primero la cría de *virgo* y ahora la anciana.

—Tiene treinta —le recordó ofuscado.

—Exacto, y eso en años pariahs es como si tú tuvieras doscientos o más.

—De cualquier modo, ¿cómo entraste?

—Tengo llaves. ¿Recuerdas?

—Juraría que te las pedí la última vez que viniste.

—No, de hecho, algo mencionaste, pero estabas demasiado ocupado escondiendo a esta preciosura de mí, lo que por cierto, me recuerda que aún no nos has presentado.

Dándose cuenta de que no tendría sentido prolongar más lo inevitable y de que sólo conseguiría alargar su indeseable visita negándose a su pedido, Abner optó por dar un paso al lado y girarse hacia la cría.

—Nya este imbécil es Heber, un desperfecto de la naturaleza.

—Y también su mejor amigo. Sí —añadió, y Abner se alegró al notar la forma escéptica con que lo miraba la *virgo*—, tiene tendencia a olvidarlo con facilidad.

—Pierdes tu tiempo, no te responderá.

—¿Qué te hace pensar eso?

—Bueno, que a mí me llevó más de un mes conseguir que hilara más de una frase.

El teléfono sonó y Abner corrió a contestarlo. Tenía cierta sospecha acerca de quién era, así que se apresuró en cogerlo. Cinco minutos después y con una sonrisa embobada en la cara, típica de enamorado, se encontró con un espectáculo que borró dicho gesto.

—¿Y cuántos años tienes? —preguntaba un Heber demasiado risueño. De hecho, Nya sonreía tanto como él. Ambos, estaban sentados en el sofá de la sala. El mismo sofá al que ella rehuía cada vez que él se lo ofrecía. Inconcebible.

—Quince.

—Tengo que decirlo —¿Qué infiernos había pasado con su voz? Abner podría jurar que él estaba coqueteando. «Qué clase de enfermo...», se interrumpió al escuchar que el idiota añadía algo más—. Luces mayor.

—Mentiroso —soltó ella tan roja como la sangre. Esperen un momento «¿Acaba de empujarlo? No, imposible», pensó Abner negando, pero también viendo como el bracito de la cría se estiraba se manera juguetona y volvía a repetir la acción cada vez que algo le divertía. Sí, definitivamente eso había sido un empujón.

Nya sonrió sin poder evitarlo cuando el humano de cabello ordenado le ofreció su mano, aquello era tan anormal. Sí, decidió que esa era la palabra.

Primero había salido con que odiaba los excesos. Los pariahnos claramente entraban en esa categoría. Sin embargo el humano se había encargado de aclararle que no odiaba a los de su especie, sino a todos quienes compraban, Abner incluido, aunque en su caso lo excusaba, ya que como él mismo dijo "había sido Lotter quién orquestó el circo".

Una vez que Fac le describiera como era Lotter físicamente, ya que ella se había mostrado curiosa, a Nya le quedó claro que el padre de Abner efectivamente había sido el mismo humano que la recogió en el criadero.

—Vamos —insistió el humano que respondía al nombre de Heber—. Estás loca por mí.

El tipo hablaba con ella de tú a tú, peor aún, la hacía sentir como una igual. Algo complemente inaceptable ya que de hecho, no lo eran.

—Creí que la locura era una enfermedad —Otra vez, el humano comenzó a reír y era una risa verdaderamente contagiosa. Lo peor de todo, le gustaba, cuando hablaba con él no temblaba ni se sentía nerviosa, sus manos no sudaban y el aire no corría riesgo de acabarse. Todo lo contrario ocurría cuando se encontraba a solas con Abner.

—¿Todo bien? —escuchó decir a su amo seguido de un carraspeo.

—Todo perfecto, tu *virgo* es una excelente acompañante, ¿verdad tesoro?

Nya pensaba responder, pero eso fue antes de que su amo hablara.

—Me alegro mucho, en serio. Pero nuestra plática tendrá que esperar, se me presentó una urgencia y debo dejarlos.

—Por mí no te preocupes, estoy seguro de que Nya sabrá como entretenerme.

—No tengo la menor duda de eso y te recuerdo que eres un hombre casado.

—No lo he olvidado en ningún minuto. Un momento, ¿qué clase de cosas estás pensando?

Su dueño ni se inmutó.

—Nada que merezca la pena decir en voz alta, sobre todo no frente a Nya. De cualquier modo, me tengo que ir y tu mujer debe estar esperándote en casa.

—De hecho, no se encuentra en casa.

—¿Otra vez?

Heber se quedó pegado, con su mirada perdida en algún punto indefinido de la pared, al final sólo se encogió de hombros.

Si su amo hubiera sido más perceptivo, hubiese notado el cambio en el humor de su amigo, en cambio continuó molestando al rubio con cabello ordenado.

—En serio hombre, no sé cómo te las arreglas para mantenerla siempre lejos.

—Tal vez no sea yo… —se palpaba la tristeza en su voz, pero rápidamente cambió de tema—. Aunque, ahora que lo recuerdo, tengo algunas pruebas que olvidé corregir —Su mano se fue a la cabeza, como si estuviera sufriendo un fuerte dolor—. Así aprovecho y me pasas a dejar.

—¿Qué hay con tu carro?

—Contamina, ¿recuerdas?

—Ya, ya. ¿Todavía con eso?

—Sólo me permito usarlo los días de trabajo.

«Con-ta-mi-na, buscar esa palabra cuando Abner se vaya», se recordó Nyara mientras seguía observando la conflictiva dinámica de los humanos que se hacían llamar "amigos". No entendía mucho a Heber.

El par de hombres continuó platicando, pasando de ella, daba la idea de que habían olvidado que seguía ahí. No es que entendiera mucho de cualquier modo, pero durante un instante se había sentido importante.

—Hora de irnos —finiquitó su amo, el cabello negro cayéndole hacia adelante, sus ojos negros más serios de lo habitual. ¿Estaría molesto?

—Muy bien, fue un placer pequeña —se despidió el otro humano, continuaba con su cabello claro casi inamovible. Era como si lo hubiera pegado o algo así, porque a diferencia de su dueño, no se había despeinado un ápice.

Nya alejó su mano rápidamente cuando vio lo que el tipo iba a hacer.

—¿Qué estás haciendo? —jadeó Abner consternado, alejando de un manotazo la boca de su amigo de la mano de la *virgo*—. ¿Estás loco?

—No entiendo.

Nya lo observó rodar sus ojos, lucía furioso y eso la asustó.

—Es una pariahna ¿recuerdas? ¿Qué diablos va mal contigo? No puedes ir por la vida besando animales. Ellos tienen un montón de gérmenes, bacterias y anda tú a saber qué más.

— Ahora estás exagerando.

—¡Dios! das asco —gritó arrugando la frente y la boca como si fuera a vomitar. Nya lo entendía, por supuesto, había cosas como piojos, pulgas y otras más de las que no estaba exenta. Nunca había sufrido de parásitos, pero se debía a que había vivido toda su vida en cautiverio. Tal vez si no hubiera sido así, la historia sería distinta.

—Nos vemos —gritó Heber desde la puerta, siendo arrastrado por un muy malhumorado Abner.

Nya sólo cerró los ojos y deseó poder retroceder el tiempo y haber ignorado al rubio, como había hecho en un inicio con Abner, pero había sido tan difícil establecer luego un contacto con su amo que pensó en hacer las cosas más simples. Ahora en cambio, todo se había dado vuelta y al parecer estaba metida en problemas.

Las horas transitaban demasiado lento para Nya, por lo que decidió mantenerse ocupada. Caminó por el *living* buscando el controlador de la enciclopedia digital, la bajó, encendió y lo primero que hizo fue buscar temas relacionados con la palabra: "Contaminar".

Nya se sorprendió con las imágenes que le arrojó la búsqueda: fotos de la tierra destruida, animales extintos, seres humanos antiguos, muy parecidos a los pariahs, arrojando toneladas de basura en los mares y ríos; fábricas expulsando humos tóxicos a la atmosfera, noticias de cierre de escuelas, de gente muriendo. Asustada y a la vez, hastiada, Nya quiso cambiar de tema a uno más amigable, deslizando con sus pequeñas manos, las páginas de izquierda a derecha, hasta que...

— Dios, ese es Kip — dijo casi gritando al ver que en las noticias mostraban al *equs* que había conocido en la casa de los padres de Abner.

Consternada trató de subirle el volumen:

"Juez y fiscal de distrito, privó de libertad a los dos presuntos responsables de los ataques en Bethel, Creta, Patmos y Saevitia, donde destruyeron una de las sucursales de Signâtum Corp".

Nyara cayó sentada sobre el sillón cuando vio cómo golpeaban y escupían a los dos pariahs encadenados, mientras apenas trataban de subir por las escaleras del edificio de justicia de Saevitia.

"El Tribunal de Control del Circuito Judicial de Saevitia, Akor, dictó privativa de libertad a X-565 y a X-464, alias "K", mientras se investiga supuesta vinculación de los equs rebeldes con humanos de la capital"...

La pequeña *virgo*, siguió atenta a las noticias, pero ya no escuchaba porque su concentración estaba en las imágenes, debía aclarar si uno de los pariahs era o no el apuesto *equs* que había compartido con ella el calor de una hoguera.

—Se avecinan tiempos mejores —fue la frase que sacó a Nyara de su letargo. La había escuchado antes, esa misma frase: «Kip» recordó. A continuación se puso de pie y acercándose a la pantalla, fijó su vista en la mujer que había repetido el estamento del *equs*. Era una humana hermosa, como todas ellas y se hacía llamar pro pariahna. Declaró que estaba ahí en protesta y exigía para los *equs* un debido proceso. Un juicio justo.

A Nya la comenzaron a embargar sentimientos irreconocibles; entre rabia contra los humanos que, momentos antes habían golpeado a sus iguales, orgullo por ser una *virgo* y sobre todo, más que un número; agradecimiento por tener un amo que la cuida. Dios, estaba tan confundida que apagó el aparato reproductor y comenzó a caminar por todos los pasillos de la casa, incluso transitó por los jardines hasta que sintió frío.

Un poco más tranquila, se acostó sobre la mullida alfombra de la sala, ahora llovía, y su dueño andaba por ahí, de noche y solo. ¿Qué tal si algo le ocurría, qué tal si lo atacaban los rebeldes?

Corrió en dirección a la ventana y clavó sus palmas y nariz ahí, el cristal estaba helado, y a través de él pequeñas gotitas traslúcidas formaban una especie de gusanos en forma vertical, bajando uno tras otro por la ventana, obstruyendo su visión hacia el exterior, no es que hubiera mucho que ver. Además del pasto impecablemente cortado, no había nada para mirar, nada a excepción del espeluznante portón negro que rodeaba toda la propiedad.

El reloj finalmente dio las diez y como ocurría siempre, el corazón de Nya comenzó a latir, fuerte, tonto y sin sentido. No era fácil entenderse a sí misma, menos después de todo lo que hoy aprendió. Sin embargo, nunca dejaría de intentarlo.

—¿Yona? —preguntó, pero como de costumbre, no recibió respuesta. Aquello no era una sorpresa, la mujer dividía su tiempo en dos casas. De todos modos, pasaba más tiempo donde la hermana de su amo, así que en cuanto se desocupaba corría a toda prisa a la otra mansión, y por lo que había oído en conversaciones, el hogar de la hija menor de los Vitallus, se encontraba en uno de los bordes de la ciudad y dado que Lodebar tenía forma casi rectangular, cada mansión suponía ella, ocupaba un vértice distinto.

—Pobre Yona —se encontró suspirando mientras despegaba la frente del cristal debido al dolor de cabeza que acababa de provocarse al mantenerse pegada al hielo de la ventana, y se acostaba en la alfombra de la entrada.

Todas las noches repetía eso, todas las noches Abner la despertaba preocupado, incluso molesto, alegando que ella tenía una cama. Sin embargo, él jamás podría entender porqué lo hacía, la razón que se escondía detrás de esos infantiles gestos y es que queriéndolo o no, Nya había comenzado a depender de él... De sus holas y sus adioses, incluso de sus reprimendas.

Era por eso que lo esperaba, Nya era incapaz de renunciar a la mirada preocupada que él le regalaba cada vez que la encontraba ahí tendida, aunque fuera una vez, aunque se tratara de unos minutos, significar algo para él, ser tratada con respeto, era más de lo que nadie podría llegar a imaginar. Necesitaba, ahora más que nunca, la atención de su amo. Deseaba muchísimo que Abner le demostrara que no todos los humanos eran como los que había visto en el plasma digital, porque ver esa representación de la maldad, dolía como nada que ella hubiese experimentado antes, incluso cuando ya había experimentado varios tipos de dolor.

14

¡Venta de acciones! —soltó la taza de café sobre el escritorio con tanta fuerza que los ojos de Chadder se desviaron de inmediato hacia el cristal—. ¿Qué se supone que significa eso?

—Bueno —admitió—, eso es a lo que yo llamo una fisura.

—Me importa un demonio el escritorio. Quiero que me explique qué es eso de vender las acciones de la compañía.

Parándose de su silla, Chad quedó frente al escritorio de Abner, como aguardando a que el chico se calmara, «una cosa absurda», pensó Abner con renovada furia, ya que estaba próximo a los ciento treinta y nueve.

—No sé qué esperas que diga —todavía con tono jovial, algo que no pegaba con la seria conversación que estaban llevando a cabo—. Han pasado tres meses desde que mencionaste la fuga de inversiones. Este mes, hicimos una auditoria, Bellet no parecía con deseos de colaborar, pero ya sabes lo convincente que puedo llegar a hacer.

«Querrás decir retorcido», pensó Abner con desinterés, su atención estaba en otra parte, preocupado por lo que sucedería si esto llegaba a oídos de Lot.

—Además —insistió Chad—. Nadie habla de vender la compañía entera.

—¿Qué sugieres entonces?

—Escucha Abner, para financiar los proyectos e inversiones Signâtum Corp necesita dinero; tenemos varias alternativas para conseguirlo, y la más factible es emitir acciones. Apenas un veinte por ciento, sólo para ganar liquidez. Los dueños de esas acciones sólo serán beneficiarios de una parte de las ganancias de la compañía, pero no tendrán injerencia en las decisiones corporativas.

Dicho así no lucía tan mal.

—Obviamente sin dejar que ese porcentaje sea comprado por la misma persona.

—No lo sé. Además, está claro que ese veinte por ciento de las acciones tendrían que salir de las mías.

—A no ser que prefieras hablarlo con tu padre, sé que él no tendrá problemas en cederte su diez por ciento. El otro cuarenta pertenece a Elle y tú dominas con el cincuenta —Chad ni se inmutó al amenazarlo.

—Ni hablar, prefiero quedarme con un treinta antes que quedar como un inepto frente a papá.

—Es lo que pensé —admitió con falsa compasión. El tipo tenía una inteligencia emocional envidiable, sobre todo para tomar decisiones empresariales. Y aunque pudiera sonar impulsivo, pues no lo era, calculaba cada palabra, sus consecuencias e interpretaciones antes de emitirlas. Chadder era el mejor abogado empresarial de Lodebar.

Una vez en casa, Abner aprovechó para enseñar a Nya el protocolo que debía seguir para sentarse a comer con él en la mesa. No había sido la mejor idea, la verdad es que lo había dejado exhausto; entre sus insistentes preguntas sobre los rebeldes, pro pariahs... Sobre la intolerancia, concepto que tuvo que explicarle el día en que Nyara confesó haber visto cómo los humanos maltrataban a los de su especie.

—Bueno, bueno —dijo abandonando la silla donde se había acomodado junto a Nya en el comedor—. Creo que alguien está olvidándose de algo importante.

—Ojalá lo recuerde.

Abner rodó los ojos y se dejó caer sobre la alfombra dándose por vencido con sus clases. Era el presidente de la compañía, no un maldito profesor, se le vino a la cabeza la imagen de Heber, pero desechó el pensamiento de inmediato.

—Me gusta tu pelo.

—¿En serio? —los ojos de ella brillaron emocionados cuando él asintió.

—En serio, pero me gusta más cuando no tiene comida en él.

Ella hizo chasquear su lengua, pero como no sonó tan alto como esperaba, terminó repitiendo el gesto algo así como tres veces quitándole efecto intimidador, de cualquier modo, Abner rompió en risas mientras quitaba un trozo de carne de su cabello marrón.

—Debe ser por el tenedor ¡Yo dije que no sería buena idea usarlo!

—¡Qué va! Es todo lo contrario.

Frunció el entrecejo, lucía tan graciosa cuando hacía eso, sus grandes ojos grises daban la impresión de que iría a llorar de un momento a otro, en cambio se oscurecían unos tonos haciéndola lucir como un ratón agresivo.

—Muéstrame tus manos.

Ella primero se quedó viéndolo indecisa y preocupada, luego mordió sus labios y resopló levantando uno de los mechones de cabello que se le había adherido a la cara. Al final, no tuvo más opción que obedecer.

—¿Pero, qué es eso? —Tal como pensaba, ella tenía restos de salsa entre medio de los dedos, incluso había una hojita de perejil ahí.

—Veo que alguien ha estado haciendo trampa.

Ella miró hacia la pared, luego la otra, incluso parecía buscar una mosca imaginaria, la pequeña *virgo* miraba cualquier cosa, menos a él.

—¡No hice trampa! Tú haces trampa. Siempre haces trampa.

—Espera, yo no dije que se trataba de ti. ¿Ya ves? Te acusas sola. Además, ¿cuándo he hecho trampa?

—Cuando hago preguntas que te incomodan.

Nya cruzó sus brazos, un acto tan habitual en ella como lo era respirar e inconscientemente se llevó una mano a la ceja rascándola, luego se pasó un mechón de pelo tras la oreja. Por supuesto, el resultado no fue nada favorecedor.

—Cambias el tema. Siempre intentas confundirme hablando de cosas triviales para desviar mi atención de lo que realmente me importa. No soy una niña Abner. Sé que lo parezco, pero soy una pariahna, no vivo tanto como lo hacen ustedes, así que —tomó aire y continuó—, supongo que mis quince años deben ser como cincuenta para una *virgo*. Si me comporto de manera tan, ¿cómo dices? infantil, no es por mi edad, es porque soy ignorante y tú no me ayudas cuando me omites información.

Abner quedó paralizado. Imposible, no podía ser su pequeña cría la que había hablado. Dios, ahora hasta su *virgo* lo increpaba. ¿En qué se estaba convirtiendo?

—Al baño. ¡Ahora! —le ordenó Abner. Para variar, no fue capaz de responder algo más adecuado.

Elle se despertó esa mañana con la inconfundible pestilencia de siempre. Quién demonios necesitaba un despertador cuando tenías todas esas rosas rodeando tu cuerpo y cama. En serio, prefería mil veces el chillido constante de un despertador, al asqueroso aroma de las rosas, al menos la alarma no se le metería en el sueño para provocarle pesadillas.

Giró su cabeza bajo la almohada escapando del olor, el perfume era tan fuerte que se impregnaba en su nariz.

—Buenos días —murmuró alguien a su lado tomándola por sorpresa.

—¿Qué tienen de buenos?

Hit ignoró su comentario, porque esa era su especialidad, su esposo era todo un As a la hora de eludir. En cambio se giró sobre su cuerpo y deliberadamente se quedó ahí, quieto. Y hombre, esto era algo realmente nuevo, desde que se habían casado no habían estado a solas más tiempo del necesario ni una sola vez, es decir, dormían juntos, claro, pero eso era todo. Ahí acababa la intimidad, parecían más hermanos que una pareja. Salvo por el inexplicable hecho de que él la quería, o al menos eso decía, Hit juraba amarla más que a su propia vida y Elle habiendo tenido todo cuanto deseaba desde que tenía memoria, no pudo resistirse ante el desafío que supondría la vida fuera de casa, lejos del nido. Había sido su segundo mayor error, el primero fue creer que Hit hablaba en serio.

—Estás viva, ¿te parece poco?

—Hum, olvidaba las altas probabilidades que existían de que una jauría de pariahs entrara por la noche a nuestro cuarto y me comieran viva.

Él la miró aburrido, no encontraba lo gracioso, tampoco ella, pero la cosa estaba entre enojarse o llorar, por supuesto, ella había elegido la primera.

—No me refiero a eso.

—Sé que no lo haces, pero te recuerdo que los infartos dejaron de ser causa de mortalidad hace mucho tiempo, nuestro colesterol es perfecto y en serio, no quiero hablar sobre lo bien que está mi salud.

—Aún así debes ser agradecida.

«¡Claro, porque la vida es un don!», pensó con sarcasmo mientras se levantaba alejándose de él, olvidándose de todo, de Hit, de Sem, incluso de ella misma. Porque su cabeza dolía, su mundo entero había dado vueltas, ese maldito bicho lo había cambiado todo. Maldito fuera, ya habían pasado tres meses desde su cumpleaños y Elle sabía que no podría seguir aplazando lo inevitable.

¡Qué absurdo! incluso se estaba cuestionado algo tan básico como el IDS. Se trataba de una vacuna de carácter vital que marcaba el inicio de su vida adulta.

No te cuestionabas cosas como esas, no dudabas de algo que era tan indispensable como lo fue -en otros tiempos- la vacuna contra la rubéola o el sarampión.

Cuestionarse posponer la IDS, decía mucho de su estado sicológico actual. Sacudió la cabeza volviendo al presente, la habitación lucía impoluta, la cama casi hecha, resultado de su bastante mala vida marital, no es que ahora le importara. Le había costado alrededor de un mes asumir que su relación era un fracaso.

No tanto por la falta de sexo, que de hecho era alarmante, sino porque Hit no actuaba como un tipo normal, era tan ausente, tan calmado. Elle incluso llegó a imaginar que tenía a otra, pero luego recordó quién era ella y su ego volvió a los altos niveles acostumbrados. Por supuesto, antes había hecho que uno de sus empleados lo siguiera.

Ella tenía un cuerpo digno de ser retratado, se había convencido que la negativa de Hit ante la posibilidad de tener relaciones íntimas antes del matrimonio, se debía a su crianza conservadora. Uno de los pocos hombres tradicionalistas que quedaban vivos, claro, al menos hasta que llegó la noche de bodas. A decir verdad, fue la resistencia lo que había hecho que se encaprichara. Hit parecía tan distinto, tan inalcanzable, tal vez por eso descubrir la verdad dolió tanto.

—Soy agradecida —masculló, su mandíbula en alto y los ojos brillantes—. Y no gracias a ti.

Hit asintió en silencio, porque sencillamente no podía hacer otra cosa, ni siquiera él era tan descarado. Y ahí estaba el problema, su esposo decía amarla, juraba que daría su vida por ella, la cuestión era que no la deseaba.

¡De qué se asombraba!, si era gay.

Sin deseos de comer, Elle decidió aclarar las cosas con Sem lo antes posible así que no se sorprendió cuando, minutos después lo encontró lamiéndose los dedos en un rincón de la habituación, la que apestaba, gran parte del tiempo debía reprimir las arcadas al encontrarse en compañía de su *onus*, nada personal, sencillamente ese cuarto era un basural frío. De milagro el pobre no había muerto de neumonía, aquella vez había sido sólo un resfriado, pero definitivamente pudo tratarse de algo peor. Mucho peor.

—¿Tan temprano con hambre? —se burló mientras se sacudía los restos de miga de los bordes de su pantalón. A Elle le encantaba que se tomara uno que otro atrevimiento, no demasiados, sólo los necesarios para sentirse menos ama y disfrutar más como mujer.

—Ya quisieras, pero no tienes tanta suerte.

Él le sonrió con sus ojos bicolores; el izquierdo azul y el derecho verde, con ese sesgo tan marcado que los hacían lucir adormilados.

—Necesitamos hablar.

—Bueno, puedes sentarte, ya lo sabes…

—Gracias —hizo un esfuerzo por sonreír—, pero paso.

Él frunció el ceño, ahora lucía preocupado. Hombre, ese tipo era muy fácil de incomodar, incluso cuando Elle ponía todo de su parte para no hacerlo.

—Bueno, entonces dame tiempo para que me asee y…

Para cuando Elle llegó hasta él, Sem ya estaba de pie, su plato había quedado a medio comer y ella no necesitaba ser un genio para adivinar que había interrumpido el único momento durante el día, en que el *onus* podía estar tranquilo. Quería hablar con él, por supuesto, pero podría esperar.

—¿Qué te parece si comes y luego hablamos?

—¿Estás segura?

Ella asintió, escondiendo ambas manos tras su espalda y apoyando la cabeza contra la pared del pequeño cubículo. «Dios querido, ¿cómo podía él vivir ahí?, más triste aún, ¿cómo es que apenas ahora le importaba?»

Una vez que se aseguró de que él había comido lo invitó a recostarse en la cama, argumentando que reposar después de la merienda aumentaría su nivel de concentración. Como hacía siempre que ella le apuntaba una o dos sugerencias para mejorar todo lo que se tratara de facultades físicas que, como pariahno, tuvieran inferiores a los humanos, Sem asintió y procedió a obedecer. Elle casi se sintió mal por su mentira, pero entonces recordó que no había nada de malo en descansar de vez en cuando, sobre todo él que se rompía el lomo a diario, si cabía alguna duda, bastaba con ver sus manos, siempre rotas, siempre ásperas. Y Elle las adoraba.

—Hablé con Hit y decidimos que lo mejor sería que cada uno haga su vida por su cuenta.

De repente, Elle se encontró encerrada en un abrazo sofocante, «nunca es demasiado tarde para morir asfixiada» ese pensamiento la hizo sonreír, mientras trataba de tomar un poco de aire.

—¡Entonces vas a dejarlo! —le susurró en su oído, antes de plantar un beso en su lóbulo, luego en su frente, nariz y por último en su boca, éste último dificultó aún más su respiración—. No pensé que lo harías —continuó su verborrea alzándola treinta centímetros sobre el suelo. Algo digno de ver, ya que Elle medía más de un metro setenta y cinco —. Quiero decir, me moría por pedírtelo, pero sabía que estaba fuera de lugar, no tenía derecho…

Muy bien, ahora en serio iba a sufrir un colapso y no tanto por la falta de aire, sino por las palabras de Sem.

—¿Dejar a Hit? Nunca hablé de dejarlo, ¿por qué lo haría? ¿Por ti?…

Hizo una pausa.

—Entiendo —silencio—. Muy bien, esto es incómodo. No, en serio. ¿Qué soy para ti? —Apoyó las manos detrás de su cabeza, y acompañó la acción con una sonrisa ladina, aparentando indiferencia. Sin embargo, el brillo de esperanza que centelleaba en sus ojos restaba toda credibilidad a su despreocupada apariencia.

—Sem. Pensé que buscaba un atajo…

—¿Un atajo? —una mueca triste tomó lugar en su boca—. ¿Una vía rápida para escapar de la vida de mierda que llevabas?

—Algo así —no era fácil de admitir, pero la risa que provocó en ella su comentario tan liberal arruinó toda la solemnidad de su argumento—, más bien…

—Descuida. Tú lo has dicho y yo lo entendí.

—¡No! —Elle se apresuró en aclarar—, no es cómo crees. Quiero decir, pensé que quería una salida rápida, pero luego comprendí que había hallado el camino a casa. Buscaba un atajo, y lo encontré. ¡Claro! que lo encontré, pero un atajo a mi hogar Sem. Tú eres mi hogar, contigo me siento segura.

Nya fingió cerrar los ojos para que su amo no se diera cuenta que lo estaba espiando. Él le había echado champú en el cabello y la espuma se había deslizado hasta su frente y párpados, así que tenía la excusa perfecta para fingir ceguera. Que era justamente lo que estaba haciendo ahora.

—¿Te arde mucho?

Negó.

—Hablo en serio, Nya. Dime ¿duele?

—No —casi gritó.

Lo extraño, no era el ardor de sus ojos, sino el sentimiento incómodo que le provocaba verlo quitarse la camisa y notar la zona de su espalda, donde se formaban músculos largos y fuertes. Maldición, realmente había enloquecido. Vencida por la desesperación, sumergió la cabeza bajo el agua en un intento por despejarse, funcionó, pero no duró mucho, en cambio, tuvo que enfrentarse a un muy preocupado Abner que la sacó a la superficie, para luego zamarrearla sin control.

—¿Qué demonios pensabas que hacías? —Bueno, ahora claramente estaba gritando, sus dedos casi lastimándole la piel de los hombros, que la túnica dejaba expuesta.

—Quería...

—¿Qué cosa? ¿Qué diablos querías? Respóndeme, maldita sea.

Súbitamente los brazos de Abner la atrajeron a su cuerpo, y pese al agua que cubría su propio cuerpo, podía palpar a la perfección el calor de su amo. Y se sentía tan bien, que no debería estar mal.

Pero lo estaba, era enfermizo y antinatural. Seguramente, el propio Abner la odiaría por ello si llegara a enterarse de las cosas que ella pensaba cuando lo veía dormir o comer, la miraría con el mismo asco que mostró cuando su amigo Heber intentó besarle una mano.

Nya tembló cuando la palma de Abner presionó más su espalda, no estaba físicamente cómoda, tenía la mitad del cuerpo en la tina y a pesar de todo, sentía su pecho tibio y su corazón calmo. Al contrario de su amo, que estaba de rodillas junto a ella, presionando sus rotulas contra la dura baldosa, debían doler, sin embargo, Abner no mostraba signos de molestia, sólo seguía abrazándola.

—No vuelvas a hacerme esto —le susurró al oído—. Te prohíbo asustarme de esa manera.

Nya tembló contra su cuerpo, sólo esperaba que su dueño lo adjudicara al frío.

—No puedo perderte ¿Me oyes? —la cría asintió—. Si te pierdo a ti lo pierdo todo, yo incluido.

Nya quiso preguntarle a qué se refería con "perderlo todo". Había aprendido suficiente de los humanos y sus complejos defectos, pero nunca se le pasó por su mente que su humano fuera avaro, claro, tomando en cuenta que ella era una posesión carísima.

Abner se fue alejando lentamente, pero sus manos, parecían renuentes a dejarla ir: —Creí que te ahogabas —mascullo medianamente avergonzado, Nya se sentía igual, al darse cuenta que había sido prejuiciosa.

«Yo y mis razones poco honorables. Que no se entere, que no se entere».

—Bien…

Pero seguía sin soltarla. Nya casi esperaba que el teléfono sonara de un momento a otro, como siempre ocurría cuando estaba disfrutando de la compañía de Abner; o era el teléfono o el rubio amigo de su amo que, acostumbraba llegar sin avisar. Eso sí, ocurría con menos frecuencia que antes, al parecer, Abner le había quitado las llaves al pobre hombre.

—¿Qué va mal?

—Nada.

—Luces triste —dijo esto mientras liberaba su espalda y pasaba la mano a su mejilla. Entonces, él hizo la cosa más horrible del mundo: deslizó un dedo bajo su ojo, como secando una lágrima imaginaria y estaban cerca, tan obscenamente cerca que el corazón de Nya se paralizó en ese instante. Su frágil pecho se quedó estancado, realmente era incapaz de respirar.

Sus labios tan próximos como podían estarlo sin llegar a besarse, esos labios llenos y en apariencia suaves. Aunque ella nunca lo podría decir a ciencia cierta, ni hoy ni nunca. Moriría antes de besarlo, no podría soportar su repudio. Era demasiado doloroso presenciar el asco en los ojos de la persona que amas.

Sí... En este momento lo amaba, pero más tarde lo odiaría, Nyara estaba segura de eso. Abner provocaba en ella una multiplicidad de sentimientos contradictorios: Lo amaba, lo respetaba; en ocasiones quería golpearlo, volvía amarlo para días después, odiarlo otra vez. Sin embargo, intuía que todos los sentimientos negativos emanaban directamente de su orgullo pariahno. Cómo desear a un ser que reprimía y castigaba duramente a los suyos. No directamente él, pero sí su raza.

—¡Qué va!, era sólo agua —pero había sido más que eso, había significado todo para ella. Sin embargo, lo dejó continuar—. Pensé que estabas llorando.

—Y yo pensé que no volverías a bañarme — esperaba cambiar el tema a temas menos complicados, de hecho había aprendido la técnica del mejor de los evasores, su amo. Él frunció el ceño, a continuación agarró el jabón para mascotas y se untó en ambas manos, sin utilizar los guantes de látex que utilizaba su *avari*.

—¿Por qué pensarías algo así? —le preguntó mientras esparcía el jabón por sus hombros y cuello.

—Porque soy un pariahno.

Su boca se curvó en una sonrisa.

—Ya... ¿y qué tiene que ver eso?

—No lo sé, pero suena genial decirlo —pensó en hundir otra vez la cabeza, pero luego lo meditó mejor y decidió que esta vez sería mejor avisar—. ¡Porque soy una pariahana! —gritó a todo pulmón y llena de orgullo.

—Eres tan infantil.

—Ah, son los efectos secundarios de...

—¿Ser una pariah?

—Ajá. ¿Puedo sumergirme otra vez?

—¿Ya te cansaste del jabón?

—Arde.

Efectivamente, toda la zona donde Abner le había untado la espuma lucía roja...

—¡Oh, mierda! —, dijo él una vez que leyó el reverso del envase.

—¿Qué pasa?

—Me equivoqué de envase.

Nya miró por encima de su amo y, en efecto, había una botella, en apariencia muy similar al gel que Abner había usado para limpiarla.

—Parece que te eché desengrasante en lugar de jabón.

15

He estado al pendiente de los egresos, ingresos y demás cómputos administrativos —Abner se sentía como si tuviera que dar explicaciones, incluso si Chad o cualquier otro miembro de la junta directiva no las pedían—, las ganancias no han hecho sino disminuir.

Varios de los directivos ahí presentes lo miraron ceñudos. Por supuesto, él ya sabía lo que estaban pensando: «Pobre tipo, se le hunde el barco y no sabe qué hacer».

No lo creían competente. Suerte la suya que su padre se abstenía de estas reuniones, pero distinto a lo que muchos pensaban, Abner no era tonto, sabía que una vez terminada esta reunión, su secreto sería noticia de primera plana, por eso necesitaba con tanta desesperación que de esta junta salieran resultados concretos, preferentemente, resultados que jugaran a su favor.

—Lo curioso es que los costos de producción y mantenimiento no lo han hecho, por el contrario están en un constante aumento. Así que me tomé la molestia de llamar a uno de los proveedores para averiguar el porqué del aumento de los gastos.

—¿Qué dijo? —era primera vez que Abner oía levantar la voz a Brennan, era socio minoritario, apenas un tres por ciento, pero representaba al Estado, así que intentó sonar paciente al momento de responder.

—Que ellos no han aumentado sus valores, de hecho enviaron copias de las cotizaciones y las últimas órdenes de compra.

—Lo suponía —ahora era Chadder quién tomaba la palabra, casi intercediendo por él—. Y ¿qué piensas hacer?

—Pedí asesoría externa.

—Vaya, gracias —masculló Bellet Bon Dagh III, el Gerente de Finanzas.

—No tiene nada que ver con tu desempeño laboral Bellet —lo cual no era realmente cierto—, sabes a qué me refiero.

—¿Auditoría externa?

—Exacto, no podía cargarte con más trabajo, tú ya estás suficientemente inmerso en este charco de barro.

—Hasta el cuello —tuvo el descaro de bromear—, no es que me arrepienta.

Por supuesto que no, pero lo haría luego, o eso esperaba Abner.

Esa misma noche sonó su teléfono y Abner no se sorprendió cuando oyó a su progenitor exigiendo una explicación. Hombre, estaba tan jodido.

—¿Qué piensa él? —los labios de Sem provocaban cosquillas en el lóbulo de su oreja.

—Que la piscina quedó fantástica, así que no puede esperar a ver el invernadero.

Él se detuvo y la miró serio, sus ojos bicolores tenían un extraño resplandor, parecían los de un gato frente a la luz de una vela. Elle, se sintió avergonzada al reconocer que habían pasado varios meses para darse cuenta que Sem, tenía un ojo azul y el otro verde.

—¿Lo sabe verdad?

A veces, cuando todo iba bien y se sentía en las nubes, como ahora por ejemplo, lo último que le apetecía era hablar de Hit, sobre todo en presencia de Sem, le parecía poco cortés, no por moralista, era obvio: tenía relaciones íntimas con un pariahno ¡Por todos los cielos!

—¿Quién sabe qué?

Sem levantó la cabeza y se quedó observando la desnudez de Elle. La humana ya no sentía vergüenza cuando Sem la miraba de esa manera, hace mucho que había obligado a ese sentimiento permanecer fuera de su mente cuando se encontraba con el *onus*. No obstante, seguía siendo incómodo cada vez que sus ojos conectaban.

En cuanto a lo físico, era otra cosa, él podría echar un vistazo a los dedos de sus pies y la reacción de su cuerpo seguiría siendo la misma: deseada, expuesta. Completamente desnuda, era como si ese animal fuera capaz de meterse bajo su piel.

—¡Oye! —exclamó, arrodillándose sobre la cama al ver que él se bajaba—, ¿Dónde crees que vas?

La respuesta a su arrogancia fue una ceja arqueada. Había pasado ya un año desde que se había rendido. El cielo lila anunciando el final del otoño, y las noches oscuras que acompañaban cada estación no habían hecho otra cosa que, involucrarla más con el pariahno. Sin importarle las consecuencias, se había mostrado tal cuál era y Sem la había aceptado. Elle por el contrario, no se aceptaba, se había negado a tolerar cualquier emoción, porque la cuestión era que... bueno, no podía enamorarse de él y sería tan fácil hacerlo, fácil y aberrante.

—Por comida, hemos pasado acá toda la tarde y ya que no quieres hablar —los músculos de su clavícula se curvaron cuando se sacudió de hombros.

—Ah —Elle rápidamente comenzó a vestirse, sus dedos temblaban mientras cubría su cuerpo—. Te acompaño.

Él asintió, como hacía siempre que ella sugería algo. La verdad era que le costaba actuar menos tirana, no quería herirlo y sentía remordimientos cada vez que lo hacía. No era fácil ser cortés con él, es decir, era un *onus*, no ibas por ahí pidiéndoles por favor, y el hábito es difícil de erradicar, aunque estaba haciendo su mejor esfuerzo.

De hecho, era bastante duro recibir siempre respuestas positivas de parte del *onus*, de nuevo, no es como si él tuviera otra opción, Elle había intentado con directas e indirectas tratar de hacerlo entender que con ella, podía tomar algunas decisiones, propias determinaciones, sin embargo, no habían llegado a ningún punto en común.

Sin preocuparse de cómo lucía, sólo había priorizado la vestimenta no el rostro ni su peinado, Elle tomó la mano de Sem y lo obligó a seguirla hasta la cocina, esta vez la de su casa. Algo irreverentemente nuevo, habían comido juntos en su cuchitril, unos cientos de veces y hecho el amor ahí mismo otros cientos más.

Elle estaba bastante segura de que varios de los pariahs de la casa sospechaban, pero ella se había encargado de explicarles de forma no muy bonita los peligros de poner los ojos y oídos donde no debían, de cualquier modo ahora en la mansión sólo estaban Sem y Yona, el resto de los esclavos habían sido despachados de vuelta al criadero. ¿Hit? Bueno, Elle no quería pensar mucho en eso. Él decía que estaba trabajando, pero ella sabía muy bien que no era así, ambos lo sabían, de otro modo él no hubiera pedido perdón antes de partir la pasada noche.

Al final, ya no dolía, la relación con su esposo se había ido deteriorando como las rosas que él solía dejarle. Despertar a media noche y encontrarlo dormido con el cabello húmedo, debido a una ducha *express* había sido casi tan duro como oírlo respirar sobre su hombro, pero de nuevo, ella se había acostumbrado con el tiempo, y ahora tenía a Sem, que no era la gran cosa, no se suponía que lo fuera, pero que sin embargo, era mejor que nada.

—¿Qué se supone que estamos haciendo? — exigió él al darse cuenta de que en último minuto ella había tomado el camino hasta su cuarto matrimonial en lugar de la cocina.

Elle por su parte, aferró aún más fuerte su mano en torno a la muñeca de Sem y se giró para enfrentarlo cuando éste no se movió.

«Muy bien», pensó mientras cerraba la puerta con su mano libre. Luego observó el rostro de Sem: serio, expectante y ruborizado. Peor aún, era la mirada triste que acababa de reemplazar su incertidumbre, porque él no necesitaba decirle nada, no hacía falta. Lo que Sem deseaba, era aquello que no pedía. Estaba siempre clarísimo en sus gestos, en sus ojos. Y ella... no quería dárselo. No podía.

16

*P*ara ser alguien que encabezaba una compañía llena de sabiondos expertos en biotecnología y negocios, demostraba una vergonzosa falta de seguridad en labores más pequeñas, como ahora por ejemplo, había aceptado la petición de Nya de salir al bosque, como Nyara llamaba al jardín, que bordeaba la mansión del mayor de los Vitallus. De cualquier modo, algo hizo bien, se aseguró de vestirla de acorde a la ocasión: abrigada y segura. Aunque, como de costumbre, Abner había exagerado.

—No puedo respirar —consiguió mascullar Nya, su rostro era apenas visible tras la capucha de su *operuit*. Además, las solapas de éste ocultaban su boca y la punta de su nariz, algo que no disgustó a Abner en absoluto; el parecido entre sus razas podía ser en verdad aterrador.

—Perfecto, esa era la idea —bromeó Abner, pero Nya no pareció darse cuenta.

—Es injusto.

—Vamos, no me dirás que no te gusta.

—El tuyo es más bonito —Abner se tomó un minuto para examinar su propio conjunto, era bastante sencillo a decir verdad, constaba de un pantalón de mezclilla con tintes marrones y un *sweater* gris de cuello redondo, si esa era la definición que su mascota tenía por belleza, él no iba convencerla de lo contrario.

—Claro que no —repuntó—, así pareces una ninfa de cuentos.

Cuando Nya enarcó una ceja el tipo comprendió, demasiado tarde lo absurdo de su salida. «¿Qué demonios iba a saber Nya de cuentos, ninfas o cualquier cosa relacionada con la fantasía?»

—¿Ninfa?

—Bueno, son seres míticos, parte de las historias que cuentan a los niños antes de irse a dormir.

—Ah —musitó ella, abriendo su boca en una "A" del tamaño de Akor —, entiendo.

—¿En serio?

La cría asintió.

—Sí, son como las leyendas que he leído y visto en la enciclopedia de la pantalla, pero había oído de ellas antes, de uno de mis compañeros del criadero.

—¿Leyendas? —preguntó Abner, ahora más que interesado—. Cuéntame de ellas.

La pequeña pareció dudar mientras evitaba tropezar con sus propios pies, Abner decidió aminorar la velocidad al ver que le costaba seguirle el paso.

—No son ciertas. Al menos eso dice la letra chica y también los humanos que argumentan los documentales —El moreno quedó impresionado, Nyara había avanzado muchísimo desde que la conoció, ahora era capaz de sacar sus propias conclusiones, aunque seguía manteniendo parte de su inocencia, por eso estaba seguro que creería cualquier cosa que él le contara.

—¿Y eso qué? —Tampoco las ninfas lo son y vez lo poco que importa.

—¿Cómo son? —preguntó ella, Abner se detuvo y reconsideró su idea. Tal vez compararla con una ninfa no había sido lo mejor. Desvió la vista hacia su izquierda, desde donde estaba podía ver el rectángulo verde que formaba el bosque.

—¿Amo? —Abner retorció los dientes cuando ella lo llamó de ese modo, lo cual era en realidad absurdo, ya que era en realidad su amo. Por otra parte, estaba esa necesidad absurda de pedirle que lo llamara por su nombre. Clavó su vista en ella y trató de recordar lo que sabía.

—Pequeñas, delgadas... «y hermosas...» —recitó de memoria, sus ojos negros clavados en ella, de repente dudó. ¿Estaba describiendo a la ninfa o a su *virgo*?— Y tienen un par de alas pequeñas similares a las de una libélula.

—¿Libélula? —estaba claro que tampoco tenía idea de lo que era eso, pero su último intento de enseñanza había salido bastante malogrado, así que optó por la tangente.

—Sí, libélula. ¿Entonces, te acostumbras al *operuit*?

—No me gusta el color —replicó la cría, con sus manos luchando contra las solapas grises en un pobre intento por descubrirse el rostro.

—¿Qué tiene de malo? Combina con tus ojos.

Durante un segundo ella dejó de luchar y lo miró seria, sus tremendos ojos grises cargados de todas esas preguntas que nunca llegaba a hacer, y que Abner por su parte, dejaba que ella descubriera por sí sola. Luego de un rato, volvió a su travesía y el moreno no pudo evitar sonreír, era tan pequeña, probablemente ni siquiera superaba el metro sesenta. Cuando finalmente consiguió hacer a un lado las solapas dejó salir un exagerado suspiro. Abner sonrió captando el mensaje.

—Muy bien, puedes usarlo sin esas cosas —apuntó con su índice las solapas que la cría acababa de doblar para dejar visible sus labios y nariz—. Aunque parece que no necesitas mi permiso.

—No es eso...

—Qué va, claro que lo es —la interrumpió, fingiendo molestia mientras comenzaba a caminar con las manos en sus bolsillos, por el angosto camino que formaban los árboles—, pero descuida, ya te perdoné.

Él estaba listo para enfrentarse a uno de sus berrinches del tipo "fue tu culpa por no dejarme respirar", en cambio, se sorprendió al notar que ella no respondía. Detuvo sus pies en la tierra y se giró hacia atrás esperando encontrarla. Nyara estaba de rodillas en el borde del camino, bajo un árbol, sus ojos abiertos de forma imposible mientras observaba la pila de hojas amontonadas junto a éste.

—¿Qué pasó con ellos? —su voz brotó en un hilo de preocupación, se veía afligida—. Ayer no estaba así.

—El otoño está finalizando.

Cuando ella no dijo nada, Abner se acuclilló junto al árbol en frente de ella. Parecía casi triste.

—¿Ves el cielo?

—Es lila —murmuró sin siquiera mirar hacia arriba, toda su atención parecía encontrarse en la montaña de hojas junto al tronco—. No puedo creerlo, ayer no estaban así.

—Estuviste mirando por la ventana…

—Siempre lo hago —le interrumpió viéndolo seria, Abner lo sabía, por supuesto, siempre era una alegría encontrarse el par de ojitos grises esperándolo al otro lado del cristal de la ventana de su casa—. ¿Sabes? Ya no me apetece salir.

Abner, quién nunca había tenido ganas de dar un paseo, recordó en ese momento que tenían una salida pendiente, era un compromiso que debía cumplir, por otra parte, habían pasado varios meses desde que Nyara había comenzado a leer, no lo hacía perfecto, pero era un hecho que a su mascota se le había abierto el mundo, por esa razón él necesitaba averiguar el porqué su *virgo* -en ocasiones- lo miraba como si fuera portador de alguna enfermedad mortal, sin dejar de mencionar que hace un tiempo Nya había descubierto la crueldad de algunos seres humanos, quizás necesitaba hablar sobre ese tema, y sobre el hecho de que ella no quisiera contarle sobre sus leyendas.

Se encaminaron a casa para, antes de salir, comer algo.

—¿Te acuerdas que hace un tiempo te dije que haría lo que tú quisieras?

—¿En serio?

—¡Claro! Yo no miento.

Nya se metió un nuevo bocado a la boca y masticó. Un montón de tiempo después, finalmente habló:

—Si hubieras prometido algo como eso, lo recordaría.

Lo dijo así sin más, como si se tratara de una cosa trivial en lugar de la promesa de un amo respetable. Abner se sintió ofendido.

—Fue hace un año…

Ella lo miró con una expresión de "me estás tomando el pelo" y entrecerró los ojos. Un año no era nada, él podía incluso recordar sus primeros dos años de vida, la memoria era una de las muchas facultades que su especie... Diablos, probablemente ahí radicaba el problema, ella no era de su especie. Tal vez a duras penas lograba recordar los pasados meses, lo que explicaría su reticencia a hablar.

—Tengo una vaga idea, ¿alguna otra pista?

—Fue en esta misma habitación.

De repente una sonrisa enorme se formó en la boca de la *virgo*, era un gesto tan casual y aún así parecía alumbrar toda la habitación.

—Ya recuerdo, fue porque querías que me comiera la comida.

—¿Y mira cuanto has mejorado? —Nya deslizó su mirada hasta sus manos, efectivamente, estaba utilizando los tenedores de forma correcta.

—Parece que fue ayer.

—¿No que había sido hoy?

—No —estaba sonriendo otra vez, algo fácil cuando lo tenía cerca. Últimamente, verlo era casi un milagro. Abner se lo pasaba en reuniones de su compañía y, aunque ella no entendía mucho de esas cosas, daba la idea de que era una empresa importante. Razón de sobra para absorberle todo el tiempo. Aún así, no le gustaba como estaba. Lucía siempre pálido y cansado, nunca pensó en verlo ojeroso hasta hoy y le preocupaba, tenía un mal presentimiento.

—Bueno, pues el tiempo pasa volando.

—De todos modos, no entiendo. ¿A qué viene esto?

—Quiero cumplir mi promesa.

—¿Por qué lo harías? Yo no cumplí la mía.

—Eso es porque tu comida sabía asquerosa.

—¿Cómo lo sabes? —Nya abrió los ojos sorprendida—. No me digas que...

—¿Qué? —ahora lucía tan horrorizado como ella—, ¡No! ni siquiera lo pienses. De ninguna manera probé tu comida.

—Entonces, ¿cómo podrías saber si tiene o no mal sabor?

—Esa tarde, después de que cortara la llamada retiré tu plato, el solo olor me provocó arcadas —se tomó una pausa para rodar los ojos y dar un trago a su infaltable vaso de néctar—. Por supuesto, apenas lo notaste, estabas tan entusiasmada hablando con Heber que ni prestabas atención.

—Tan dramático...

—Y pensar que cuando llegaste eras una cosita pequeña que apenas decía pío.

—Yo sabía hablar…

—Sí, pero tenías miedo.   Ya me sé todo ese cuento, estuve ahí. ¿Recuerdas?

—Da igual, sigo sin entender por qué me estás recordando cosas que pasaron hace un año.

—Porque nunca es tarde, quiero cumplir lo que dije. Así que Nya, dime: ¿Cuál es tu mayor sueño?

Ella suspiró cansada, no tenía caso decirlo, ni siquiera era la gran cosa…

—¿Nya?

—Sueño con probar el sabor del helado.

Los ojos de Abner casi saltaron de sus órbitas.

—¿Me estás diciendo que tú mayor deseo es comer helado?

Nya asintió.

—No puedo creerlo.

—¿Por qué?

Él no tenía tiempo para detenerse y explicar, en lugar de eso dejó la mesa y regresó a los segundos con las llaves de su *Etzux* en una mano.

—Date prisa y ve por un abrigo, vamos a salir ahora mismo.

—Pero es viernes…

Y él trabajaba incluso los sábados.

—Lo sé, por eso te digo que te des prisa.

Recitando la lista en su mente, Sem ingresó a la tienda. Había olvidado la lista que Elle le había escrito, tirada en la esquina de su cama. Eran apenas tres cosas: Azúcar, harina y mantequilla. Hombre, si al menos se tratara de un material de construcción él podría recordarlo, pero eran ingredientes para galletas, comida de humanos había dicho Elle, lo que para Sem era igual a la comida pariahna.

¿A quién querían engañar? Si quitabas las vitaminas y toda esa mierda con etiqueta verde que cubría sus cajas de leche, legumbres y vegetales, se alimentaban de lo mismo. Claro está, que no vivían lo mismo, él estaba en el borde del abismo, su rostro no era igual al de hace diez años, se estaba marchitando. Las líneas de expresión se habían acentuado más y la verdad era que, el tiempo corría y Sem lo estaba sintiendo.

—Bueno, bueno. ¿Pero qué tenemos aquí? —ironizó alguien a su lado, volviendo su atención al presente.

—*Onus* —se presentó el otro macho con la habitual inclinación de cabeza, era un pariah menudo de facciones aniñadas, Sem no le daba más de veinte años.

—Qué tal cachorrito.

El *virgo* frente a él tensó la mandíbula de inmediato. Muy bien, pensó Sem, sin sentirlo en absoluto. No estaba con humor de hablar, mucho menos con la clase más baja de su especie.

—Bueno, está claro que te sobreestimé. En todo caso, no es tu culpa.

Deslizó en el interior de su morral los libros que llevaba bajo su brazo, parecía absurdo que un pariahno usara prendas de cuero, cuero verdadero. Bolsos como ese debían costar una fortuna, y sin embargo ahí estaba, uno de los suyos, hasta cierto punto, un igual, solo que se rebajaba de nivel. *Virgos*, la palabra se dibujó en su cabeza y sintió asco; eran algo así como el reemplazo de un perro, salvo que tenían menos vello en la cara. Sem odiaba la forma en que éstos adoptaban esa actitud sumisa y conciliadora. Ni siquiera él, con todo lo bajo que había caído, había aspirado a complacer de esa manera a un humano.

Hacía lo que tenía que hacer, por supuesto, obedecía porque no le quedaba otra opción, pero jamás estaría en su naturaleza complacer. Bueno, a nadie que no fuera Elle, y que quede claro, en su caso era una historia completamente diferente, porque, bueno, él estaba enamorado, fin del asunto. De cualquier manera, Sem no era sólo una masa de carne y músculos, tenía cerebro, no lo usaba mucho, de otro modo no seguiría con Elle, mucho menos se habría enamorado de ella, pero si la felicidad significaba ser estúpido. Maldito fuera, él era el rey de los idiotas y ¿saben qué?, la idiotez era mejor que toda la puñetera educación, de la que ese *virgo* escuálido tanto alardeaba.

—¿A qué debo el honor?

—Negocios —mintió el perrito, ¿Qué clase de negocios podría hacer uno de ellos? ¿Escoger champú mata piojos? Sí, claro.

—Buenísimo, te recomiendo el de color azul, el pediculicida de franja roja es para cabello rebelde y duele como la puta.

Tres tipos de rojo transitaron por la cara del otro macho, Sem no estaba seguro si era por vergüenza o furia. Fuera cual fuera, estaba bien para él, alguien tenía que enseñarle a ese crío a aceptar lo que era. Y si tenía que ser él quién lo hiciera, pues, estaba bien, podría vivir con eso. Ese último pensamiento lo hizo sonreír, porque la cuestión era que, apenas estaba seguro del tiempo que le restaba de vida.

—¿Qué? —frunció el ceño—. ¿Aún no te vas?

La cosa escuálida en frente de él se remangó los puños de su camisa, era de organza y tenía vuelos en el cuello.

«Patético»

—Estoy esperando.

—¿A quién? —esta vez Sem no pudo aguantarse la tentación y cruzó los brazos sobre su pecho, adoptando una actitud presumida. Se estaba pasando de cruel y la verdad es que había comenzado a sentir un poquito de remordimiento, pero entonces vio al muchacho y esos vuelos... hombre, vuelos, ¿qué macho decente se dejaba vestir con vuelos?

La organza de por sí ya era bastante femenina, no había necesidad de humillarse más. Era como una burla a su especie. Dios, ¿es que no les enseñaban nada en los criaderos? En sus días, un pariahno obedecía sin que eso significara renunciar a su esencia. Al parecer, el chico aquí presente lo había olvidado.

—Crío, estás tan equivocado —dijo Sem, al ver que el muchacho no añadía nada—. Erraste el camino. ¿Qué pensarían tus padres? Y no me mires así, está claro que no viniste por negocios. No hay porqué mentir, esperas a tu amo, ¿verdad?

El crío ni se inmutó, en realidad, sus ojos de un azul deslavado lo miraron furiosos, apretó con fuerza la correa de su morral, que se cruzaba en diagonal por su pecho, y lo apuntó con el dedo.

—¡Mírate! —dejó salir el *virgo*, si su rostro luciera más enojado Sem se hubiera asustado, daba la impresión de que el pobre tipo se iba a romper—. ¿Al menos te crees lo que dices?

Sem frunció el ceño, no entendía nada. De igual manera respondió.

—¿La mayor parte del tiempo? Sí, lo hago.

En serio, parecía que el crío iba a estallar.

—Pero…, pero —prácticamente hipeaba—, ¡llevas su marca!, no eres mejor que yo.

Una oleada de pánico sacudió a Sem e inmediatamente su mano cubrió la zona que el otro pariahno miraba.

Sobre su pecho, pocos centímetros bajo el cuello, una mancha violácea lo condenaba, "Besos indecentes" los llamaba Elle, para Sem eran sólo besos, excepto que ahora parecían "Besos humillantes". Por supuesto, generalmente andaba tranquilo porque lo cubrían las solapas de su *operuit*, pero justo hoy había optado por usar lo primero que encontró, una camiseta holgada de lino, daba igual si estaba gastada, se dio prisa para regresar rápido. Volver con ella.

—Incluso hueles como ellos.

El tipo al parecer se había levantado con ganas de hablar. Y, la verdad era que Sem olía a jabón y tierra, lo primero porque se había duchado antes de venir a la tienda, lo segundo porque le habían pedido cargar unos sacos de abono justo cuando se preparaba para salir. Lo que había enviado su anterior baño por el tubo, pero bueno, él no tenía tiempo para perderlo en una segunda ducha.

—Y lo dices tú, que lleva una correa en el cuello.

No era exactamente cierto, pero el maldito morral y la forma en que el chico se sujetaba a éste, hacía difícil para Sem no compararlo con un perro y su collar.

—Alfy —escuchó que decían en una voz extremadamente alta y aguda—. ¡Alfy!

Insistió la voz tronadora y Sem podría haber sonreído, adivinando a quién llamaban, pero la mirada acusadora que le dio el otro macho acalló cualquier deseo de hablar. Porque prácticamente eran iguales, salvo que Sem era incluso peor. Era un hipócrita.

Abner no podía creer lo que estaba viendo, había sacado a Nya con la intención de comprarle unos cientos de helados, todos los sabores disponibles, aunque sabía que ella no soportaría más de tres. Estaba equivocado.

Su pequeña cría había mostrado esa sonrisa que reservaba sólo para ocasiones donde estaba realmente feliz, en aquel gesto generalmente sacaba su lengua y la mordía, dejando todos sus dientes a la vista. Era, en realidad, algo maravilloso de ver. Para lo que no había estado preparado era para disfrutar tanto con el correr de las horas. Y ya había anochecido.

Las cosas en su trabajo continuaban complejas. Había esperado un año antes de aceptar el consejo de Chadder: había cedido un veinte por ciento de sus acciones para ponerlas a la venta, quedándose apenas con un treinta. Su hermana Elle continuaba con la posesión del cuarenta y su padre con el diez, si añadían lo suyo superaban con creces el cincuenta, así que no corría el riesgo de perder la compañía, en cambio le aterraba la idea de ensuciar su nombre y con él, el apellido de su familia.

—¿Por qué nos mira la gente? —soltó Nya de repente, aunque más que una pregunta parecía una queja. No, no se trataba de una queja, ella hablaba tan bajito que parecía encogerse con el sonido de su voz.

Nyara estaba suplicando, como si Abner tuviera el poder de hacer que las miradas cesaran, pero él no podía.

—Ignóralos. Yo lo hago.

—Ajá, lo mismo me dijiste aquella vez en el centro comercial.

—Y estaba en lo cierto.

—No me gusta que me miren, me hace sentir…

«Eres afortunada», las palabras de su *avari* hicieron eco en su memoria. Volvió la vista a su amo, quién ahora la miraba ceñudo.

—¿Cómo te hace sentir?

Ella negó.

—Olvídalo.

—Difícil hacerlo cuando luces de esa forma. Dime que es lo que estás pensando.

—Pienso que soy muy afortunada de que seas mi dueño —una sonrisa de alegría se formó en sus labios, se sentía natural ya que en efecto, era auténtica. Últimamente, los momentos de odio, eran menos. De hecho, cada vez que pensaba en él, en tenerlo en su vida, cientos de fuegos artificiales estallaban en la zona de su estómago, quemaban y hacían cosquillas. Parecía absurdo que el protagonista de sus sueños fuera también el culpable de su insomnio.

—Vaya, es bueno saber qué piensas —murmuró, inclinándose hacia adelante para susurrarle al oído—. Ahora necesito que te calmes.

Estaba por intentarlo cuando captó otra mirada, esta vez la de un niño humano, el pequeño no debía tener más de once años, le mostraba la lengua, lo que en cierta forma era gracioso, o por lo menos lo era hasta que el mocoso se bajó el cuello de su camiseta y reveló lo que a todas vistas era un *sibilus*.

—¡No! —jadeó con el poco aire que le quedaba—, No...

—Shhh, ignóralos. No hables más y cierra tus ojos.

—No puedo comer con mis ojos cerrados.

Sin que lo viera venir, la mano de Abner cubrió sus ojos.

—Ahora, come.

Nyara se sintió tonta por actuar de forma descontrolada, pero la desconfianza que residía en su interior hacia los humanos, parecía empecinada en resurgir esa tarde. Además, ojos tapados o no, aún sentía la presencia del niño taimado.

Sin esperar que Abner la comprendiera, cruzó los brazos en su pecho, soltó la cuchara y esperó manteniendo los ojos cerrados.

—¿Qué es esto?

—Quiero irme.

—Y lo haremos, pero antes come un poco más.

Pero Nya ya no tenía deseos de comer. «Cinco, diez, quince…» Nya contó en secreto los minutos, pero nada ocurrió, escuchó el metal moverse en su mesa y estuvo muy, pero muy tentada en abrir los ojos, salvo que justo cuando estaba por hacerlo una cucharada, dulce ¡Oh!, maravillosamente dulce y enorme, con una mezcla entre chocolate, vainilla y algo parecido a la felicidad, entró de golpe en su boca.

Fue una suerte que no lastimara sus labios, aunque, claro ¿cómo podría? Si su dueño era prácticamente bueno en todo, le daba comida, la trataba con más respeto del que cualquier pariahno pudiera siquiera soñar.

De nuevo, volvió su atención al presente, a su dueño. Abrió los ojos esperando ver al bueno de su humano esperándola sonriente, en cambio, estaba mirándola serio, mortalmente serio. Espera un momento, no la miraba a ella, sino tras de ella.

Nyara giró su cuerpo, a su espalda se encontraba el pequeño del *silbilus*. Se había puesto de pie, mientras su madre, lo zarandeaba.

—¿Por eso tenías tanta prisa?

Nya no dijo nada, en cambio dejó la cuchara junto a la copa sobre la mesa y puso su mejor careta de alegría. Abner suspiró.

—¿Qué te parece si tomamos todo esto y nos largamos de aquí?

Nya suspiró aliviada y asintió de inmediato. Abner pagó luego de comprar otros tres litros de helado y se apresuró a subir al vehículo, no sin antes, regresar a la mesa del niño malcriado y decirle un par de cosas a la madre.

—Para que lo sepas, es primera vez que hago una locura como esta.

—¿Te refieres a comer tanto helado?

Él negó sonriendo.

—Me refiero a meter comida en mi auto, antes de que tú llegaras a mi vida, que por cierto te lo agradezco, mis noches eran agrias, ahora en cambio son más dulces —Nya lo miró incrédula mientras oía, pero tienes que saber esto.

Se giró hacia ella, Nya se sentía osada esa tarde y había optado por sentarse en el asiento del copiloto en lugar de su habitual sitio en la parte de atrás. Debido a eso, pestañeó aturdida cuando lo observó acercarse. Al principio pensó que intentaría poner música, pero no giraba y parecía más centrado en ella que en el tablero. Y estaban malditamente cerca.

—¿Qué... Co-co-cosa? —tartamudeó.

—Mi *Etzux* te tiene celos, piensa que robaste su lugar en mi corazón y —se tomó su tiempo poniéndole los labios en su oído y bajando la voz hasta convertirla en un susurro—. ¿Quieres oír un secreto?

Ella asintió, todavía incapaz de hablar. Y que la condenaran, pero estaba disfrutando de esa aberrante intimidad.

—Tiene toda la razón.

Drásticamente su expresión cambió, como si acabara de salir de un trance, Abner se alejó de ella rápidamente, pero sus facciones volvieron a suavizarse cuando habló otra vez.

—Lo que me hace pensar…

El corazón de ella empezó de nuevo esa carrera a la que a estas alturas se creía acostumbrada, pero que sin embargo la pillaba por sorpresa cada vez que iniciaba. Era un traidor, por supuesto, un rebelde que nunca pedía permiso a la razón. Él actuaba por sí solo.

—Esta noche haremos algo especial. Tú y yo.

—¿Sólo nosotros?

Él sonrió.

—Sólo te diré que necesito que te arregles guapa para mí, será una sorpresa.

17

S em la estaba pasando mal intentando mantener a raya sus deseos de romper algo y eso sin mencionar que no había podido hablar con Elle aún. Maldición, no había tenido cara para verla ¿Qué tan mariquita sonaba eso? Además, aún no se quitaba de la cabeza el mal rato que había pasado gracias a ese *virgo*.

«Alfy, en serio, ¿quién demonios se llamaba así en estos días?»

Por otra parte, había llegado a su cuarto convertido en una porquería, el olor del abono aún no abandonaba su piel, por lo que se había visto en la obligación de tomar una segunda ducha, lo que no hubiera estado tan malo si no fuera porque el agua de las duchas estaba fría y era invierno.

Como si eso no hubiera sido suficiente, había tenido que lidiar con dos machos de su raza, los bastardos habían tenido el descaro de mostrarle una de las tangas de Elle mientras éste soportaba a duras penas el frío bajo el chorro de agua.

El resultado no había sido bonito, les había arrancado la seda de sus inmundas manos en cosa de segundos, también un par de dientes, él mismo casi pierde uno, se lo merecía por idiota. Después había corrido al cuarto de esos bastardos, sólo para encontrarse otra de las tangas de su ama.

Sabía que no tenía derecho sobre esa mujer, por supuesto, también sabía que era absurdo pensar que era el único para ella, en lugar de permitir que el rencor hiciera mella en él, tomó las prendas y las escondió en una caja de madera, la que guardó bajo el catre de su cama.

Era una forma muy pobre de mantenerla cerca, pero prefería eso a no tener nada. Probablemente Sem ni siquiera estaba en sus sueños, como ella en los de él. Pero eso estaba bien, era feliz incluso cuando ella le daba la espalda, le bastaba con perderse observando la curva de sus hombros, el tono cobrizo que adquiría su piel bajo la luz de las velas y la risa que tantas veces escondía. Hombre, él amaba verla sonreír, incluso si no podía hacerlo junto a ella.

Maldito fuera por quererla tanto, era su herida, su mayor dolor y su única alegría, de hecho, era mucho más que eso, esa fiera se había grabado en su alma y ahora Sem tenía que lidiar con esa huella. Joder, estaba tan mal, tan enfermo, ¿en qué momento había cruzado la línea?

Sabía muy bien que no tenían futuro, que no era la indicada, pero entonces, ¿por qué su corazón le decía lo contrario? Si no era para él, ¿cómo es que su ausencia lo aniquilaba por completo? Y ¿por qué esos malditos portaban sus prendas íntimas?

—Necesito saber una cosa.

Elle casi dejó caer la bandeja de vidrio al escucharlo hablar de repente. Se giró hacia atrás sólo para observar al pariahno entrar por la cocina convertido en un energúmeno. Uno muy molesto, de hecho.

—¿Y esa es razón para que entres así?

Eso lo detuvo.

—¿Así cómo?

—Bueno, podrías comenzar por golpear la puerta...

—Claro, como tú cuando acudes a mí por las noches.

Elle sintió que se congelaba ahí mismo, excepto por su cara. Ardía de vergüenza.

—Es distinto —se defendió.

—Claro, porque tú eres humana y yo no, ¿verdad?

Tuvo la extraña necesidad de negarlo, pero no tenía sentido, ya que en realidad, él tenía razón.

—Exacto.

—¿Y eso te da derecho a jugar conmigo? No dicen tus leyes que unirte a uno de mi clase puede significar tu exilio.

De pronto, la urgencia de salir huyendo de ahí también se hizo mayor.

—Dime Elle, ¿qué piensas hacer conmigo?

—No te entiendo —Dios sabía que lo estaba intentando—. ¿Cuál es tu problema? Hasta hace unas horas estábamos bien, fuiste a comprar con una sonrisa en la cara y ahora llegas completamente cambiado.

—Claro que estoy de mal humor —muy bien, ahora estaba gritando—, ¿Harina, huevos? —negó, un brillo metálico reverberando en sus ojos dispares—. En serio... ¿Sigues sin entenderme, sin entender el porqué?

Elle acabó chocando contra la nevera en su afán de alejarse.

—¡Porque no soy tu maldita empleada, ese es mi problema! Por mí puedes usar a Yona, ella no se queja. Maldita sea Elle, apostaría a que incluso disfruta servirte, pero no a mí. Conmigo no funciona así. A mí me respetas.

Ambos se quedaron en silencio, sin dejar de mirarse.

«Oh Dios. Oh Dios. Oh Dios»

Sem no podía creer lo que había dicho, acababa de cruzar una línea con Elle y para colmo, esta vez no se lo merecía, por supuesto, no era una Santa, pero en esta ocasión específicamente, era parcialmente inocente. ¿Qué culpa tenía ella de que el otro renacuajo le hubiera tocado las pelotas? Cómo la había tratado... y las palabras qué había usado. ¿Insinuar que la podrían exiliar? Joder, se había pasado, de verdad.

—Elle... —la llamó en voz baja, pero ya era tarde, ella se había ido en dirección a su cuarto y si algo había aprendido Sem con el correr de los meses era que cuándo ella quería estar sola, lo mejor era no molestarla.

Con el miedo de arruinar aún más la "re-la-ción", salió de la casa en dirección a su pequeño infierno en el patio de atrás, la pocilga que ella tanto odiaba, pero que no se atrevía a admitir. Bueno, ahí estaba, cosas como esas lo hacían amarla, que se aguantara toda esa monstruosidad por estar con él.

—Necesito que me lo digas —se dijo y ahora que no lo oía nadie, permitió a su corazón llorar en paz. Porque quería dar todo de sí mismo, pero era incapaz de pedir más.

18

S uspiró nerviosa, contando los segundos para verlo otra vez. No sabía mucho sobre moda y esas cosas, su amo le había obsequiado varios *tutum*, eran unos conjuntos preciosos, por lejos las prendas más elegantes que había visto alguna vez, pero aun así, ninguno parecía ser lo suficiente bonito para la ocasión, incluso si ella no sabía de qué ocasión se trataba.

¿Qué podía hacer? ¿Qué decir? Por ahora todo lo que tenía a la mano era su corazón. Podría ofrecérselo a su amo, completo; sin reservas, sólo para él. Abner era un hombre bueno, sabría cuidarlo, Nyara estaba segura de que podía confiar en él, ya había conocido otros casos de pariahs menos afortunados, en cambio su amo era el mejor que podría existir. Al menos hasta ahora.

Así que, con manos gastadas y actitud optimista Nya tomó una de las sabanas del cuarto de huéspedes y comenzó a cortarla en tiras. Acaba de tener una idea que de seguro tomaría a su dueño por sorpresa.

Horas después, Nyara estaba sentada sobre su cama, vestida con su indumentaria para "la ocasión". Se sentía ansiosa.

—Nya, ya estoy aquí —la voz de Abner llegó suave hasta sus oídos y pese a que el sonido provenía del primer piso, ella no necesitó de una orden directa para correr hacía él.

La *virgo* trastabilló un par de veces, de hecho casi cayó de boca al piso en una ocasión, pero bueno, no era fácil caminar con dos metros de tela enrollados en tus manos, torso, piernas e incluso talones. Tiras sueltas cayendo al azar por todas partes de su anatomía.

Mientras arrastraba los pies, una a una las terminaciones de su cuerpo fueron adquiriendo vida propia: vida más allá de la vida. Una sensación cálida se extendió por su cuerpo, como si una especie de fuego líquido estuviera consumiendo sus entrañas. Nya pensó que era imposible, excepto que le estaba sucediendo, mientras temblaba, mientras sonreía por pura anticipación hasta que las comisuras de su boca comenzaban a doler. Y también, mientras bajaba el último escalón para girar hasta la nueva fila de otras doce escalinatas que descendían en dirección a su amo y el rostro de él, esperándola ansioso, la alentó.

—Guau —dijo él una vez que ella corrió impaciente los últimos escalones y se abalanzó hacia él, hasta sus brazos—. ¿Estamos felices, eh?

Nya asintió, disfrutando el dulzor de su voz, el calor amable que trasmitían sus palabras. Rápidamente se alejó de su cuerpo, comprendiendo con horror lo que acababa de hacer, Abner en cambio, en lugar de liberarse de su agarre de inmediato la forzó a continuar así, quieta, cálida contra su cuerpo, acunando su cabeza bajo la palma de su mano, Nya no se lo podía creer.

—Tengo algo que mostrarte —le murmuró en el oído, había picardía en su voz, y Nya seguía sin soltarlo.

Lentamente fue cediendo distancia, su amo era un humano agradable, así que disimuló muy bien su incomodidad, porque Nyara no se podía creer que no le molestara su toque. De cualquier manera, ella moría de deseos por saber cuál era la sorpresa por la que tanto la había hecho esperar, era la razón principal por la que se había arreglado.

Y, ahora que lo pensaba, él no había dicho nada sobre su vestido. Recordando esto, alzó el rostro expectante esperando explicaciones, pero él no la miraba, de hecho, miraba hacia el otro lado, todavía con una sonrisa en su rostro y actitud divertida... Su dueño estaba viendo a otra humana.

Su boca se secó. Ahí, frente a ella, acercándose en puntillas, como si temiese despertar a un bebé, la gloriosa y perfecta humana la miraba expectante. ¿Así que esta era la sorpresa? No, imposible, no podía creerlo, no lo aceptaba. ¡Algo estaba realmente mal! Abner no se atrevería...

—Bueno, supongo que esta es la hora de las presentaciones —dijo su dueño palmeando sus manos—. Nya, ésta es Aiza, mi novia.

¿En serio se estaba sonrojando? No, eso no estaba bien. Abner reservaba sus sonrojos para ella, cuando evitaba bañarla o hablaba más de la cuenta. Cuando cometía un error o se reía de ella. ¿Por qué tenía que ruborizarse ahora? Hacerlo frente a esa humana ¡No era justo!

—Y si todo sale bien —continuó despotricando y como si ya no fueran suficientes dosis de crueldad, él añadió—, y la señorita aquí presente se decide de una vez, y deja de tenerme sufriendo —a continuación inclinó su cabeza hacia la mujer y depositó un beso en su frente—, pronto se convertirá en tu dueña también.

De repente Nya se dio cuenta de que Abner la miraba más serio, mucho más serio en realidad. Como si hubiera dicho algo importante y esperara su aprobación.

—Nya, te hice una pregunta ¿Te sientes bien?

Ella asintió. De algún modo, no importaba lo mucho que la lastimara verlo con otra, no quería defraudarlo; después de todo ¿No era esa su misión, complacerlo?

—Sí —admitió, a sabiendas de que él detestaba que ella respondiera con monosílabos.

—No luces muy bien —esta vez fue la mujer quién habló. Aunque odiara admitirlo, la humana era bastante agraciada, como todas las humanas en realidad: piel mate, contextura delgada, extremidades largas, ojos oscuros. Hermosa.

—Eso es porque no te conoce —intercedió Abner—. ¿No es verdad Nya? ¿Cierto que con el tiempo te das a querer y eres más dulce que un bombón?

Aiza, como la había llamado su amo, rompió en risas y se acercó con cautela hasta ella.

—¿Puedo? —Nya estuvo tentada a alejarle los dedos de un manotazo, pero a decir verdad, se sorprendió de que la pregunta fuera dirigida a ella y no hacia Abner, sólo Heber tenía ese tipo de gestos hacia ella, no estaba acostumbrada a esos favores, pero aun así, asintió. De todas maneras, la humana podría tocarla sin siquiera consultárselo.

—¡Guooo! Es tan suave, y calentita —sus dedos se enroscaron en torno a sus mejillas apretándole la piel de sus pómulos—. ¿No te duele, verdad?

Doler, como doler, no, no lo hacía. Pero, era incómodo...

Antes de que Nya pudiera decir algo, Abner avanzó hasta ellas y besó a la mujer en su nuca, Aiza se meció contra Abner y éste la acunó entre sus brazos. Y al final Nya se dio cuenta de que no importaba lo mucho que ella se esforzara, cada vez que lo sentía cerca, Abner se las arreglaba para pisotear su corazón, como si no valiera nada.

Un movimiento a través de la ventana captó la atención de Elle, había sido clara al decir que quería estar sola.

«S-O-L-A»

—¿Qué haces aquí? —pasó furiosa una mano por su cara, estaba tan molesta. Era la única razón por la que lloraba, rabia, impotencia, jamás lloraba por dolor. Nada la haría más feliz que romper en dos la cabeza de ese pariah—. Te hice una pregunta.

—No voy a disculparme por decir lo que dije.

—Muy bien, esto es nuevo. ¿Qué otra sorpresa me tienes por ahí? Espera —hizo una pausa, se giró de boca hacia la cama, cruzó las manos tras su espalda y luego ladeó su rostro hacia la izquierda, de cara a la ventana, desde donde Sem la miraba a través de los barrotes—. Listo, ¿te parece mejor así? Puedes amarrarme las muñecas si lo deseas, ahora que te va el plan dominante.

—No se trata de eso…

—¡Por supuesto que sí! —respondió Elle, con su voz rompiéndose en la última sílaba—. Claro que lo es.

Sin poder continuar enterró su rostro en la almohada, evitando mirarlo, escondiéndose de él.

—Elle, tenemos. No, necesitamos... realmente debo hablar contigo.

—Habla desde ahí —dijo, mágicamente recompuesta.

—Vale, lo que mi ama desee.

—¡Como si te importara!

—¿Vas a dejarme hablar? —Cerrando sus ojos, Elle asintió, pero entonces recordó que desde la ventana él no podría verla.

—Yona dice que tú y Hit ya no duermen juntos.

—Yona es una bocazas, tendré que despacharla.

—¡No! por todos los cielos, Elle. ¿No ves que justamente a eso me refiero? ¡Joder!

—Ya, ya. Ahí veré si la despido o no, por ahora, si quieres ayudar a la pobrecita de Yona, más te vale continuar.

—No me digas que estás celosa.

—¿De esa bola de grasa? No ofendas, quieres.

Sem guardó silencio un largo tiempo, el suficiente para que ella se preocupara, volvió a su posición inicial y se sentó erguida sobre la cama. A través de los barrotes, con el cristal a medio abrir, Sem la miraba estupefacto.

—Ella dijo otras cosas también.

—Tiene un montón de imaginación, sabrá Dios qué otras cosas pudo decir.

Algo similar a una sonrisa se formó en la cara del *onus* y la manera en que su cabello caía sobre sus cejas, lo hacían ver hermoso. La excusa perfecta para que Elle abandonara la cama, cruzara a zancadas el pasillo y corriera hasta el exterior donde Sem la esperaba. Salvo por un pequeño problema; Hit.

—No voy a dejarlo Sem.

—Lo sé.

—Hablo en serio, sé lo que quieres, puedo verlo.

—Entiendo.

—No —las ganas de acercarse a él, aún a través de los barrotes, eran casi incontrolables, empuñó sus manos en la manta y alzó aún más la voz—. No lo entiendes. No tienes idea de cómo me siento.

—Y cómo esperas que lo haga, si tú no me lo dices.

—Me da vergüenza —admitió, sintiendo de nuevo cómo las lágrimas se deslizaban por su cara—, desearía que pudieras leer mi mente, mi alma. Así me ahorrarías la humillación de decirte esto en voz alta.

—Alto, Elle —la interrumpió—. No tiene por qué ser así, sobre todo no aquí.

Dejó escapar una especie de maldición, aunque Elle no entendía mucho de la jerga pariahna.

—Déjame entrar.

—No.

—¿Cómo puedes mantener una conversación tan íntima en un volumen tan fuera de lo habitual? Maldición Elle, acabas de decirme que te da vergüenza.

—No de lo que tengo que decir, sino de lo que pensarás de mí una vez que termine de hablar.

Sem curvó sus rodillas a la altura de su pecho, de alguna forma, aquello parecía ejercer un efecto tranquilizador en él, cómo si lo protegiera del dolor que Elle le causaba con sus acciones.

—¿Estás segura? —Elle negó—. Sólo estoy segura de que no te quiero aquí adentro.

—Lo entiendo.

—Sigues con eso... ¡qué no! no puedes entenderme, no sin saber.

—Entonces explícame, qué es lo que está mal. Ya te pedí perdón, ya me dijiste que no planeas dejarlo, perfecto, puedo vivir con eso. ¿Qué es lo que ahora va mal?

—¡Todo!

Vencida por la presión, Elle cubrió su nuca con las manos, palmeándose la cabeza para suprimir el repentino dolor. Cuando la punzada se fue, se giró hacia Sem y prosiguió con su discurso.

—Hit sabe que estoy con otro, pienso que sospecha de ti. ¿Quién sabe?, él es tan raro.

—¿Cómo podría saberlo y actuar como si nada?

—Oh, él guarda mi secreto porque yo escondo el suyo.

—¿Presumo que es algo grave?

—No tanto como el mío, Hit es homosexual.

Sem arqueó mucho sus cejas, sus ojos bien abiertos, sorprendidos. Al menos tuvo la decencia de no decir nada.

—Tú podrías pensar que en nuestros días, no debería importarle.

—Eso es justamente lo que me estaba cuestionando.

—Bueno, ahí está el problema.

—No entiendo.

—Desde el *Desastre de la Nueva Visión* y por consecuente, el renacimiento de los humanos gracias a *La Orden* —Elle ignoró la forma en que Sem rodeaba sus ojos con burla—, nuestros genes han sido alterados.

—Claro, más años, mejor resistencia, belleza...

—Exacto, por culpa del calentamiento global nuestras pieles debieron ser modificadas, al igual que nuestros ojos para reducir la fotosensibilidad. Siento decírtelo, pero por mucho que me gusten tus ojos, no sirven para nada.

—Lo sé, apenas consigo ver la letra chica —convino él. El humor de ambos mejoró repentinamente, lo suficiente como para que Elle decidiera dejar la cama y avanzar hasta él, con apenas los barrotes separándolos.

—Pues, hay más...

—Viven algo así como... Dios —había burla en su voz, pero del tipo que solamente pretendía hacer reír, nada que ver con el humor negro que sólo intentaba herir al otro.

—Nunca tanto, pero sí, vivimos bastante más que ustedes.

—¿Cuál es la parte donde todo se pone feo? Avísame si me equivoco, pero presiento que aún no hemos llegado ahí.

—Tienes buena intuición, me temo, porque la historia no acaba ahí. Nosotros, como bien sabrás, no nos reproducimos como ustedes, todas las mujeres de mi raza somos, ya sabes, estériles —Elle hizo su mejor esfuerzo por disimular su dolor.

—Lo sé, usan a nuestras hembras para incubar sus embriones.

—Exacto. O sea, no somos realmente estériles, pero tenemos una mutación genética que nos provoca abortos espontáneos. No pasamos del día veintiocho, cuando menstruamos.

—Lo siento mucho.

—No tienes por qué. Tenemos hijos, sólo cambió el método. Evolucionamos. Además de eso, nos aseguramos de que nuestros hijos sean, pues, lo más cercano a la perfección.

—Elle, ¿dónde quieres llegar?

—Hace algunos años, la familia Gurges, el tatarabuelo de Hit para ser exacta, se sometió a un experimento.

—¿Sobre?

—Bueno, toda la familia de Hit se dedicó de lleno a la medicina.

—Sigo sin entender.

—Ellos pertenecen a *La Orden*.

Sem sabía que esa palabra debía significar algo. Es decir, leías sobre eso donde sea que ibas, eran como una especie de secta, entes fiscalizadores de la sociedad lodebarina, con mucho poder. Incluso Sem se atrevería a afirmar que mandaban más que el propio Maximiliano Lessiug, un militante del Partido Socialista Totalitario (ST) apenas iniciado en la política que gracias a sus discursos populistas, cargados de odio contra los pariahnos, había logrado convencer a los de *La Orden* para que estableciera sus programas y duras leyes, para que más tarde los humanos lo eligieran presidente. De ahí que se estableciera el *vetitum*, el toque de queda de las ocho. Un pariah suelto después de esa hora, podía darse por muerto.

—Continúa.

Los dedos de Elle rodearon los barrotes mientras hablaba, Sem se preguntó si acaso notaría ella lo nerviosa que estaba.

—Experimentaron en sí mismos con un asunto en particular. Tú sabes que, aún hoy existe el eterno debate sobre los homosexuales, ¿cierto? Si es que existe o no el gen gay, etcétera.

—No manejo mucho los asuntos de biología, Elle. A diferencia de ti, jamás fui a una escuela.

—Pero sabes leer.

—Tuve un dueño que daba clases de historia, de vez en cuando, me explicaba un poco de todo, pero no nos veíamos mucho.

—¿Era casado?

—Sí —admitió frunciendo el ceño—. ¿Por qué lo preguntas?

—Ah, Sem. No me sorprende que te hubiera mantenido alejado, pariah o no, eres la tentación en persona. Bueno, volviendo a lo que nos importa.

—El gen gay —ella podría jurar que él se había sonrojado—, me hablabas de eso.

—Exacto, bueno, la cuestión es que sí existe... O existía. A estas alturas no lo sé, el tatarabuelo de Hit supuestamente suprimió la expresión de ese Gen, su padre igual y hasta la fecha, las tres generaciones lo han hecho. Con su tatarabuelo incluido, habían dado fe de su efectividad. Pero ahora, es Hit, el último en la cadena, quién debe corroborar esto.

—Pero falló —adivinó el castaño.

—Eso parece.

—¿Qué hay con eso?

—Pues que la fortuna de Gurges se debe en un noventa por ciento al resultado de ese experimento: todo el material de estudio con referencia a la homosexualidad y su supuesta cura.

—Es un fraude, es como decir que encontraron la cura para el amor o el dolor. No se puede.

—Yo lo sé.

—¿Y Hit? —Sem pasó ambas manos por los barrotes, acunando su rostro—. ¿Lo sabe él?

Ella asintió y una lágrima cayó desprendida de su ojo.

—No lo puedo dejar, no puedo exponerlo a todo esto. Y no hablo sólo de la humillación pública, sino de arruinar a toda su familia.

—¿Es por esto que no quieres tener hijos? ¿Temes que sean como él?

Esta vez negó intentando alejarse de su rostro, pero Sem no lo permitió.

—Estoy aquí, Elle. Háblame.

—No quiero que mi hijo crezca en el vientre de otra, si no puedo traerlo al mundo yo misma, prefiero no tenerlo.

—¿Acaso no deseas ser madre?

Otra lágrima salió a la superficie.

—Más que nada en este mundo.

—¿Entonces?

—No se siente natural, es… es como forzar al destino ¿me entiendes?

Sem asintió, pero no entendía. No entendía cómo una mujer tan maravillosa como ella se negaba a traer hijos al mundo. Sem ya podía imaginarse versiones en miniaturas de ella corriendo traviesas por el jardín, su cabello claro ondeando al sol, y sus ojos bicolor, mirándolo traviesos…

«Un momento, ¿ojos bicolor?» Sem sacudió su cabeza de inmediato, aterrado por la imagen que su cerebro se empeñaba en repetir. No, maldición no. Él no tenía derecho a fantasear con algo así, no tenía derecho a desear. Fin del asunto.

—Entonces, ¿dónde nos deja esto?

Ella suspiró dándose por vencida.

—En nuestro propio mundo.

Él pensó en algo mejor «juntos o algo por el estilo». ¿Nuestro propio mundo?, eso sonaba como algo aparte, secreto.

¿Por qué tuvo que enamorarse de una humana?

Un enorme silencio se extendió en la sala cuando Abner dio *Play* a la presentación que mostraba en detalle los resultados que arrojó la auditoria, la revisión de egresos e ingresos.

—Segunda junta en menos de un mes. Esto es nuevo —otra vez ese inspectorcillo murmurando. Hombre, la primera vez se había sorprendido de que el tipejo del Gobierno pidiera la palabra. ¿Ahora? Estaría más que encantado de atarle un bozal a la boca.

Una vez que los susurros acabaron, Abner observó la enorme habitación completamente a oscuras, sólo iluminada por el rayo claro del proyector. La última adquisición del departamento de innovación tecnológica, una cosa blanca y redonda, similar a un tazón de cereal a la que se le puede conectar cualquier dispositivo que contenga la información a mostrar, para luego ser proyectada como hologramas.

Otra vez los murmullos comenzaron a escucharse.

—Siento mucho esto, de verdad —esta vez se giró hacia su padre, que estaba sentado a su izquierda.

—Me gustaría decir que todo es obra de nuestro Gerente de Finanzas, pero la verdad es que la culpa es mía por confiar en él. El desfalco a nuestra empresa ocurrió bajo mi gestión como administrador, por ende solicito de forma extraordinaria la sustitución del administrador —Varios jadeos se escucharon, el de su padre incluido—. En otras palabras, pongo a disposición mi cargo y les invito a escoger un nuevo Director.

—No nos das muchas opciones —añadió el inspectorcito del gobierno—. ¿Qué propones? Tu padre de nuevo, porque dudo que tu hermana tenga alguna idea acerca del funcionamiento de la compañía.

—Siento contradecirlo mi estimado Brennan —la voz de su padre tan calmada y diferente al humor que acostumbraba—, pero me temo que nada de esto será necesario. Estoy seguro que Abner sabrá muy bien qué hacer.

—El Estado podría...

—¿Irse a la mierda? Le recuerdo que estamos en un Estado Socialista Totalitario, por lo tanto, tienen más injerencia en nuestros asuntos de los que le permitimos.

El hombrecito llevó una mano hasta su frente, lucía como si se fuera a desmayar, de hecho, era bastante mayor.

—¿Se da cuenta de lo que podría ocurrir si su compañía quiebra? —Lot asintió, al parecer no percatándose que había tomado el control no sólo de la conversación sino de la reunión misma.

—Soy muy consciente del caos que podría provocar, y soy aún más consciente del talento de mi hijo. Él lo ha hecho bien todo este tiempo. ¿Puede un árbol juzgarse por sólo un año de sequía?

Los otros tres hombres presentes, Chadder, Nikel y Hit, se mantuvieron en silencio, ninguno de ellos era accionista, a excepción de Hit, este último era no sólo el esposo de su hermana, sino además quién administraba sus acciones en vista de que Elle sólo se interesaba en las fiestas de la empresa.

—Bueno, supongo que no hay mucho que hacer —murmuró Brennan, el inspector. El maldito siempre salía con basura pesimista, Abner no se sorprendería en descubrir que el bastardo había orquestado toda esa mierda.

—Somos sólo cuatro accionistas, ¿verdad?

Abner quedó helado frente al gigantesco holograma ahora en blanco, de repente, un horrible presentimiento lo punzó en el pecho.

—Me temo que no padre.

—¿Te refieres al veinte por ciento que pusiste a la venta? —Abner asintió, ¿qué otra cosa podría hacer? su padre se había mostrado bastante comprensivo en todas sus propuestas, probablemente más de lo que él se hubiera mostrado si la situación hubiese sido a la inversa.

—Olvida eso, no tienes de qué preocuparte —esta vez fue Chadder quién interrumpió.

—Exacto, Chad ya se ha ocupado de eso.

Hit y Nikel mantuvieron sus ojos bien abiertos, al parecer, eran los únicos que no sabían nada de nada, bueno, también estaba Brennan, pero ése no contaba.

—¿Ocuparse? —Avanzó hasta donde estaban Chad y su padre, si quitabas a Brennan, parecía casi una reunión familiar. Nikel era su tío, hermano mayor de su padre, y pese a no tener acciones en la empresa, lo conocía como las palmas de sus manos.

«Algunos no necesitamos tener el control para sentirnos parte de Signâtum Corp», había dicho una vez, cuando apenas pasaba de los ochenta. Aquello lo había marcado, era de esas cosas que algunos llaman "lección de vida".

—Bueno, me encargué personalmente de que el porcentaje se dividiera en forma equitativa.

—¿Qué quiere decir eso?

—Chad las repartió entre cuarenta personas.

—¿Estás diciéndome que allá afuera hay cuarenta personas que manejan cada uno el cero coma cinco por ciento de Signâtum Corp?

—Los entrevisté personalmente, mientras más sean, menor será la cantidad de la empresa a repartir, sólo los transforma en socios minoritarios.

—Entonces… —masculló, sintiendo que el techo se movía. Finalmente, se dejó caer en la silla desocupada a un lado de Chad. Tras él, Hit y Nikel se miraban boquiabiertos.

—Entonces, esta reunión no ha servido para nada. Tal parece que no importa lo que el señorito haga, les importa un bledo la seguridad nacional.

—No seas exagerado.

—¿Exagerado? Crees que si pudiéramos, no hubiéramos construido ya nuestra propia versión del *signâtum*.

—Nuestro secreto mejor guardado.

—Bájate de la nube chico —exclamó colérico—. No eres John Pemberton.

—Exacto, somos mejor que *Coca-Cola*®.

—No tengo nada más que hacer aquí —se puso en pie y caminó hacia la salida, justo entonces se giró y asintió con una cortesía ensayada—. Señores, un placer.

Nadie en la sala respondió.

19

*C*uando Abner llegó a casa, lucía un poco más relajado. Dios, en la última semana todo había parecido irse en picada, casi podía ver su camino hasta el infierno, rojo y negro, con piedras volcánicas quemando bajo la planta de sus pies. ¿Y ahora todo está perfecto?

Suspiró lentamente al estacionar su *Etzux*, en serio, quería que todo esto no fuera real, pero lo era. No había dado dos pasos fuera del vehículo cuando la vio: al otro lado del ventanal con sus manos pegadas al cristal y la nariz igual de adherida a éste.

Nya se encontraba mirándolo, esperando por él. Las yemas de sus dedos formaban círculos más claros que el resto de su piel en medio del vaho que producía su aliento y su pequeña naricita parecía la de un cerdito al tenerla presionada al vidrio. Su corazón se derritió.

—Bueno, alguien está ansiosa hoy ¿o me equivoco?

Nya sonrió, haciéndose a un lado, para que él pudiera entrar y cerrar la puerta.

—¿Por qué tan tarde? —Abner observó la hora en su reloj: las nueve, después de la reunión había salido a comer con Aiza. En su compañía se habían pasado las horas tan rápido que apenas las había notado.

Maldición, ni siquiera sabía si quedaba comida para Nya en casa, seguramente Yona se había encargado de eso, pero ¿Y si no lo hubiera hecho? Su labor era velar por su bienestar, y no parecía estar cumpliendo.

—He estado ocupado —admitió—, siento mucho hacerte esperar.

—Ah —cruzando los bracitos sobre su pecho, ella frunció el ceño, siguiéndolo mientras él dejaba su maletín en la mesa de la cocina y estiraba un brazo para alcanzar el cereal del aparador—. Pasó mucho tiempo...

—¿En serio? —sonrió, como si no fuera una rutina para él escuchar esas palabras—. Pues también yo te extrañé, por cierto ¿comiste?

—Nya se devoró todos los pastelitos que dejó Yona para ella —Abner se giró al oír esa voz familiar.

—Vasni…

Su madre asintió en reconocimiento, lucía una de sus habituales tenidas de seda con escote hasta el ombligo, por joven que luciera, a Abner le hacía sentir incómodo que su progenitora se presentara así, ya sea en público o en casa. ¿Quién respetaría a una mujer que muestra la mitad de su cuerpo a medio mundo?

Abner no entendía cómo rayos Lot lo aguantaba, pero anda tú a saber, ese dúo era tan incompatible como excepcional y él los quería, sin importar cómo de mal se vistieran.

—¿A qué debo el honor?

Los cabellos acaramelados se sacudieron por sus hombros cuando pasó una mano bajo su nuca, desenredándolos.

—Venía a ver cómo iban las cosas con tu *virgo*. Ya ha pasado un año, pronto cumplirá los diecisiete y no me parece necesario esperar más.

La mano que Abner había mantenido en el aparador resbaló, repartiendo cientos de cereales con forma de ADN, logo oficial de *La Orden*, por el piso de baldosa.

—¡¿Qué?! —estaba gritando—. No puedes, apenas es una niña.

Su madre llevó una mano hasta la cintura forzando a uno de sus pechos salirse del escote, verlos era tan habitual para él, como para cualquier otra persona que se hubiera topado al menos una vez con su madre. Lo que no era usual era que saltara un chorro de leche de uno de ellos.

—En nombre de Dios y todo lo sagrado. ¿Qué diablos?

—Disculpa —se excusó ella abriendo otra de las puertas de la alacena—. ¿Dónde puedo encontrar servilletas?

—¿Servilletas? Dios, cómo voy a saberlo yo. De eso se encarga Yona.

—¿Y dónde está ella?

—Donde Elle, mamá, pasa casi toda la semana allá y Dios, ve al baño a secarte. No sé dónde rayos habrá guardado las servilletas, pero estoy bastante seguro que habrá papel higiénico ahí.

Mientras Vasni se aseaba en el baño, Abner aprovechó su tiempo a solas.

«¿Qué infierno había sido eso?»

—Das miedo cuando pones esa cara.

Él giró hacia su izquierda, donde Nya continuaba esperándole, fue fácil olvidar que estaba ahí, debido a la sorpresa de su madre y bueno, como que lo había trastornado un poco y…

—¿Hace cuánto está acá?

—Desde la mañana.

—¿Qué ha estado haciendo? —preguntó, poniéndose de rodillas para recoger la caja. Luego, tomó la escoba e intentó arreglar un poco el caos que había hecho con los cereales.

—Preguntas. Ella me preguntó cosas cómo de dónde vengo, qué edad tengo y cuándo me llegó mi primer celo. Sobre eso, ¿qué es el celo?

Abner tragó, otro punto más a su lista de preocupaciones.

—La ama Vasni estaba por decírmelo cuando oímos el motor de tu auto, corrí de inmediato hasta la ventana para verte.

—Supongo que la dejaste hablando sola —tal vez por eso no le había dirigido la palabra a su cría cuando él llegó.

—Entonces, ¿qué es eso del celo?

—Listo —avisó Vasni, asustándolos a ambos. Abner no se había dado cuenta de lo cerca que estaba de Nya, hasta que esta saltó en su sitio, alejándose inmediatamente de él.

—Ya me di cuenta. En el futuro, podrías hacer el favor de no aparecer de repente, así no asustarías a mi mascota. Y sí mamá, eso incluye venir a casa sin invitación.

—Entendido.

—Además, qué es eso en tus... Bueno, tú sabes. ¿Leche? —negó atónito al ver que ella asentía—. ¿En serio?

—Pues, estoy consumiendo prolactina.

—¿Que tú qué?

La mujer hizo caso omiso a su pregunta y se sentó en una de las sillas junto a la mesa. Abner agradeció que su cocina fuera lo suficientemente grande para contenerlos a los tres, porque realmente se estaba comenzando a sentir ahogado. Necesita. Él necesitaba...

—Voy a llamar a Aiza, ya regreso.

Cuando por fin llegó al pasillo tomó el auricular inalámbrico, sin embargo oyó perfecto cuando su madre gritó.

—¡Genial! ¿Qué tal si la invitas y arreglamos todo de una vez?

Abner corrió de vuelta a la cocina, esta vez con el teléfono en su mano.

—Alto ahí —dijo apuntándola—. Tú no vas a arreglar nada, y sobre invitarla, sólo porque necesito que alguien se encargue de aclararle un par de cosas a Nya, no me fío de ti.

—Como quieras. ¿Sabes? ya que vendrá tu novia, aprovecharé de avisar a Lot, se muere por conocerla.

—Dios. ¿Ah? No, lo siento cariño, estaba pensando en voz alta —una sonrisa involuntaria tomó lugar en su boca al recordar la tarde que habían pasado—. Sí, llegué bien. Sobre eso, hum. ¿Tienes algún inconveniente en venir a casa? Oh ¿de veras? Fantástico. Entonces te veo a las once.

Cuando cortó Abner tuvo que enfrentarse a dos miradas, su madre, quién lo miraba calculadora con una sonrisa maliciosa y la que más le preocupaba, Nya. Ella estaba molesta, se había dado cuenta. Sabía cómo se sentía por supuesto, desplazada, pero estaba mal. No es que él la hubiera reemplazado por Aiza, se trataba de diferentes tipos de cariño.

—Llegará a las once. Se dará un baño y tomará el autobús.

—¿Autobús?

—Sí mamá —le replicó molesto—. Te recuerdo que no todos los humanos usan limosinas como la que te espera estacionada afuera.

—Lo sé. ¿Dónde me dijiste que se conocieron?

—No te lo dije. He intentado rehuir a este tema lo máximo posible, pero está claro que tú no vas a parar hasta que te cuente.

—Muy sabio de tu parte, entonces ¿cómo la conociste?

Abner sonrió sentándose en la mesa frente a su madre, eludiendo la mirada resentida de Nya en la esquina opuesta de la cocina.

"Vete", quiso decirle. "Este piso está frío, no es como la alfombra y te vas a enfermar", pero no quería a Nya pensando que no la deseaba ahí. Así que continuó.

—Ella es camarera en un restaurante.

—¿Camarera? debe ser una broma.

—No, no lo es.

Fingió no ver que la túnica de su madre ahora tenía dos manchas, dedujo que era leche, por las zonas donde se encontraban.

—De hecho, fue Chadder quién me mostró el lugar.

—¿Chad? —puso los ojos en blanco—. Sabes que ese loco y tu padre no son los mejores ejemplos.

—¿Por qué? —Abner se puso serio de repente, no estaba dispuesto a que su madre le hiciera pasar un mal rato a Aiza—. ¿Porque no están obsesionados con el dinero?

—No, no me refiero a eso. Pero, tienes que admitir que las diferencias con el tiempo se notan.

—¿Y me lo dices tú? Por favor, acabas de admitirme que estás consumiendo prolactina.

—Pensé que no sabías lo que era.

—Esperaba no recordarlo, pero bueno, yo tenía ciento trece cuando nació Elle, tendría que ser demasiado imbécil para no recordar todo el proceso.

—Ah.

—Entonces, supongo que lo has hecho otra vez, ¿verdad?

—¿Y qué si lo hice?

—¿Cuándo?

Ella no respondió, Abner, que ya estaba cansado de discutir siempre con su madre o Lot, decidió que en realidad no era su puñetero problema. Allá ella si quería tener más hijos, le daba lo mismo. De hecho, tal vez así dejaran de presionarlo para darles un nieto.

—En dos meses.

—Caramba, que bueno que Nya es aún menor. De otro modo…

—No, no es ella. Tranquilo, no hubiera tomado a tu cría como *matriz* sin tu autorización, no soy la arpía insensible que crees que soy.

—Esperemos.

Esa noche, mientras Nya evitaba la ventana y los rayos lunares que se filtraban, pensó seriamente en huir de ahí. La novia de su amo había llegado a casa demasiado rápido para que la *virgo* pudiese adaptarse a la idea, en realidad, toda esa relación entre ellos le había sentado como una bomba detonando en su pequeño estómago. Ahora sólo le apetecía vomitar.

—Muy bien, así te vez más linda.

Nya ni siquiera hizo el intento por mirarse en el espejo que estaba ofreciéndole la humana, en cambio desvió su vista hasta el cobertor de su cama donde ambas estaban sentadas.

Ni pensaba hablarle, únicamente se había detenido para espiar por la rendija de la puerta, tal parecía que la humana no se hallaba muy familiarizada con los padres de Abner.

«Bien por ella», pensó Nya, tal vez así aprendería a no meterse con su amo.

—Es un misterio que tu pelo se mantenga así al natural. ¿Estás segura que Abner no te dio un champú especial o algo así?

Nya negó, como hacía siempre que tenía en frente a esa mujer. Dicho de otro modo, Nya odiaba todo de ella, su tez canela y ojos castaños, sobre todo aquel cabello oscuro que caía liso hasta la altura de su mandíbula, porque eran esos rasgos, junto a su falta de tejido adiposo lo que la hacían tan distinta a ella y a la vez, perfecta para Abner.

—Muy bien, veo que no quieres hablar. ¿Te sientes enferma? —sin pedir permiso, cosa obvia, ya que no lo necesitaba, estiró su mano y la palmeó en su frente—. Hum, estás un poco caliente. Tal vez sea fiebre.

«Tal vez eres tú quién me enferma», pensó en decir, en cambio se limitó a guardar silencio. Porque a diferencia de Aiza, la perfecta y dulce mujer que su amo se empeñaba en meterle hasta por los huesos, Nyara no tenía otra forma de defensa, no podía decir lo que pensaba ni siquiera podía evitar que esa bruja le pusiera sus dedos encima.

—Sabes, has estado mucho tiempo callada —su voz ahora carecía de humor, en realidad se escuchaba preocupada—. Iré por Abner, tal vez él pueda hacer algo.

Mientras esperaba a que su amo llegara, Nyara se preguntó qué rayos esperaba, estaba claro que había perdido la cordura. No estaba bien pensar así, no era normal querer tanto. Sin embargo, no le quedaban muchas opciones y ella sabía eso desde el principio, su amo tendría que sentar cabeza algún día. A decir verdad, ella debería estar agradecida de que se tratara de una humana aparentemente decente, en lugar de una arpía como su madre. La voz de Abner y su novia se escucharon desde el otro lado de la puerta avisándole que se acercaban.

—No tienes que hacerlo si no quieres.

—¡Qué va! no ha sido tan malo. Además, ya me he ausentado mucho tiempo. Te dejaré con ella mientras entretengo a tus papás.

Él hizo una mueca de molestia, pero en vez de enojado parecía un niño enfurruñado. A Nya se le hizo adorable, al parecer a Aiza igual ya que rodeó su cuello con los brazos y lo besó. Nya giró el rostro hacia la pared, intentando salvar a su corazón de romperse en dos, aunque la gruta abierta en su pecho se rasgó más.

Cuando la puerta se cerró sintió que el colchón de su cama se movía.

—Aiza me dijo que estabas enferma. ¿Es eso cierto?

«Sí», quiso decir. «Estoy enferma de amor y me está matando», en su lugar contestó:

—Ella exageró.

—¿Pero, qué es eso que veo? Alguien está molesta… ¿Podría ser que se deba a ella?

Nya no respondió, preguntándose internamente por qué seguía insistiendo, creyendo que podría acontecer un milagro. Que él sintiera lo mismo, que se diera cuenta que existía, pero hasta la fecha, el único milagro que había presenciado Nya, era que Abner no se diera cuenta aún que sus sentimientos, eran mucho más profundos que los que profesa normalmente un pariah a su amo.

—Sabes —dijo después de un minuto, Nya seguía mirando hacia la pared, seguía sin poder enfrentarlo—, no tienes por qué estar acá encerrada. Al contrario, puedes venir con nosotros.

«¿Cómo se atrevía a pedirle eso? Es que no veía cuánto le dolía».

—Nya —silencio—, ¡Maldición, Nya! —su mano le rodeó un hombro y sin pensar en lo que hacía, se sacudió automáticamente de él, de su toque, porque su cercanía la estaba matando.

—¿Por qué te comportas así? Dime, dame alguna pista, no leo mentes sabes.

No, por supuesto que no, si así fuera ella hubiese sido alejada de su lado hace mucho, mucho tiempo. Y esa era la única cosa que no estaba dispuesta a hacer, no importaba lo mucho que le doliera, lo prefería con creces antes que estar lejos de él.

—Maldición, Aiza tenía razón, estás ardiendo. ¡Papá! —gritó preocupado—. ¡Aiza, mamá, alguien ayúdeme!

A los pocos minutos, Nya tenía a toda la familia Vitallus observándola con expresión indescifrable, y ya no podía escudarse mirando a la pared.

—Tiene fiebre —avisó él—. Aiza tenía razón.

—¿No será el celo? —preguntó alguien más.

Nya frunció el ceño, otra vez esa palabra…

—¿Celo?

La madre de su amo rodó los ojos, estaba claro que ellas dos no congeniaban, sin embargo añadió.

—Es tu época fértil. Vamos, incluso tú debes saber lo que eso significa.

—"Eso", como tú lo llamas, no significa nada. ¿Y bien papá? No se supone que eres el experto en pariahnos.

—Sí hijo, tengo algunos, pero no soy *veterinae*.

—Al diablo con todo, tengo que buscar ayuda.

—¿Pero y la cena?

Y Nya se sorprendió de que esta vez fuera Aiza quién alzara la voz. Al parecer, a Abner también, ya que abrió mucho sus ojos y soltó un suspiro arrepentido. Tenía los hombros caídos y sus ojos hablaban sobre un montón de experiencias pasadas que, probablemente nunca compartiría con Nya.

—Espérame un poco y te iré a dejar.

—No. Me puedo ir como vine, en autobús.

—¿Estás bromeando? —dejó a Nya sola en la cama un momento y cruzó en dos zancadas la habitación—. Es tardísimo, quédate.

La humana dio una mirada arrepentida a Nya antes de asentir lentamente.

—Es sólo que no quiero incomodar.

—¡Por favor! —ahora era Lot quién tenía la palabra—. Ya eres como de la familia, por lo demás, a ninguno de nosotros nos conviene que Nya se enferme. Así que les propongo algo. Vasni y yo nos iremos ahora a nuestra casa, ya es tarde, dudo mucho que consigamos un *veterinae* ahora mismo.

—Pero es viernes. Y apenas son las diez —volteó su vista al reloj de pulsera—, con cincuenta y nueve minutos.

—Exacto, todo el mundo está de fiesta —Lot se acuclilló a un lado de la cama, traía puesto uno de sus vaqueros ceñidos y un *sweater* gris a juego—. Lo siento pequeña, pero según veo es sólo fiebre, ¿verdad?

Nya asintió, la verdad era que no se sentía tan mal. Si quería ser honesta, pensaba que su amo estaba exagerando, pero si eso significaba que tendría toda su atención, Dios la perdonara, seguiría adelante con la mentira.

—No creo que sea buena idea —continuó su amo, poco satisfecho con la respuesta de su padre—. Ven Nya.

—¡Abner! —el aludido, su padre y novia observaron a Vasni con sorpresa—. Deja de actuar como un idiota, te lo dije hace unas horas. Ella cumplirá los diecisiete, sólo necesita cruce, no es la gran cosa. Ahora, acompáñanos a tu padre y a mí a la salida y luego quédate con tu mujer y por todos los cielos, deja respirar a esa pobre criatura.

—Pero…

—Pero nada.

Él iba a decir algo más, pero entonces sus ojos y los de Nya se encontraron, cuando ella negó, él se limitó a agachar su cabeza resignado.

20

No lo sé.

—Vamos, relájate un poco —Lot tuvo incluso el descaro de sonreír—. Te ofrecería un merlot, pero como no tomas, sería un desperdicio. ¿No te enojas, verdad?

Abner concentró su atención en el frente, un enorme ventanal de siete centímetros de ancho lo separaba del exterior, donde estaba Nya. A decir verdad, era un sitio bastante particular, el suelo estaba cubierto de tréboles, entre la vegetación exuberante, había una especie de cama dispuesta en pisos escalonados.

El clima se había mostrado bastante conciliador, cálido, perfecto. Ideal para que el par de pariahnos encerrados al otro lado del cristal hicieran lo que sea que tuvieran que hacer. Abner rascó su cuello sintiéndose incómodo con sus pensamientos. Nya era demasiado pequeña para un cruce. Tal vez no había sido una buena idea. Además, ese macho lucía lo suficientemente fuerte como para causar graves daños en el cuerpo de su cría. Un estremecimiento le recorrió las entrañas al imaginar lo que se vendría.

—Por cierto, muy linda señorita tu novia. Ahora entiendo por qué tardaste tanto en presentarla —Lot lo codeó y guiñó un ojo—. Celos, lo comprendo, aún eres joven e inseguro. Sin embargo, tienes que recordar que tu madre y yo no llevamos casados casi siglo y medio por azar.

Miró fijamente el exterior. No habían empezado, Nya continuaba de pie al lado opuesto del lecho, lo más lejos posible del otro macho. Su cuerpo cubierto únicamente por una gasa color mandarina, tan poco coherente con la situación, tan carente de pudor. No dejaba nada para la imaginación, enseñaba todo.

En ese momento, Abner decidió que odiaba ese color junto con todos sus derivados, era demasiado chillón, por descontado alegre. Para él, la situación ameritaba vestir de negro.

—Entonces, me dejó saludos o algo así.

—¿Decías?

—Preguntaba si tu linda novia me había dejado saludos o algo así. ¿Dónde tienes la cabeza?

—Ah, sí, dijo que había sido un placer, que les enviara saludos a ti y a mamá. Y sobre mi cabeza, ¿qué esperabas? Tienes a mi pequeña *virgo* afuera junto a una mole que le dobla en tamaño y edad. Disculpa si no muero de risa.

—Otra vez con eso.

El problema era que Lot parecía estar bien con ello, y Abner se maldecía por aceptar el consejo de su padre en primer lugar. La noche anterior Lotter había dejado su casa con la promesa de conseguir ayuda, hoy muy temprano en la mañana el teléfono había sonado con las nuevas.

Resultó que su padre, al ser un aficionado de esta especie, tenía un muy buen amigo *veterinae*, quién no tuvo problemas en conseguirle una hora bien temprano. Después de los exámenes de rutina, que consistía en escanear el código de barras del *signâtum*, habían informado a Abner que su *virgo* había entrado en época de celo.

—¿No te dije que era perfectamente normal? —Sí, también había sugerido volver a casa y salir del problema lo antes posible. Él, como un idiota, había accedido y ahora estaba a punto de presenciar una porno entre pariahs en el patio trasero de la casa de sus padres.

Lo que tampoco era realmente cierto, más que un patio daba la idea de ser una habitación estratégicamente ornamentada. Como fuera, el caso era que Nya no lucía cómoda con ello, mucho menos él.

—Son siete días, no veo por qué tiene que ser hoy.

Su padre lo quedó viendo con cara de "me estás tomando el pelo".

—¿Quieres tener que pasar por esto otra vez?

Ni hablar.

—Bueno, supongo que tú cara responde por ti. Cálmate Abner, esto es perfectamente normal. Llámalo como quieras: necesidades básicas, el llamado de la naturaleza, escoge tú.

—Pero es tan pequeña…

—Sólo en estatura —la seriedad había desaparecido por completo de su rostro cuando le guiñó el ojo con malicia—, pero tiene diecisiete.

—Dieciséis —le corrigió Abner.

—Pero tú mamá…

—Mamá exagera, la conoces, Nya está por cumplirlos, pero mientras no lo haga.

—Bueno. Una cosa es segura, si no les damos privacidad, este par no entrará en tarea en los próximos diez años.

Pues, allá ellos. Abner no pensaba moverse.

—Hombre, que los dejes.

—¿Cómo sabré si la daña? Si le... duele —esperó—, él podría aplastarla o peor...

—Hijo —claramente Lot estaba próximo a hartarse, algo insólito ya que era el tipo más liviano que pudiera existir—. Ambos sabemos que eso no ocurrirá, ahora mueve tu trasero a la sala de estar y deja de actuar de *voyeurista*. Podría verte alguien del personal de aseo y repartir el rumor de que mi hijo tiene costumbres poco ortodoxas y Dios sabe que estamos hasta el cuello de la prensa amarillista. ¿Ya viste el nuevo vestido con el que posó tu mamá?

Abner suspiró vencido, dando la bienvenida al cambio de tema y en realidad a cualquier cosa que lograra capturar su atención. Cualquier cosa, con tal de no pensar en lo que Nya y esa bestia estaban a punto de hacer.

—¿Cómo que no está?

—Como lo oyes —parecía más interesado en la novela que tenía en las manos que en lo que tenía para decir—. Hace unas horas vino tu padre y se lo llevó.

Elle intentó adoptar una actitud normal, o al menos más calmada, incluso si Hit sabía que lo engañaba y en cierta forma, confiaba un poco en él, no estaba dispuesta a exponerse. No al punto en que pudiera arriesgar el futuro de Sem.

—Dijo que lo necesitaba para algo urgente.

«A la mierda la calma».

—¿Y por qué diablos harían eso? —dejó caer las bolsas con las compras, que mantenía en ambas manos. Había estado tan emocionada al comprar lencería nueva, junto a unos pantaloncillos de algodón que estaba segura quedarían perfectos en Sem—. Maldición Hit, desaparezco un par de horas y me encuentro con esto.

—Cálmate, sólo es por un período breve de tiempo. El invernadero ya está casi listo, no hay por qué armar tanto lío.

«El invernadero», se recordó podía servirle como tapadera. La excusa perfecta para justificar su preocupación, sin embargo con todo lo que podría ayudarla también podía irse a la mierda, quería a Sem y lo quería ahora.

—Por casualidad, papá no mencionó para qué lo quería.

Hit acomodó sus lentes con un dedo y pasó la hoja.

Por cosas como esta odiaba los días sábado, tener que verlo, aguantar su pasividad, ¿no podía cambiar el horario o al menos ser un poco útil?

—Creo, la verdad no presté mucha atención, sólo abrí la puerta para que pasara y ya. Además, no es para tanto.

Elle suspiró frustrada y volvió sus pies hacia el lado contrario.

—Iré a dejar las compras a mi habitación.

—Está bien cariño.

—Hipócrita —gesticuló ella, pero no pudo verla, estaba absorto leyendo homoerótica.

Nyara sentía que su cuerpo estaba quemándose, no en un mal sentido, de hecho, era todo lo contrario. Habían zonas de su cuerpo que palpitaban más fuerte de lo habitual. Se sentía sedienta, y emocionalmente ansiosa. Además, recordó, se suponía que ella estaba enferma. ¿Por qué entonces nadie venía a socorrerla?

Sin mencionar que aún tenía que lidiar con ese otro tipo, había visto su tatuaje en el cuello, esa doble S (§) que tenían los de su especie tatuado en el cuello, era un pariahno de otra raza, los más fuertes y, generalmente, más rebeldes.

—¿Sabes hablar?

Ella abrió sus ojos pasmada, ¿cómo preguntaba algo como eso? Por supuesto que sabía, de cualquier modo, ¿por qué le importaba? aún más importante, ¿qué demonios hacía él ahí? ¿Por qué estaba con ella?

—En realidad no importa —añadió él, estaban lo suficiente lejos para que no pudieran tocarse u olerse, ni siquiera verse con mayor detalle, por lo tanto él debía gritar para que Nya lo escuchara.

—De cualquier modo, presumo que eres propiedad del joven Abner.

En cuanto dijo esto, ella lo quedó mirando con sus ojos entrecerrados, parecía imposible que una cosa tan diminuta pudiese trasmitir tanto coraje. Aquello le causó gracia, pero su efímera alegría se esfumó cuando recordó por qué estaba ahí: cruce.

Otra vez, pensó resignado, asqueado consigo mismo, de alguna forma anómala y ¿por qué no decirlo? también un poco arcaica, sentía que le estaba siendo infiel a Elle, no es que pudiera reclamarla como suya, pero realmente Sem había pensado que el tiempo en que lo usaban como *equs*, había quedado atrás. Pero estaba equivocado.

Ni siquiera habían tenido la decencia de cubrirlo. A diferencia de la pequeña *virgo*, a él lo habían arrojado al exterior completamente desnudo. De no ser porque tenía manos grandes… pues, digamos que lo último que deseaba era traumar a la pequeña, ni siquiera sabía si ya tenía experiencias en materias de reproducción. Sem había yacido con tantas mujeres en sus casi treinta años, que apenas y podía recordar sus rostros. En cambio, su corazón sólo tenía espacio para una sola persona, la dueña de sus pensamientos en los últimos veinticuatro meses era Elle, y Sem no estaba dispuesto a cambiar eso.

—Luces como un pariahno rebelde —dijo Nya sin pensar, sacando a Sem de sus cavilaciones.

—¿Qué sabes tú de pariahnos rebeldes? —preguntó el *onus* sorprendido de la afirmación de la cría.

—Sé mucho. Sé todo —respondió levantando el rostro de forma altanera—, ¿qué sabes tú de pariahnos rebeldes? —contrapreguntó Nya.

—Sé que si alguno de los humanos que está detrás de ese espejo te escucha hablar con tanto orgullo de pariahs rebeldes, te castigarán, te encerrarán de por vida en una *caveola* o peor, te enjuiciarán.

—Abner jamás me haría algo así.

—Confías mucho en los humanos…

—No. No en los humanos, confío en Abner.

—Como si fuera digno de tu confianza —gruñó el *onus*—. ¿Sabes qué estamos haciendo acá? ¿Sabes por qué Abner te trajo aquí?

Sus sospechas acababan de ser confirmadas, le habían traído una cría que no estaba iniciada. De seguro apenas y entendía lo que era el celo, lo que no le sorprendía ni le importaba, podrían hacer con su cuerpo lo que se les antoje, y no importaba los métodos que usaran, él no dejaría de amar.

—¿Tiene que ver con mi fiebre?

Él asintió.

—Algo, pero sólo en parte. ¿Ves tu tobillo? —la cría miró hacia el suelo, donde tenía cruzado sus piecitos descalzos y luego miró a Sem.

—¿Qué hay con él?

—Además de enviar una señal que indica dónde te encuentras, recaba información vital sobre ti.

—Mi edad, mi sexo.

—También tu período fértil.

Ella tragó.

—¿El celo es algo así como mi período fértil?

—Exacto. No deberías creer ciegamente en tu amo, y la prueba está en que... —Sem hizo una pausa y continuó —Aquí estás, encerrada con un *onus* que te dobla en peso y fuerza, y ni siquiera tomó medidas para resguardar tu seguridad.

—Pero yo no...

«No estoy lista» decían sus ojos, incluso si no era capaz de articular ni una palabra. Conmovido por una repentina oleada de ternura, Sem dejó la silla donde había estado esperando paciente a que ella hiciera o dijera algo en los últimos treinta minutos, y se dirigió hasta la hembra.

—¿Te importaría decirme cómo te llamas? —se detuvo en frente de ella—. No sé tú, pero eso de los números no me gusta, así que puedes llamarme Sem.

«Sem»... El nombre sonaba como algo prohibido dentro de su cabeza, igual lo repitió en voz alta.

—Sem, está bueno.

Él rompió en risas.

—Bueno, nunca lo habían dicho de esa forma, pero puesto de este modo, supongo que no está nada mal. ¿Cuál es el tuyo?

—Nya —respondió en un tono más elevado de lo habitual debido a la sorpresa, acababa de poner atención en sus ojos, eran exóticos. ¿Extraños?, sin duda alguna. ¿Atrayentes?, como un maldito helado. Nya sintió como sus mejillas se calentaban. Sem tenía un ojo verde, reflejaba ternura, el otro en cambio, era de un azul malicioso.

—Tus ojos…

—Ló sé, lo sé. Heterocromía, efectos secundarios de la involución.

—¿No te duele?

Las cejas oscuras del macho se levantaron en una expresión se genuina sorpresa.

—¿Doler?

Nya asintió.

—Se supone que sabes todo sobre pariahnos rebeldes.

—Tú no eres rebelde, si lo fueras no estarías acá encerrado, y jamás dejarías que te humillaran paseándote desnudo. Repito, ¿te duele?

Sem, sintió como si le arrancaran el cuero cabelludo desde la frente hacia la nuca. Nyara no era una *virgo* normal, era vanidosa, esa jactancia típica de alguien que dedica mucho tiempo a cultivar el intelecto, además con sus palabras tan acertadas había logrado golpearlo en su punto débil. El porqué aguantaba que lo denigraran hasta tal extremo: Elle.

Sem respiró unos segundos antes de responder eludiendo la parte del menoscabo, esta era la segunda vez que uno de los suyos le lanzaba en la cara lo indigno que estaba siendo.

—Qué va, cómo me va a doler, es como si yo te preguntara si tu boca te duele —expresó más calmado.

—¿Por qué debería?

—Porque es roja.

—¿Y qué tiene que ver eso? Es sólo el color...

—Exacto, también mis ojos.

Ella abrió su boca en una "O" agigantada y la cerró de inmediato. Desvió su vista hacia en el enorme ventanal que hacía que Sem se sintiera como un animal de zoológico, pese a que lo único que veía en él era su reflejo, el maldito cristal era un espejo. No obstante, al otro lado los humanos podían verlos a la perfección. Desde luego, incluso en cosas como estas, ellos, la raza superior, se las arreglaban para orquestar un espectáculo sin doble función.

Sonidos de voces humanas brotaron desde el interior de la casa.

«Elle», la reconoció de inmediato, de alguna forma, no entendía cómo, pero sabía que ella había venido por él.

Enfurecida como se sentía, casi perdió el equilibrio cuando encontró a la pareja de pariahnos en actitud amistosa al otro lado del cristal. «Demasiado tarde», pensó con horror, pero su miedo se esfumó cuando Sem se movió, revelado la escasa, pero colorida vestimenta que ostentaba la cría. Mamá, pensó con molestia, sólo su madre vestiría a una cría *virgo* con colores tan humanos. Su *onus*, por otra parte, lucía prácticamente desnudo, él cubría su anatomía apenas con sus manos. Lo habían lanzado sin nada, como si se tratara de un cristiano en la arena infectada de leones.

—No puedo creer que hicieras esto —cerró sus ojos, incapaz de soportar la imagen que se presentaba al otro lado del cristal.

—¿Yo? Pero si no fue culpa mía.

—A otro con ese cuento y tú —Elle giró a su izquierda, el rostro de su padre, quien la miraba con expresión de pura inocencia. Menudo hipócrita.

—Ni siquiera me referiré a ti, no me sorprendes para nada.

Al parecer, eso consiguió provocar algo en ambos hombres, ya que la miraron consternados. Probablemente se debiera a que había comenzado a gritar o tal vez a que había entrado furiosa a la casa exigiendo explicaciones.

Le había bastado un par de preguntas a Albert, uno de los *virgos* que vivían en la mansión, para deducir lo que estaba pasando. En realidad, el pequeño crío apenas hablaba, y la menor de los Vitallus, estuvo a punto de perder los estribos pero el cabello rojo y los inocentes ojos claros de Albert habían sido razón suficiente para que Elle se mantuviera en control, calmada.

—Pero tú... Pensé que esta vez no la joderías hermanito.

—¿Joderla? —preguntó ofendido, lo que estaba bien, debería estarlo. ¿Cómo era posible que tomara su pariahno sin permiso? sin embargo ese argumento no parecía muy lógico, así que se fue por la tangente, buscó otros argumentos con qué atacarlo.

—Exacto, joderla.

—Calma Elle —intentó esta vez su padre, luego se giró hacia el blandengue de Abner—. No hagas caso, tu hermana sólo está molesta porque pedí prestado a Sem.

—¿Qué yo qué? —dijo en forma burlesca—. ¿De verdad crees que vendría a acá por algo tan insignificante como un *onus* que apenas es capaz de construir un invernadero decente?

—La piscina no quedó mal. Quedó perfecta.

—Pero no es la piscina de lo que estamos hablando —replicó ella, llevando la conversación de nuevo a un lugar seguro—. Sino de Abner y lo pésimo que trata a su mascota.

—Escucha Elle, no te voy a permitir que...

—¿Qué? ¿Qué es lo que no vas a permitir? En primer lugar, si estoy aquí no es por mi maldito pariah, sino por la tuya. ¿No has visto sus diferencias de tamaño?

De nuevo, Elle clavó sus ojos al frente, donde podía ver a la perfección a la pareja. —Es apenas una cría Abner, ¡una cría! Cómo piensas que...

Él hizo una mueca ante sus palabras.

—Pero, papá dijo...

—Al diablo con él, es tu cría, no eludas la responsabilidad. Porque te lo puedo asegurar, si la dejas ahí con ese mastodonte, la va a hacer pedazos.

El obsesivo de su hermano tragó fuerte, daba la impresión de que se hubiera tragado el corazón o algo así, pero lucía como alguien que podría morir de un momento a otro, pálido y con sus pupilas dilatas. «Perfecto», pensó Elle con satisfacción, observando a su hermano mayor cruzar convertido en una bala el área que su querido padre había destinado para la reproducción.

Qué enfermo, el sitio parecía una reproducción macabra del Caribe antes de los cambios climáticos. En serio, visto así, él y su madre lucían demasiado desesperados por tener nietos. Sino, por qué otra razón apresurarían tanto el cruce de la cría. Casi como si pudiera leer sus pensamientos, Lot pasó un brazo por su hombro y admitió:

—Supongo que no fue la mejor idea.

—Ciertamente has tenido mejores.

—No quiero que pienses que no tengo sentimientos o que no me interesa el bienestar de los pariahnos.

—Nunca he dicho hecho.

—Ya lo sé, pero el otro día… —ambos se callaron cuando vieron a Abner avanzar a zancadas hasta ellos con la cría en brazos, pasó de ellos sin siquiera despedirse.

—Lo superará —le consoló—. Ahora, continúa, qué era eso que pasó el otro día.

—Estaba dando un discurso sobre los bienes de consumo y lo mucho que nuestra compañía ha hecho por la sociedad. Que, distinto a lo que muchos piensan, el *signâtum* no es un arma, sino una ayuda que en determinados momentos, podría hasta salvar una vida.

—¿Creen que el *chip* es un arma? —preguntó boquiabierta.

—Sí, como es un dispositivo de rastreo.

—Es una vía de control, de orden y manejo de información de datos.

—Exacto, todo eso les mencioné y el público parecía interesado.

—Y qué fue lo que pasó.

Ahora su padre lucía serio.

—Me interrumpieron esos manifestantes obsesivos.

—¿Los de *Greenpeace*?

—No, esos que son como PETA, pero en versión pariahs.

—Ah, te refieres a PETP (*People for the Ethical Treatment of Pariahs*).

—Exacto.

Elle miró el reloj, no tenía un solo interés en llegar a casa. Sin embargo, necesitaba sacar pronto a Sem de ahí.

—Ellos hablaban mucha basura, quiero decir. Suena bonito, incluso yo me conmuevo... pero en serio. ¿Tienen idea de lo que piden?

—Igualdad y libertad para pariahnos.

—¡Exacto! ¿Puedes creerlo? Es decir, todos sabemos que uno de ellos exiliado es lo mismo que enviarlos a morir.

—Peor, al menos un pariah muerto lo hará de forma rápida e indolora, los que mueren en libertad lo hacen por hambre o virus adquiridos en el ambiente expuesto a la contaminación.

—He escuchado que algunos incluso mueren fritos.

Elle ni siquiera sabía si eso era posible, pero desde que la capa de ozono estaba prácticamente extinta y había sido reemplazada por una versión artificial de la misma sobre Akor, ella no era nadie para constatar o desmentir esa verdad.

—Lo que intento decir... No quería dañar a la criatura.

—Lo sé papá.

—Es que, en serio, Abner lucía tan abatido —su mano izquierda se fue hasta su cabeza—, quería apurar el proceso y salir rápido de esto. Apenas ayer le llegó el celo.

Con que eso era, al menos explicaba el porqué de su apuro, pero seguía sin explicar la absurda obsesión por los nietos.

—Oye papá, ya que estamos los dos, ¿crees que podrías responderme una pregunta?

—Claro, lo que sea.

—¿Por qué quieres tener nietos?

21

*H*abía pasado ya un mes desde el bochornoso episodio, un mes en el que Nya no había vuelto a dirigirle la palabra, Abner estaba desesperado, eso explicaba que hubiera accedido a una cita doble con Aiza, su amigo Heber y esposa.

Abner, antes de aceptar el encuentro, recordó tristemente que Heber era el único que podía hacerla reír. Así que no había quedado más opción que recibirlos en su casa.

—¿Así que vas a tener un hermanito? ¡Auch! — jadeó Heber cuando su esposa, Nebeth lo golpeó con el codo en el estómago.

—Eso parece.

—¿Sabes quién será la matriz? —esta vez hablaba entre jadeos. Nebeth había conseguido dejarlo sin aire, punto para ella.

—No, ellos lo han mantenido en secreto, pero presumo que será alguien de la línea de sangre de Yona.

—¿Y por qué no ella?

—Según papá, está muy gorda y eso podría dañar la salud del bebé. Aunque, para mí, es porque Yona nunca ha simpatizado mucho con mamá. De cualquier manera, me tiene sin cuidado.

—¿Por qué? —preguntó la voz gruesa y fría de Nebeth, era sin exagerar, la primera vez que se dirigía a él en una conversación. Llevaba con su amigo aproximadamente diez años de matrimonio y ni una sola vez la había visto reír, lo que decía bastante de Heber como esposo. La mujer era un alma en pena, daba hasta susto. Media sobre el metro setenta, su cabello negro caía liso y recto a la altura de los hombros, parecería un fantasma si no fuera por el color de piel característico de los humanos, el canela. Aunque, ahora que la miraba con mayor detenimiento, lucía más pálida de lo habitual, tal vez estaba enferma, probablemente Heber era el responsable.

—¿Qué quieres decir?

—Por qué te da igual. Vas a tener un hermano —Vale, ahora le estaba reprochando su falta de interés—. ¿No deberías al menos lucir emocionado o algo así?

Era difícil hablar con alguien que no te miraba a los ojos, probablemente no lo encontraba digno de su atención. Ciertamente, a Abner no le sorprendía, ella destilaba arrogancia, como si fuera mejor que el resto. Aunque nadie sabía mucho sobre ella. Heber la había encontrado haciendo auto stop en la carretera y de repente afloró el amor. Abner sospechaba que había sido más lujuria que cualquier otra cosa, pero desde que llevaban ya una década juntos, a veces era mejor no entrometerse, lo que le recordaba...

—Estoy emocionado, siempre es grato que se unan nuevos integrantes a la familia.

Dijo esto sonriendo a Aiza y de alguna forma, se sintió mal. Incorrecto. Sin dejar que eso lo preocupara llevó la conversación a otro terreno.

—Sabes que Nya ha preguntado por ti —ambos, tanto Heber como su esposa se miraron a la vez—. ¿He dicho algo malo?

—No, para nada. Sólo... Es sorpresivo, no nos vimos más que esa vez.

—Tal parece que causaste una excelente impresión, podrían venir a verla alguna vez.

—Me encantaría —se adelantó en responder Nebeth.

—¿Qué tal si la llamamos ahora mismo? —Abner estaba levantándose de la mesa cuando Aiza lo detuvo.

—Ella está dormida.

—¿Dormida, tan temprano?

—Son las diez de la noche, sus cuerpos se agotan el doble de rápido que los nuestros.

—Entiendo.

—Supongo que eso significa que se repetirán cenas como estas —interrumpió Heber y Aiza soltó una carcajada antes de asentir.

Increíble, ella se había acomodado de forma envidiable a su ambiente, su madre se equivocaba, no importaban las clases sociales, ella era perfecta para él. ¿Entonces por qué se sentía tan erróneo?

—Vamos a huir —soltó de la nada arrojando el mazo de cartas fuera de la mesa mientras Sem la quedaba viendo boquiabierto.

—¿Es una broma?

Negó.

—Porque si lo es, pues, pasarías todos los límites de crueldad.

En cambio, ella se arrojó sobre la mesa y le envolvió el cuello con las manos, sentándose a horcajadas sobre él. No lo besó, sus dedos se entretuvieron degustando su calor, textura, inhalando su perfume tan terrenal.

—Quiero estar contigo. No importa cómo o dónde.

Él se quedó quieto, con miedo de mover sus manos, con pavor a despertar.

—A qué se debe el cambio.

Los ojos de Elle, siempre negros como la noche, escondiéndole un montón de secretos, un montón de verdades, respondieron con un brillo acuoso. Sem odiaba verla llorar.

—Llevo tiempo pensándolo, no es algo de hoy, es sólo... —Suspiró—. No quiero perder más el tiempo, Sem.

—¿De qué tiempo me hablas? Te quedan más de cien años por delante.

Ella negó.

—Me queda lo mismo que a ti.

Torpemente Sem abandonó la silla, bajando a Elle de su regazo y llevándose las manos a la nuca.

—¿Me estás bromeando verdad? o no, tal vez me quedé dormido jugando cartas. Eso es más probable, porque tú no...

Ella lo besó en la boca, dulce, suave, como hacía en sus sueños. Sí, decidió Sem, definitivamente era un sueño.

—El IDS se puede inyectar entre los veinticinco y treinta años de edad. Generalmente, se adquiere a los veinticinco cuando se alcanza la adultez, pero en algunos casos se aplaza.

—Tú eres de esos casos —murmuró atónito—. Pero, no entiendo. ¿Por qué me lo dices hasta ahora?

—¿En serio me lo preguntas? ¿Es que no es obvio? Porque tenía miedo Sem, miedo de envejecer, de morir, de lo que pensarían todos, mis padres, mi hermano. Incluso Hit. Me he pasado los últimos años encubriéndolo y castigándolo egoístamente por no luchar, por ser un cobarde. ¿Y sabes qué? —Su mano suave acarició su mejilla, llenándolo de su dulzura, atiborrándolo de calor —. No soy mejor que él.

Nya se llevó una mano a la boca, el catre de la cama solía ser su lugar favorito en el mundo, pero cuando se trataba de la suya. Ahora en cambio, mientras escuchaba a Abner y su novia hablar, se sentía como una invasora.

—¿Estás segura?

—Por supuesto que sí. Ya vamos a cumplir un año juntos, no quiero esperar más.

Nya había estado espiando el cuarto de Abner mientras él no estaba. Bueno, espiar como espiar, no... Lo que hacía era hurgar entre sus cosas y conseguir algo de su olor, lo que fue una tarea difícil, todo por culpa de Yona, fan absoluta del aseo. Lavaba la ropa hasta por si acaso.

Luego de una ardua búsqueda, encontró un chaleco con esa mezcla de olores tan característicos de Abner. «Tronco de árbol, frutas cítricas, hierbas, canela, ámbar, y su piel», pensó Nyara, mientras se perdía en sus aromas favoritos.

Escuchó la puerta abrirse, sacándola de un sopetón de su trance y vencida por el miedo corrió a esconderse bajo la cama, demasiado rápido para preocuparse por esconder la evidencia. Segundos más tarde Abner entró a su cuarto acompañado por Aiza, no los podía ver pero reconocía sus zapatos o en el caso de la humana, su fea voz. Ahora estaba ahí, escondida bajo la cama de su amo, escuchando conversaciones que no debía oír.

—Tiene apenas…

—Diecisiete, lo sé —la cama se meció cuando alguien brincó en ella, la humana, dedujo Nya, sólo ella mostraría tanta falta de clase—. O más bien está por cumplirlos.

—El próximo mes.

—Exacto, como tú los ciento cuarenta y yo los noventa y tres. ¿Y eso qué?

—Pues, que…

—Ven aquí —pidió Aiza, y Nya observó esos mocasines negros avanzar hasta donde estaba su cabeza, sólo esperaba que no se quitara los zapatos, estaba segura que la atraparía si es que lo hacía.

—¿De veras no quieres tener un bebé?

—Claro que quiero, es sólo que no creo que sea el momento adecuado. Con todo lo de mamá y mi futuro hermano…

—No tiene nada que ver con nosotros, Abner, yo quiero tener un hijo tuyo.

La respuesta de Abner fue silenciosa, pausada y tan cruel como lo sería un cuchillo. Escuchó como la humana reía mientras él hacía cosas que Nya sólo podía imaginar. El fuego que ardía en su pecho se hizo mayor y continuó creciendo hasta que lo consumió todo, dejándola herida. En cenizas.

Horas después, cuando sólo quedaba el silencio y de vez en cuando sus respiraciones a la deriva, Nya se atrevió a salir del catre arrastrándose como cucaracha. Se sorprendió cuando en medio de la pila de prendas repartidas al azar por el piso, encontró el chaleco que ella había tomado momentos antes. Sin perder más tempo, se puso de pie y salió de la habitación, pero se detuvo en la puerta para dar un último vistazo.

Su amo dormía con expresión tranquila en medio de la cama. Era la primera vez que Nya podía ver su pecho a cabalidad, las otras dos veces que había estado semidesnudo, ella estaba más preocupada de salir viva de los problemas en los que se había metido por ingenua.

Los músculos de su pecho eran amplios y largos, a diferencia de los de Sem, el *onus* que había conocido en casa de los padres de Abner, su complexión era menos gruesa, pero igual de atrayente. De hecho, Nya sentía su ritmo cardíaco aumentar y sus músculos tensos cada vez que lo tenía cerca, era el único macho capaz de despertar esas reacciones en ella. Lástima que se tratase de un humano.

Ahora eso no importaba mucho, Abner no estaba solo en esa cama. De hecho, lucía bastante cómodo con el cuerpo de esa humana tendido sobre su pecho y maldita fuera, parecía disfrutarlo tanto como él. Nya quiso apartarla de su amo, de la casa. Pero sabía que era una soberana estupidez, la única que debía irse era ella.

Estaba perdiéndolo, se dio cuenta que no había mucho que pudiera hacer, ni siquiera llorar sin que eso la delatara. Entonces, ¿Así es como sería? ¿Esta era la forma en que se suponía que ella viviría el resto de su vida a partir de ahora? Había visto tantas cosas horribles desde que comenzó a despertar al mundo, había leído tanta información sobre las diferencias entre pariahnos y humanos, y recién ahora... Cuando veía a su amo tendido con Aiza, es que se había dado cuenta que había llegado el momento de abrir los ojos y renunciar a todas sus fantasías de niña estúpida donde Abner y ella, tenían un futuro juntos.

«No» pensó furiosa, sencillamente no podía ser así. No de esa forma. Sabía que ese día llegaría de un momento a otro, pero imaginaba que aún faltaban muchos años para que se notaran sus diferencias: Ella vieja, con arrugas poblando toda su cara y Abner igual de inmaculado, igual de hermoso e inalcanzable.

Pero no hoy, no estaba dispuesta a perderlo ahora cuando creía que empezaba a tenerlo.

22

*D*esesperado por ver su silueta aparecer por el callejón, Sem comenzó a darse ánimos.

—Vamos —murmuró, formando con su aliento nubes de vapor frente a su boca. Hacía frío, por lo que Sem se cubrió la cabeza con la gorra de su túnica.

—Aún queda tiempo —susurró con sus ojos pegados al reloj, engañándose otra vez, estaba mintiéndose a sí mismo porque se sentía incapaz de aceptar la verdad. Y la verdad era que no importaba lo mucho que él la quisiera ni todo lo que estaba dispuesto a dejar por ella, Elle ya había tomado una decisión sobre su futuro y Sem no formaba parte de él.

¿Por qué tuvo que enamorase de ella?

—Maldición Elle —una cruel ráfaga de hielo lo sacudió en el escondite que habían elegido para reunirse—. No falles, date prisa.

Ahora las palabras fluían rápidamente, porque sabía que no le llegarían.

—¿Sem?

Ni siquiera alcanzó a responder, cuando esos ojos negros estaban fijos frente a él.

La tarde estaba fría, en los últimos años las estaciones parecían haberse vuelto locas, de hecho, ahora en Lodebar, la mitad del año era invierno, el resto otoño. Diferencia que apenas se notaba.

—¿Nya? —como hacía siempre que llegaba del trabajo. Abner se paró frente a la puerta y esperó, y continuó esperando hasta que se sintió un poco estúpido de pie en la entrada de su casa, como si se tratara de algún idiota que perdió las llaves. Creyó que una vez dentro, ella lo asaltaría por sorpresa.

Nada.

—¿Yona? —probó esta vez, recordando que era jueves y le correspondía estar en casa.

Escuchó unos pasos transitar en la cocina, su corazón se aceleró esperando por ella. Por la mañana se había ido rápido para alcanzar a dejar a Aiza en su casa, ya que vivía al otro lado de la ciudad y no quería que se retrasara en su trabajo.

—¿Me llama, joven Abner?

El sabor de la decepción era amargo. Más cuando evocaba las imágenes de Nya, porque esos recuerdos mostraban lo molesta que había estado ella desde el incidente…

—¿Dónde está Nya?

—No lo sé —su cara una máscara inexpresiva—. No la he visto.

—¿Qué intentas decir con que no la has visto?

—Lo que oye, no se ha mostrado en todo el día.

Por alguna razón, que Abner apenas entendía, Yona no lo apreciaba. Tenía que ser sincero, la mujer era muy eficiente y respetuosa, pero nada simpática con él.

—¿No te agrado, verdad?

Apoyó sus manos en la escoba que llevaba consigo y lo miró aburrida.

—Me es indiferente, señor.

Bueno, eso era algo.

—¿Por casualidad tienes idea de dónde se habrá escondido Nya?

—Me temo que no.

Estaba mintiendo, por supuesto, pero no sacaría nada con forzarla a hablar. Una hora después, tras haber revisado hasta el cajón de las cucharas, Abner quería golpearse contra algo por no haber forzado a la vieja *virgo* a hablar. Por supuesto, ya eran las nueve y ella había regresado a la casa de Elle.

Sólo después de barrer las calles y llamar a todos y cada uno de sus amigos, Abner se rindió ante la única opción que lo aterraba más que no encontrarla. Presionó el número y esperó, mientras lo hacía el calor de su *Etzux* le hizo pensar en Nya, la noche estaba fría. ¿Cómo lo estaría pasando ella? Querido Dios, ella podría incluso pescar alguna gripe o virus.

—Campos de retención, buenas noches —le saludó la voz fría que ostentaban la mayoría de los *centinelas*—. ¿En qué puedo servirle?

Eran más de las ocho. Las probabilidades de que Nya hubiera sido encontrada por uno de ellos eran altas, presumiendo que hubiera sido después del toque de queda. Abner comenzó a rezar.

Elle maldijo otra vez mientras escribía la clave de acceso por tercera vez en la puerta, había fallado las dos anteriores producto del nerviosismo. Pensando en evitar inconvenientes, había comprado un montón de semillas y vitaminas fertilizantes. Si querían arriesgarse a vivir en "libertad", como erróneamente solían llamarle al estado salvaje de los pariahnos, más que invertir en lámparas o mantas, las que por supuesto eran importantes, debían pensar en satisfacer primero, las necesidades básicas, porque tenía claro que comida no hallarían.

Ningún humano tenía permitido alimentar a los pariahnos errantes, peor aún, ese acto, que en otro tiempo, seria de bondad, actualmente era penado por la ley, además de pagar multas estratosféricas. Fuera de la ciudad, las condiciones para la sobrevivencia, no eran mejores. Lodebar era una especie de valle poblado con una arquitectura más que ambiciosa, ningún pariah podría establecer domicilio permanente en una plaza o parque, menos aún en un terreno eriazo, ya que eran escasos.

La única solución que Elle consideraba viable era establecerse cerca de las puertas de la ciudad. Al otro lado de los muros, sin la protección del domo, donde probablemente corrían incluso el riesgo de morir quemados por las altas temperaturas pese a estar en invierno, sin embargo, no tenía otra opción. Era la única esperanza.

—Hoy temprano me encontré con la sorpresa de que un par de pariahs del tipo obrero fueron a visitarme a casa.

Al oír a Lot, las bolsas que Elle traía en sus manos cayeron al suelo. La había sorprendido. «¿Pariahs visitando a su padre?», pensó mientras seguía con la mirada las semillas que rodaban por la madera que revestía el suelo del pasillo de su hogar.

Eso era raro y Lotter debió notar su duda, ya que añadió casi de inmediato.

—Estaban libres ¿sabes?, no sé cómo diablos se las habrán arreglado para sobrevivir y menos para encontrarme, pero me pareció digno de admiración así que les concedí una entrevista.

Elle asintió, más por cortesía que por interés. Tenía que salir de ahí. Sem debía estar esperándola y ya llevaba mucho tiempo retrasada, si tardaba más Sem comenzaría a especular. No quería darle motivos para que dudara de ella, quería aunque fuera una vez no defraudarlo.

—¿Y qué querían? —preguntó titubeando. Su padre la hacía sentir incómoda, la miraba de una forma extraña, entre especulativo y malicioso. Suspicaz. Un fuerte estremeciendo la atravesó desde la parte alta de su espalda hasta la planta de los pies.

—Mostrarme algo —respondió cruzando los brazos—. A propósito. ¿Pensabas ir a algún sitio?

—No —respondió rotunda.

—Ah, qué extraño. Luces nerviosa.

—Debe ser tu imaginación.

—Sí, debe serlo.

—¿Entonces, qué querían mostrarte?

Él sonrió, ahora con sus manos en los bolsillos de la gabardina, visto así, parecía un muchacho, a pesar de sus casi doscientos años de edad.

—¿Por qué mejor no te lo muestro?

Sin excusas para negarse, Elle lo siguió y se impresionó al ver hacia dónde se dirigían.

—No creo que esto sea una buena idea —soltó, deteniéndose frente a la habitación de Sem.

—Ah, ¿No te lo dije? —Lot la sujetó de los hombros, y masajeándolos duramente la incitó para que avanzara—. Uno de los obreros que fue a verme traía en sus manos una tanga. Dijo que era tuya... Asumo que puedes imaginar mi reacción. Quiero decir, estaba ahí, sentado cómodamente en mi escritorio cuando una de esas bestias me entrega esta prenda, una tela muy delicada. Demasiado fina para ser tocada por alguien como él. ¿Sabes cómo me sentí cuando vi sus asquerosas manos sujetando el encaje? ¿Qué pasó? ¿Te comió la lengua el gato?

La anterior sensación de temblor volvió a recorrer sus extremidades, de repente tuvo una idea de lo que la esperaba al otro lado de la puerta.

—Elle, Elle. ¿No hablamos tú y yo, al menos diez veces, todos los domingos, hasta que cumpliste doce años, de las leyes de tenencia? ¿Esos domingos, no recitaste esas leyes hasta que las memorizaste?

Un nudo molesto se formó en su garganta y se dio cuenta que había dado por sentada demasiadas cosas, el tiempo por ejemplo. Había luchado contra sus sentimientos durante lo que pareció una eternidad y ahora que nada parecía tan importante como verlo otra vez, no podía hacerlo.

—Pensé que había sido claro, que te había explicado lo aberrante que era la cruza entre especies.

—¿Dónde está? —murmuró interrumpiéndolo, ya resignada a lo inevitable, pero Lot no hizo caso y continuó.

—Eres mi hija, la única. Después de Abner eres todo lo que tengo para seguir con la compañía, se suponía que me darías nietos, se suponía que serías feliz —sus dedos se enterraron tanto en su piel que Elle soltó un chillido, y recién ahí notó que estaban teñidos con sangre—. Acostarse con uno de ellos... —Lot tembló como si la sola idea le repugnara, también a ella debería, en cambio se había enamorado—. No puedo permitir que se enteren. Tú, mi hija. ¿Cómo pudiste arriesgar todo nuestro imperio por algo tan asqueroso?

Otra vez ese matiz horrendo en su voz.

—¿Cómo te atreviste a exponer nuestro apellido? —sin añadir más palabras a su vergüenza, su padre abrió la puerta del dormitorio de Sem, para cuando por fin sus ojos lo encontraron la voz de Elle se perdió en algún sitio muy en el fondo de su pecho. Nada la había preparado para lo que halló ahí. Frente a ella, en la misma habitación, pero separados por cientos de obstáculos, estaba él: una masa irreconocible de carne y sangre, sólo identificable por una cuestión de fe.

Sem, la criatura que le había enseñado a amar después de odiar, a valorar con su vida la sencillez de un beso, estaba herido y no de la forma habitual en que, sabía muy bien, los de su especie podrían soportar. No, esto se trataba de algo grave y no había otro culpable más que ella misma. Su naturaleza.

«Se habían equivocado», comprendió horrorizada, «todos lo habían hecho», pensó evitando mirar a su padre. «Los monstruos, las bestias sin alma no eran los pariahnos, sino ellos mismos. Los humanos»

—¿Cómo? —apenas fue capaz de oír el sonido de su propia voz, pero sus labios habían articulado la pregunta en forma clara y maldita sea, Lot la había escuchado. Tenía que haberlo hecho.

—¡Sem! —gritó, su cuerpo temblaba tras otra oleada de sollozos. Intentó de nuevo zafarse de las manos sucias y ensangrentadas que envolvían sus hombros.

—Respira cariño —le murmuró su padre al oído. Qué enfermizo, cómo le hablaba con tanta ternura cuando estaba arrancándole el corazón—. Necesito que te calmes, si te alteras sólo conseguirás empeorar la situación.

La "situación", como la llamaba él, consistía en el cuerpo inerte de Sem, y sinceramente, Elle no estaba para pensar y mucho menos estaba dispuesta a calmarse.

—¡Suéltame! —continuó luchando—, necesito verlo —él negó impasible—. Tú no lo entiendes.

—¡Claro que comprendo! —gritó Lot, a continuación giró a la rubia con una rudeza que se oponía totalmente a la voz que usaba para hacerle frente. Elle nunca antes había sido tratada así, su padre la adoraba, de hecho era la niña de papá—. Entiendo demasiado bien a mi parecer. Es más, te diré cómo lo veo.

La urgencia por ver a Sem, por comprobar si estaba vivo, la forzó a girar el rostro hacia su espalda, no importaba lo mal que el mundo viera su relación, su corazón se negaba a abandonarlo.

—Esto es el colmo. Yo me desvivo por ti e insistes en rebajarte —atacó su padre, para luego voltearle el rostro con una feroz cachetada.

—¿No querías verlo? —la voz de Lotter había sido reemplazada por otra completamente nueva, ahora brotaba cruel y tan afilada como una navaja—. Ahí lo tienes.

Su habitual buen humor, ahora afloraba con un sadismo que Elle nunca hubiera pensado posible en alguien como su padre. En realidad, siempre había pensado que su mamá era la arpía, y cada vez que alguien le recalcaba sus problemas de carácter, ella culpaba en secreto a Vasni por heredarle su antipatía. Apenas ahora comprendía lo equivocada que estaba.

Todavía sujeta por los brazos, Elle se llevó una mano con dificultad hasta su nariz, porque la sangre había comenzado a brotar de ésta. Inmediatamente volvió la vista hacia Sem, quién continuaba inmóvil.

—Por favor, ¡deja ya de llorar! Si de verdad te doliera no estarías mirándolo como una idiota, en lugar de ir a curarte la nariz.

Lot hizo un sonido de malestar y a continuación, Elle sintió algo suave en su nariz, un pañuelo... Su padre le estaba limpiando la sangre.

—Es... está... —tragó incapaz de decir la palabra con "M" en voz alta.

Al parecer su padre adivinó lo que intentaba decir, ya que sus dedos volvieron atenazarles los hombros, pero ahora más fieros y apenas fue capaz de continuar.

—No, el bastardo no está muerto, pero puedo jurar que no te volverá a dañar —ella alzó el rostro en cuanto oyó esa palabra.

¿Dañar?, lo único que Sem había hecho fue traer sentido a su vida. Y ella en cambio, le había pagado con violencia y humillaciones. Y ni siquiera ahora era capaz de hacer algo bueno por él.

—Sem no me ha dañado.

—¿Sem? —dijo Lot para luego negar de forma condescendiente—. Juraría que su número era 505, de la serie Zeta.

Elle maldijo internamente por tamaño error, por supuesto, nadie llamaría a un pariah por su nombre, menos a un *onus* la casta más baja de su especie. Sin embargo, Elle ya no tenía nada que perder o eso creía hasta que oyó la siguiente declaración de su padre.

—Oh querida, ¿no lo ves? El maldito pariah ya te dañó, te dejó defectuosa, pero no te preocupes, te vengué y lo dejé tan inservible como él hizo contigo. Ya no podrá mancillar a nadie nunca más. Lo he castrado.

Cinco minutos después de que Lot por fin la dejara a solas con el *onus*, Hit entró por la puerta, soltó un jadeo en cuanto la vio. Traía una manta entre sus manos y se apresuró en ponérsela mientras ella gemía contra la masa inerte que era ahora el cuerpo de Sem.

—¿Está muerto?

No parecía ser la mejor pregunta, pero adivinando que Hit estaba como mínimo en estado de *shock*, decidió ser paciente.

—No. Papá dice que estará bien, pero no veo cómo pueda estar bien después... después de lo que le hizo.

—Creo que es más sangre que heridas, estoy seguro que si lo lavamos se verá mejor —Elle le dio una mirada furibunda y él se calló al instante.

Hit acompañándola mientras lloraba a su amante. ¿Qué tan enfermo era eso?

—Te quiero Elle y quiero que seas feliz, no importa con quién.

Ella le creía, porque nadie podría sentir tanto las palabras como su esposo.

Tiempo después de que Hit se fuera, Lot había bajado a advertirle que no hablara de ello con nadie. ¡Cómo si hubiera algo digno de contar! Había visto una cara de Lotter Vitallus que ni siquiera estaba consciente de que existía, y quería hacerlo pagar. Cuando se aseguró de que su padre había abandonado la mansión, acudió a la única persona que jamás le fallaría.

Yona.

—¡Dónde está Nya! —gritó Abner, mientras entraba dando zancadas al lugar y pasaba de largo a la recepcionista.

Abrió la puerta sin esperar invitación y en el interior, un tipo rubio apoyado contra el escritorio y otro moreno sentado, lo observaban expectantes, con una mezcla entre curiosidad e irritación.

—¿Dónde está Nya? —preguntó otra vez.

—¿Querrás decir la *virgo*?

Abner se maldijo interiormente por su error, por supuesto, era una pariahana, sabía que no era común llamarlos por su nombre en lugar del número, al menos no en un lugar público y mucho menos en establecimientos dependientes del gobierno. No pensó que estaría tan mal visto y estaba claro por la mirada que le habían dado el par de *centinelas*, que su modo de actuar, no era ni de cerca correcto.

—Asumo que sí, pues ya sabes lo que pasa cuando estos parásitos se vuelven rebeldes. Miren que huir de casa.

—Ella no huyó, yo la perdí, habíamos ido de compras. Yo había ido de compras —se apresuró en corregir—. Nos detuvimos en el parque, compré un *algodón* de azúcar, porque tú sabes... son, eh, increíblemente dulces y nunca puedo tener suficiente de ellos.

—¿Entonces? —le interrumpió el rubio, lucía tan entretenido como una momia—. ¿Qué tienen que ver las golosinas con la *virgo* que encontramos vagando esta noche?

—Mucho, fui a pagar el maldito *algodón* y la perdí.

—Así que la perdió.

—Exacto, perdida, desaparecida.

—Hum... no lucía como alguien perdido —meditó el rubiecito y Abner ya se estaba enfadando, ¿es que no podían sólo dársela y ya? —, en tal caso hubiera mostrado signos de temor o como mínimo, desorientación —El *centinela* se detuvo y miró a su acompañante, el moreno parecía un clon del otro vigilante, Abner dedujo que debían ser familia—. ¿Qué opinas tú Ted? ¿Te pareció a ti que ella se había extraviado?

—¡Qué va!, esa hembra lo que tenía era fuego, estaba dando patadas a diestras y siniestras, nos costó varios minutos someterla.

En ese momento varias escenas pasaron por la mente de Abner, cada una peor que la interior; Nya gritando, intentando, sin resultados, defenderse de los malditos *centinelas* que intentaban someterla contra su voluntad, su pequeña *virgo* siendo arrastrada por el suelo para luego...

—¡NO!

—¿Perdón? —soltó el de cabello claro y Abner comprendió que su negativa había sido más que un pensamiento, un grito desesperado. Desde luego, el "perdón" que había empleado el *centinela* no era una disculpa, sólo fue retórica, la que evidenciaba su falta absoluta de competencia y a decir verdad, Abner no sabía cuánto más podría soportar.

—¿Cuándo podré verla?

—Ah, sobre eso, pues, no creo que pueda.

—Entiendo que no son horas de venir acá — Abner sentía los músculos de la mandíbula tirantes, un efecto secundario de fingir demasiado tiempo una sonrisa, más que nada porque todo en lo que podía pensar era en golpear al par de idiotas hasta enviarlos a un viaje sin retorno hacia la oscuridad. En cambio, se limitó a continuar sereno e insistir por la vía diplomática—. Pero deben entender que las emergencias no disponen de un horario.

Ted el moreno, tuvo el descaro de sonreír.

—Cosas como estas no se pueden evitar, ¡son accidentes!

El rubio rodó sus ojos y sonrió cuando su compañero le dio un suave codazo, entonces habló.

—Verá señor, la cuestión es... —se tomó su tiempo antes de hablar—. No creemos que se trate de un accidente.

—Ya les dije antes que se me perdió —masculló entre dientes, su autocontrol pendiendo de un hilo—, habíamos salido a comprar y la perdí.

—Ajá.

El frágil frasco que conservaba su paciencia explotó y Abner no pudo seguir conteniéndose, de algún modo, se había abierto paso entre los modestos muebles de la oficina y ahora estaba frente al rubio. Nariz contra nariz.

—Qué es lo que intenta decir —inclinó su cabeza y observó la insignia del maldito para ver su nombre— … Fred.

—¿Yo señor? Nada.

—No luce como alguien que no dice nada.

—Verá señor…

—Abner, Abner Vitallus.

Los ojos del *centinela* se abrieron absortos al oír su apellido, probablemente reconociéndolo como el primogénito de Lotter, el influyente empresario y patriarca de una de las familias fundadoras. Bien, Abner esperaba que eso le ahorrara tiempo. En cualquier otra ocasión no le hubiera dado lo mismo recurrir a su apellido, pero esta era Nya, su compañera, no podía sólo rendirse y dejarla a su suerte, ella era su responsabilidad, claro. No se lo perdonaría nunca si algo le ocurriera.

—Este… bueno, verá señor Vitallus, incluso si fuera verdad que la pariah se perdió —debió haber notado la molestia de Abner, ya que se apresuró en añadir—. No es que insinuemos que huyó ni nada por el estilo, sin embargo, aún así, son más de las ocho, ningún ser de su raza puede estar fuera de su casa después del *vetitum*, incluso usted debe estar al tanto del toque de queda.

—Lo estoy —admitió muy a su pesar.

Finalmente consiguió convencer a los *centinelas* de que, efectivamente, había sido su culpa que la pequeña *virgo* se hubiese perdido, y tuvo que firmar un suculento pagaré y recalcar al menos diez veces el verbo perder, para conseguirlo. Según parecía, el primer pensamiento de los *centinelas* era que los pariahs huían. Olvídate de los hechos o las pruebas, la maldita cosa era todo prejuicio, si ellos decían que el pariah había huido, no habría nada que tú pudieras hacer para sacarlos de esa idea.

Tragó un suspiro mientras contaba en silencio los minutos restantes para verla. Cuando por fin salió, no se veía como alguien que acababa de ser rescatada, sino más bien como alguien que estaba siendo obligada a encaminarse al infierno.

Nya había decidido huir como último recurso, en realidad había pensado en tomarle la palabra a Nebeth y llamarla por ayuda, desgraciadamente había perdido el número. Molesta, humillada y terriblemente asustada, Nya siguió a su dueño hasta que finalmente dieron con la salida. El corazón aún le ardía por las llamas de su rechazo, incluso inconsciente seguía siendo un rechazo. Todo lo que Nya quería era poder olvidarse de él, mirarlo de frente y actuar como si no fuera tan necesario para ella. Mirarlo con indiferencia, como si pudiera vivir sin él.

Dentro del auto, ninguno de los dos soltó palabra. En cierto modo, ella lo prefería así, su indiferencia era mejor que su lástima. Cuando Abner, finalmente estacionó su auto, esperaba que por fin pudieran hablar, pero Nyara salió corriendo en dirección a la entrada en cuanto el motor se apagó.

Desgraciadamente para Nyara, sólo Abner tenía las llaves, por lo tanto no tenía por qué preocuparse de que la *virgo* entrara directo a su habitación para no volver a salir. A decir verdad, y después de repasar rápidamente todos los acontecimientos, más que preocupado ahora se sentía molesto, furioso. De todas las cosas que había esperado, que Nya lo ignorara no era una de ellas.

Había imaginado que correría hasta él, colgándose a su cuello agradecida por haberla rescatado. Ahora, ese era un pensamiento realmente perturbador. Sacudió la cabeza, eliminando de su cerebro la parte donde ella se colgaba de su cuello. Cuando finalmente llegó a la puerta, la tenía ahí, frente suyo y dándole la espalda.

Era una descarada, ¿quién diablos se creía? Él se había jugado todo por ella y cómo se lo pagaba... Actuando como una cría rebelde. Menuda mascota.

—Permiso —Nya se hizo a un lado para que pudiera meter la llave en la chapa. Cuando por fin quitó el seguro, ella se apresuró en entrar, pero entonces Abner la tomó por sorpresa cerrando la puerta de nuevo, y rápidamente la forzó a enfrentarlo.

Él apoyó sus manos contra la pared, por encima de su cabeza. A Nya le bastaba con mirar sobre su hombro, para ver el brazo estirándose tenso. Tragó, temiendo que sus piernas cedieran de un momento a otro.

Nyara podía sentir el pecho de Abner agitándose a la altura de su boca. Por ley general, no debería ser capaz de sentirlo, la diferencia de alturas entre ambos era abismante, pero Abner se había inclinado y sus labios estaban tan cercanos a su oído que ella era capaz sentir el aire caliente emanar de su boca.

—Dime por qué mentí por ti —el timbre entrecortado de su voz expresaba alarma. Nya se preguntó el porqué y no tuvo que esperar demasiado para recibir su respuesta.

Su mano derecha la sujetó con fuerza por la nuca y levantó su rostro para que de una vez por toda lo mirara a los ojos. Estuvieron en esa posición, leyéndose el alma, hasta que Abner la acercó hasta su boca, y con la mano izquierda atenazó su pequeña cintura. Nya sin saber qué hacer, se mantuvo inmóvil. Porque nada de esto era normal, la forma en que Abner la tocaba. Bueno, era algo que lo había visto hacer sólo con Aiza.

La *virgo* tenía las mejillas encendidas, podía sentir su piel tirante y caliente, otras partes de su cuerpo se sentían igual. Abner estaba presionando levemente sus labios contra los suyos. Otro toque y luego otro, lentos, dudosos. Siempre suave, contrarrestando de forma chocante, con la forma en que la tenía sujeta.

Poco a poco se fue alejando, sus ojos de ónix la observaron cautelosos, ella, por supuesto, le devolvió la mirada. Había algo en particular que no encajaba esa noche, Abner no entendía qué, solo sabía que se sentía más audaz, feroz.

Posiblemente era ella, el miedo a perderla lo había empujado hasta los límites de la locura.

—No tienes que tener miedo —no muy seguro de si lo que decía era realmente cierto, añadió—, no de mí al menos, jamás te dañaría. ¿Cómo podría? Si eres lo más importante que he tenido nunca.

23

*N*ya se despertó esa mañana en una cama que conocía de memoria, aunque, era la primera vez que dormía en ella. Continuaba usando el chaleco gris con esa exquisita mezcla de esencias que daban consistencia al olor de Abner. Aquella prenda gris que había robado a su amo el día anterior a su intento de huida.

Estaba comenzando a estirarse cuando escuchó un sonido familiar: «la ducha», pensó con picardía, imaginando que Abner se encontraba ahí. Una oleada de calor le sobrevino cuando recordó todo lo que había sucedido en esa cama, la forma en que la tocó, en que con sus labios recorrió su cuerpo, y todas las promesas que hizo.

Con la intención de sorprenderlo, quitó las mantas de su cuerpo y se aventuró en puntillas hasta el baño. Cuando por fin llegó, Nya se quedó estática en la puerta con el aire atascado en su garganta.

Abatido, con la mirada ida y la columna encorvada, Abner estaba bajo el chorro de la ducha refregando la piel de su cuello, pecho y hombros. Todas partes donde ella lo había besado. Abner lucía como alguien trastornado, al límite de la cordura. Automáticamente Nyara inhaló, conocía ese olor, por supuesto, que lo reconocía, a pesar de sus intentos de evasión. «Es comprensible» se justificó mentalmente, porque no tenía sentido. ¿Por qué el baño estaría atestado con desinfectante? Esa fragancia, era la misma que emanaba del envase de desinfectante que usaba su *avari* cada vez que, por error, tocaba algún pariahno.

Cuando comprendió qué estaba sucediendo con Abner, Nyara comenzó a hiperventilar, no podía ser real, él estaba borrando con antiséptico todo recuerdo de su piel, cada roce, cada beso. ¿Entonces? por qué la tocó como lo hizo, si después se castigaría en remordimientos. Ella sabía que cuando las parejas se acariciaban, lo hacían para demostrarse amor. Sí, ella lo sabía bien porque cuando vio por primera vez a Abner en actitudes cariñosas con Aiza, pasó mucho tiempo leyendo sobre amor y las derivaciones del sentimiento.

La *virgo* seguía clavada al piso del baño, con la mirada fija en la ducha y en Abner, aunque sin prestar real atención en lo que él hacía, porque aún estaba perdida en sus cavilaciones: si no la amaba, entonces por qué la besó, la verdad no quería llegar a conclusiones apresuradas, ya que la única respuesta que se repetía más de una vez en su mente, era que su amo sufría de algún problema sicológico como trastorno de personalidad o algo peor. O Tal vez la única conclusión admisible, y a la que por supuesto, tampoco quería llegar, era que su amo la había usado.

Qué más podría ser, una pariahna como ella no merecía su amor, o ciertamente, Abner merecía algo mejor que una *virgo* con aspiraciones de humanidad. Finalmente dejó de engañarse y comenzó a llorar desconsolada, mientras más aspiraba el vapor de ese cuarto, más la golpeaba la realidad, soltó un sollozo...

—¿Quién... Nya? —gritó Abner sin voltear a verla.

Rápidamente corrió hacia su cuarto y se escondió bajo el abrigo de su oscuro catre. Tal como su alma en ese momento: negra, ahogada en un encierro doloroso y sofocante; un espíritu abatido que a pesar de ver luz al final, no tiene fuerzas para llegar a ella. Y así, su alma fatigada se revolcó en el desconsuelo hasta que su cuerpo se adormeció.

Horas más tardes, Nya trató de fingir que no le dolió cuando Abner se fue sin buscarla, de la misma forma en que simuló el calvario que le hizo sentir el que aquella noche Abner no volviera a casa.

Una semana después del incidente, como Abner prefería llamar a la aberración cometida la noche en que Nyara huyó, Nebeth y Heber se aparecieron por su casa. Aiza se había disculpado, porque esa noche le tocaba trabajar. A Abner también le hubiera gustado tener trabajo para escapar de esa reunión, no tanto por los Fac, sino por Nya.

Estaban ahí por ella. Maldición, él mismo les había pedido que la visitaran, ahora tendría que actuar como si nada lo hiciera más feliz que tenerlos en su casa. Al final, no le había quedado más opción que pedir comida para llevar y repartirla en el *living*, sólo por si Nya se sentía incómoda en el comedor. Abner intuía que para ella sería más fácil si todos se ubicaban en el salón de los sofás. En ese piso de alfombra gruesa era más fácil sentarse. Sin importar si eras pariah o humano.

—Entonces, ya sólo quedan dos semanas.

—Eso es lo que dice el *signâtum*.

—¿Y qué dices tú? —murmuró Nebeth, tomándola por sorpresa, también a Heber que hasta ese entonces había estado bromeando con la cría olvidando por completo la existencia de su esposa y Abner.

—Que no importa hasta que no cumpla los treinta, los cambios en mi edad no me afectan. Mientras no muera.

—Está bien, eso es demasiado fatalista.

Abner miró a Heber y lo examinó con interés, él lucía relajado, bueno fingía estarlo, detrás de su sonrisa confiada, sus ojos evidencian preocupación. ¿Por Nya? Era probable, Abner se fijó como misión no dejarlos solos, menos a él y a la *virgo* en ningún momento.

Mientras los hombres se dirigían a la cocina para lavar los platos, Nya aprovechó la ocasión para ir al baño. Bueno, eso fue antes de que Nebeth la siguiera y las encerrara a ambas en ese cuarto.

—Supongo que no te molesta si aprovecho para arreglarme, ¿verdad?

Era en realidad bastante incómodo, pero se trataba de la mujer de Heber y lo mínimo que Nya podía hacer era actuar cortés.

—No, para nada.

—Perfecto —su voz era tan carente de emoción como la de Yona—, no me tomará mucho tiempo.

Quince minutos después, todavía seguía ahí. Y Nya se había negado a orinar con ella mirando. Además, sabía que había un baño en el pasillo, Nebeth debió haberlo visto también, lo que inmediatamente hizo que Nya desconfiara.

—Listo —mintió, subiendo los pantaloncillos holgados que llevaba ese día e intentando avanzar hasta la puerta.

—Lo siento, pero antes de dejarte ir, necesito hacerte una pregunta.

En ese instante, el corazón de Nya comenzó a latir, olviden los latidos, estaba saltando desaforado.

—Necesito salir.

—Y lo entiendo, pero antes necesito saber algo — chasqueó su lengua, como corrigiéndose—, quiero decir, que sepas algo.

—¿Chicas todo bien?

Escuchó la familiar voz de Heber, estuvo tentada en decir que no, pero entonces qué... «Sabes Heber, tu esposa me encerró en el baño y tengo miedo de que pueda matarme en un arranque de locura temporal», o "Abnercura" como últimamente solía llamar a las actitudes humanas que ella no lograba comprender. Prefirió ser paciente y oír lo que sea que esa mujer tuviera para decir.

—Sí, amor —se adelantó la humana. Aunque, lucía muy poco creíble, es decir, ¿amor? En serio no lucía como alguien que amara.

—¿Qué hay de Nya? ¿Está ahí contigo?

—Sí —esta vez fue Nya quién tomó la palabra—. Todo bien, ya salimos.

—Sólo quiero saber cómo estás —soltó la mujer después de un rato.

—Estoy bien, gracias.

Ambas sabían que las palabras escogidas habían sido muy poco creíbles, primero Nebeth con su excusa de "te encierro en el baño para saber cómo estás", y luego Nya, con la nariz roja y sus ojitos grises hinchados, en la escala de la felicidad del uno al diez, ella hubiera obtenido un menos uno.

—Sé que no confías en mí —el espacio era pequeño así que Nya se hizo a un lado para que la humana pudiera sentarse sobre la tapa del inodoro—, pero realmente me preocupas.

—Gracias.

—No, en serio. ¿Abner te ha tratado bien?

Nya frunció el ceño, lo que ocurriera entre Abner y ella, era su problema.

—Sí, muy considerado, como siempre.

La mujer tenía un rostro pequeño, parecía un duendecillo cuando sonreía, pero cuando no lo hacía daba miedo, como ahora que la miraba seria, directo a los ojos.

—¿No confías en mi verdad? Bueno, no me sorprende, no sabes nada de mí, pero no dudes en llamarme si algo malo ocurre. ¿Aún tienes mi número verdad?

Nya ni siquiera alcanzó a pensar en una respuesta, cuando la mujer puso una tarjeta en su mano.

—Ahí tienes mis datos, en caso de cualquier cosa. Guárdala bien, para que no la pierdas. Escucha Nyara, sé que es difícil lo que estás pasando.

Ella debía ser uno de esos humanos de los que Lot y Abner tanto se quejaban, los de PETP, que promovían la libertad e igualdad.

—¿En serio? Curioso, ¿cómo podrías tú saber lo que se siente ser un pariahno?

La humana le sonrió con tristeza, antes de llevar su mano derecha hasta su muñeca izquierda y comenzar a girarla. La imagen fue tan surrealista que Nya tuvo que mirar hacia el suelo, aquello no era real. Esas cosas no pasaban.

—Yo lo sé Nya, porque yo también fui uno —dijo Nebeth mostrándole la prótesis de su extremidad izquierda.

—Tu mano —La humana…pariah, lo que sea que fuera, asintió de nuevo.

—Tuvieron que cortarla para extirpar el *signâtum*.

—Pero, ¿cómo? No tiene sentido… El rastreo, cómo no se dieron cuenta.

—Bueno, eso es porque lo mantuvimos en movimiento los siguientes diez años a la extirpación, hasta que la fecha de mi cumpleaños número treinta llegó. Recién ahí lo enterramos.

—Pero, no has envejecido ni siquiera un día.

—Eso tiene cura, como también podrías tenerla tú —bajó aún más la voz para decir lo siguiente—. Existe una vía de escape, sólo tienes que avisarme si estás dispuesta a tomarla.

—¿Y Heber?

—¿Qué hay con él?

—¿Lo sabe?

—Por supuesto que lo sabe, fue él quien me ofreció la oportunidad de ser alguien.

Sin contestar, Nya abrió la puerta del baño y salió hecha una bala al *living* donde Heber y Abner la esperaban con expresión aburrida, bueno, Abner al menos, Heber sólo lucía así en la superficie, le bastó con ver sus ojos para darse cuenta que su dueño no tenía la más mínima idea de las actividades extracurriculares de su amigo.

Cuando la pareja se fue, Nya hizo lo propio y se encerró en su pieza. Mientras que Abner, hastiado, molesto, se quedó ahí plantado. Quería hablar con Nya, pero luego qué, ¿Qué iba a decir? ¿Disculpa por usarte es que olvidé que eras mi mascota? Ni hablar.

Además, no estaba tan arrepentido cómo creía. Dios querido, estaba tan, pero tan jodido. Tal vez lo suyo con las mascotas se debía más a un tema de destino que de mala suerte, quizás fue bueno que sus peces murieran, si todas sus mascotas iban a acabar como Nya, él sólo podía dar gracias al cielo por ser alérgico a los perros. En serio, lo suyo no era la zoofilia.

Elle clavó su vista en la pared blanca, al igual que los mesones, el techo y cada puerta del nefasto lugar. Tenía ganas de vomitar y el olor a antiséptico no hacía otra cosa que aumentarlas. Ella había intentado ser paciente, pero en las últimas semanas había ido perdiendo la fe, al menos hasta la mañana en que recibió la tan ansiada llamada. Sin detenerse a pensar en las consecuencias de sus actos, salió de su casa con nada más que su móvil y el pequeño bolso de lana que Yona le había regalado.

Esa vieja *virgo*, había sido su salvación y la de Sem, Elle sólo esperaba poder retribuirle.

Había llegado a la clínica tan rápido como su carro se lo permitió, sólo para encontrarse con que Sem no quería visitas. «Irónico», pensó Elle, «por primera vez alguien respetaba los deseos de un pariah, aunque lamentablemente, tuvo que sacrificar mucho para conseguirlo». Absurdo. Sin embargo, Yona le había advertido que era una clínica "especial", pero aún así.

—¡Chad! —soltó emocionada cuando por fin lo vio—. Pensé que no vendrías.

—¿Por qué pensarías eso, si prometí que lo haría? ¿Cómo está?

Quién hubiera pensado que sería el mejor amigo de su padre quién la ayudaría a cobrar venganza. Cuando Yona se lo había mencionado, en un principio no le había creído, pero tuvo que entregarse a la fe cuando los días corrían y el lugar donde habían acomodado a Sem seguía empapándose de sangre. El *onus* no parecía mejorar.

—No sé, no sé nada. Quiero verlo, por favor, haz que me dejen entrar. No soporto más esto —cruzó los brazos por encima de su pecho, estaba haciendo frente a las ganas de llorar—. Necesito verlo, tengo que sacarlo de aquí lo antes posible.

—Lo sé, pero él necesita recuperarse. Y no me mires así, está estable, pero puede estar mejor.

—Pero, no entiendo, ¿por qué no quiere verme?

Chadder le pasó una mano por la cabeza y el gesto la hizo sentir como a una niña.

—Según tengo entendido, lo que él dijo fue que no quería visitas. No que impidieran la entrada a Elle Vitallus.

Al día siguiente, Abner pensó en llamar a su padre e informarle cómo estaba solucionando el problema de la empresa. Había pasado casi un mes desde la última vez que lo vio y si bien Lot no tenía mucha presencia en la compañía, como hijo no sentía correcto tanta distancia. Además estaba el lamentable asunto de su madre. Si sus cálculos no fallaban, su nuevo hermano pequeño estaba próximo a nacer.

¡Joder!

Por desgracia, sus deseos de hacer vida familiar tendrían que esperar. Al entrar a su oficina se había dado cuenta que Marietta su secretaria había faltado. No es que le importara mucho, la verdad es que se había planteado despedirla, y no lo había hecho sólo porque se sentía culpable y merecedor de su odio. La pobre había sido víctima frecuente de la comunidad pro-pariahnos (PETP), y hace tres años, esos fanáticos la habían bañado con vinagre y huevos podridos para dejarles en claro su opinión sobre Signâtum Corp y sus *chips*, no hubiera sido tan humillante para Marietta si Abner no se hubiera reído cuando le contó, pero no pudo contenerse. Desgraciadamente, los incidentes con huevos se repitieron al menos cuatro veces, de todas ellas fue víctima Marietta, probablemente a que era de los pocos empleados que tomaba la locomoción pública.

Abner reconocía su parte de culpa, si hubiera sido más considerado, hubiese contratado un conductor privado para la mujer y otros empleados de Signâtum Corp, sin embargo, eso no la excusaba de su pésima actitud o su falta de eficiencia laboral. Por lo demás, había algo jodidamente raro en la compañía que lo tenía más preocupado que ganarse el aprecio de sus empleados.

Durante la mañana había conversado con varios funcionarios, era como si nadie pudiera mirarlo a los ojos. Algo olía a traición y engaño, no entendía qué diablos andaba mal, pero apostaría a que tenía que ver con el inspectorcito de pacotilla que representaba las acciones del Estado.

Abner llegó a casa intranquilo, algo se estaba gestando y estaría encantado de saber qué, pero no tenía una jodida idea. Las cosas en la compañía parecían ir mejorando, incluso contaba con el apoyo de su padre, aún así no podía quitarse de la cabeza la certeza de que se le estaba escapando algo.

Había quedado con Aiza para salir a comer esa noche, pero desde "el in-ci-den-te" con Nya, no se sentía digno de verla. Una mezcla entre vergüenza y pavor le sobrevenía cada vez que pensaba en la sola idea de que su novia se enterara de la verdad.

Lo terrible era que en lugar de temer perderla, le preocupaba más lo que pensara de él. Claramente no era bueno con las relaciones, de ahí sus años en celibato. Joder, probablemente lo mejor que podía hacer por la chica era, terminar con ella de forma decente.

Abner tomó su móvil y tecleó unas disculpas a su novia y luego canceló la cita. La respuesta llegó inmediatamente con el clásico "No te preocupes", acompañada de otras frases clichés como "Descansa" y "Lo dejaremos para otra ocasión".

Dejó que la correa de su maletín se deslizara por su hombro mientras apagaba la luz de la sala y avanzaba por el corredor, justo en el inicio de éste, Abner se detuvo examinando el perímetro, desde su ubicación podía ver cinco puertas, la que daba a la terraza del segundo piso, los dos baños, su habitación y la de su *virgo*.

Nya...

El moreno pasó de largo, pese a que la luz se filtraba bajo la puerta. Nyara debía estar despierta, probablemente esperándolo, aunque ya no lo hacía junto a la ventana. No, nada de detalles así para con él, no desde que la había mancillado, porque eso era lo que Abner había hecho. Probablemente la cría apenas entendía lo que ambos había hecho esa noche. Si quedaban dudas, le bastaba con recordar la expresión que tenía cuando la llevó a casa de su padre para preparar el infructuoso cruce.

Dando zancadas, Abner cruzó rápidamente el pasillo y se encerró en su cuarto. Pensó que una ducha tibia lo despejaría, pero la textura suave recorriéndole el cuerpo sólo lo confundió más: imaginó que, en lugar de las gotas de agua, eran unas pequeñas manos las que lo acariciaban, imaginó a Nya tocándolo, exhalando contra su piel mientras se quedaba viéndolo expectante con esos enormes ojos grises, tan inocentes que no exigían, pero lo daban todo.

—¡Maldición!

Cerró la llave con torpeza mientras salía de la ducha a toda velocidad y se tendía de espaldas en la cama, mientras dejaba que el aire acondicionado entibiara su cuerpo. Sus pensamientos lo habían dejado frío.

—Tienes que superarlo —se dijo en voz.

A la mañana siguiente, Abner acudió a la oficina con un humor fatal, y sumaba el que Marietta continuara sin presentarse, al diablo con ella, ya podría darse por despedida.

El cristal que recubría su escritorio crujió cuando sin cuidado posó su maletín, tenía base de acero quirúrgico, lo que estaba bien para superficies como baldosa o madera, su escritorio por otra parte...

—Maldición —gruñó molesto, notando la fisura que acababa de provocar, estaba por llamar a su secretaria, cuando recordó que ya no estaba ahí. Segundos después, como si lo hubieran convocado, el estúpido inspector de pacotilla se asomó por la puerta de su oficina.

—¿Un mal momento? —Preguntó Brennan.

Abner no le dio el gusto, en lugar de mandarlo a un lugar que de seguro se merecía, optó por ser cortés y le apuntó la silla que estaba al otro lado del escritorio, mientras él se sentaba en la suya.

—¿A qué debo el honor?

Brennan estiró ambas manos, sus ojos negros observándolo con suspicacia mientras hacía sonar cada uno de sus dedos.

—Siento que no partimos con buen pie.

—No me digas.

El hombre tenía unas facciones delicadas.

—Escucha esto, no sé qué te habrán dicho o qué estás pensando —Abner ni siquiera fingió interés, clavó su vista en el ventanal, para apreciar el cielo lila, el invierno era su estación favorita—, pero te puedo asegurar que esto ha sido todo un mal entendido. Tengo la sospecha de que alguien está intentando que Signâtum Corp y el Gobierno estén en malos términos.

—¿Por qué infiernos alguien querría eso?

El tipo se encogió de hombros.

—Es lo que me gustaría saber, de cualquier manera hicieron muy bien su trabajo, porque tal parece que lo han conseguido.

—Lamento ser quién te saque de tu cuento de hadas, pero manejo un historial de cada uno de los accionistas en mi compañía. Te recuerdo que pertenezco a una de las familias fundadoras, ninguno de los Vitallus quiere quedar en malos términos con el Estado. Lodebar es todo lo que tenemos.

—Lodebar es todo lo que los humanos tienen, querrás decir.

El moreno frunció el ceño, tratando de comprender lo que Brennan quiso decir.

—Explícate, no te entiendo.

—¿Has visto las noticias? Te suena al menos el incidente de Saevitia.

—¿Saevitia? —repitió Abner, recordando que el año pasado Hit había viajado allá para constatar los daños que dejó la explosión de una bomba en una de sus sucursales, además de tranquilizar a los socios municipales de Saevitia—. Qué hay con ella.

—Sufrió un par de ataques, todos atribuidos a pariahnos.

—Lo sé, pero son hechos aislados. Los *onus* a quienes atribuyeron los atentados fueron encarcelados y ahora esperan su sentencia. Y en serio, ni siquiera tú puedes creer que esos actos terroristas, notoriamente primitivos tengan que ver con estrategas tan sofisticados que casi logran romper nuestras alianzas empresariales para llevarnos a la quiebra.

—¡Deja ya el sarcasmo Abner! Te estoy advirtiendo, algo grande se está gestando y estás siendo demasiado confiado para ser un hombre de negocios —insistió, un poco desesperado— ¿Te parece normal que anden por la vía pública protestando, faltándole el respeto a los ciudadanos y arrojando pestilencias? ¿Te parece normal que en los últimos meses las organizaciones propariahas hayan aumentado rápidamente sus seguidores? ¡Piensa hombre!

—Eran pariahnos libres, ¿qué esperabas?

—Sabes qué, olvídate, no quieres ver lo que está golpeándote en la nariz, mejor concéntrate en lo que es de verdad importante: Alguien no quiere que Signâtum Corp y el Estado continúen con su sociedad y necesitamos averiguar el porqué.

Elle había ido a casa de sus padres esperando encontrarse con otra lección sádica sobre su rol como humana y las cosas que los de su especie no debían hacer, como por ejemplo, dormir con un *onus*. Sin embargo fue todo lo opuesto, se encontró con un ambiente cálido y casi natural, la noche caía sobre el cielo lila, todas las luces de la sala estaban encendidas y desde la entrada se podía escuchar el inconfundible llanto de un bebé.

Avanzó hasta el salón sólo para sorprenderse aún más, su padre y madre se encontraban absortos observando al recién nacido en manos de esta última, tan ensimismados estaban, que apenas notaron su presencia, pero alguien sí lo había hecho.

Junto a la chimenea, en el sofá más lejano del enternecedor y extraño cuadro, Chadder la miraba serio.

Sin entender nada de lo que estaba ocurriendo, Abner encendió su *Etzux* y partió camino a la mansión Vitallus, Elle lo había llamado exigiendo explicaciones sobre el bebé que se encontró de sorpresa en casa de sus padres, parecía que acababan de soltarle la bomba, peor aún, apenas habían tenido la delicadeza de explicarle con detalles y sólo le habían mostrado al recién nacido, lo que para Abner estaba bien, una imagen valía más que mil palabras, por lo menos en términos publicitarios.

La conversación con Brennan lo había dejado confundido, no había creído ninguna de las teorías conspirativas del inspectorcillo, por supuesto, pero aún así prefería estar atento ante cualquier evento extraño. El camino hacia la casa de sus padres estaba rodeado de árboles y las siempre presentes palmeras de agua. Un accesorio de distensión, típicos de la avenida Lancourte. Sin embargo, a él no lo relajaban, al contrario, sentía un singular temblor en las manos cada vez que su mente, estimulada por el paisaje, traía a colación a la pequeña *virgo*.

Su teléfono sonó salvándolo de las trampas de sus pensamientos, contestó al tercer repiqueteo.

—¿Abner? —la voz pausada de Aiza lo trajo de vuelta a la tierra, al mundo real, donde los humanos no estaban pensando en sus mascotas como para algo más que sana compañía.

—Sí, habla él —Se maldijo por la absurda respuesta que acababa de dar. ¿Cómo podía ser tan torpe?—. Aiza, siento, lamento mucho no haberte llamado, quiero decir, he estado ocupado. ¿Lo sabes verdad?

Ella respondió una afirmativa, como hacía siempre que él mentía. ¿Le creería? Era muy probable, la mujer era puro corazón.

—¿Puedes hacerme un favor?

—Sí, claro. Dime.

—No me mientas, me duele cuando lo haces.

La llamada se cortó y Abner se quedó solo en su vehículo, distraído por el tono del teléfono, pasando de largo la curva donde debía doblar. Era el rey de los idiotas.

En casa de sus padres, Elle esperaba que su madre hiciera dormir al bebé y se dignara a saludarla. Finalmente se sentaron a la mesa, bueno no todos, el impuntual de su hermano seguía sin llegar.

—No me puedo creer lo que está pasando en Muladar —soltó su madre de repente, cómo si a alguien fuera a importarle lo que sucedía en ese lugar, de las ciudades que componían el país de Akor, Muladar era la peor de todas, cero respeto, cero integridad, cero todo. Elle nunca había querido viajar ahí, pese a que tenía paisajes, maravillosos.

—¿Muladar? —consultó Chad, quién lucía tan confundido como Elle, Lot a diferencia de ellos parecía estar al tanto de todo.

—Sí, según vi hoy en las noticias, será sede de los próximos Juegos Olímpicos.

—Pensé que serían acá —insistió el castaño.

—También yo, pero creo que los muladarinos estaban presionando a los organizadores, con argumentos sociales, como que son víctimas del aislamiento político y económico, que por promulgar leyes verdes para no construir a destajo en sus áreas naturales, eran discriminados, etcétera. ¿Puedes creerlo?

Vasni se detuvo para cortar un trozo de carne y llevárselo a la boca, tanto amamantar le había despertado el apetito.

—Maldición —dijo mientras hacia un gesto con la boca—. Odio cuando la carne queda recocida. ¡Albert!

Inmediatamente el pequeño *virgo* de cabello color fuego llegó a la habitación, sus ojos claros parecían ilusionados mientras se paraba junto a Vasni.

—Oh, pequeñín te he tenido descuidado.

El chico sonrió nervioso mientras miraba con sorpresa a Elle, nunca se habían dirigido una palabra, más que nada porque a la menor de los Vitallus, le provocaba unas ganas insoportables de llorar cada vez que lo veía.

—Como les decía —insistió su madre, mientras dejaba al niño esperando ahí de pie—, estos enclenques han organizado marchas y amenazaron con bloquear la entrada a turistas, de modo que a los miembros del Comité Olímpico Internacional, no les quedó más remedio que considerarlos para luego votar por ellos.

—Siento discrepar, pero no veo lo grave.

—Estoy de acuerdo con Chad, para mí suena justo, siempre los hacen a un lado.

—Eso es porque Vasni aún no ha terminado, ¿qué les parece si la dejamos terminar? —acotó su padre, su rostro era una máscara de hielo, a Elle se le enfrió la sangre.

—Como les decía, se quedaron con la organización, pero no termina ahí. Estos insensibles han estado tan obsesionados con la disposición perfecta de las infraestructuras para deportistas y turistas, que han hecho una renovación completa de su ciudad, es más, están quitando a todos los perros callejeros. Andan con una especie de destructor móvil, los inyectan y los creman, ¡claro! suponiendo que la eutanasia sea real y no los lancen al fuego vivos.

El corazón de Elle se conmovió, realmente parecía una crueldad.

—Qué animales —murmuró Chad.

—Sí, son unos bastardos sin corazón. Ten Albert —Añadió la mujer, lanzando un trozo de carne al suelo a un lado del pequeño, el que se arrodilló y comenzó a devorar con frenesí. Elle no lo soportó y evitó mirarlo hasta que el pequeño dejó la habitación.

«Crueldad e hipocresía», pensó Elle, antes de preguntar.

—¿Entonces cuándo me iban a avisar que tenía un hermano menor? —exigió, sin dejar que el examen recriminatorio de Lot, la afectara. Porque para Elle, Lotter Vitallus, ya no era su padre y según parecía Vasni no tenía la más mínima idea de lo que acontecía entre ellos, mejor así, no es que a Elle le importara demasiado, pero ya no tenía nada que perder. Había probado las virtudes de la vida, del amor, pero no habían durado nada, no había vivido en absoluto.

—Muy bien —empezó su madre—, conste que yo te lo quería decir hace mucho, pero tu papá insistió en que esperara.

El "tierno" de su padre tomó la mano de Vasni y la sostuvo sobre la mesa mientras hablaba.

—Lo que sucede es que antes quisimos hablar con Abner —se excusó Lot como si le interesara la opinión de su hija—. Y no reaccionó bien, en su defensa tengo que decir que fui a su casa después de una visita con mi ginecólogo, habíamos empezado con las dosis de prolactina y...

Elle no siguió oyendo, sabía perfectamente a lo que su mamá se refería, probablemente llegó a casa de su hermano con los pechos estallando en leche y claramente eso no era el escenario más apropiado para constatar con delicadeza un hecho que en realidad, se explicaba por sí solo y de manera tan ruda.

—Siento que sobro acá —bromeó Chad sentado a su lado. ¡Oh! Qué bien se sentía tener una cara amiga alrededor. Ahora la atención se centraba en él, lo que estaba bien, una sonrisa se formó en la boca de Elle al recordar la confianza ciega que su padre depositaba en Chadder.

Oh... dulce justicia, el crédulo y siempre alegre de Lot Vitallus caería pronto y ella sería la principal responsable de su desgracia. La certeza de que el desplome Vitallus sucedería pronto, la ayudaba a disminuir la opresión de su pecho, no demasiado, pero si lo suficiente para que consiguiera respirar. Elle necesitaba de la venganza para continuar, para seguir viviendo, por la dignidad de Sem. Por ella misma.

Sem le había enseñado a vivir y ella a cambio, le había arrancando la vida. Puesto de esa forma, realmente se merecía perderlo, sólo que ella no dejaría que fuera en vano.

Eran cerca de las cinco de la mañana cuando Abner llegó a casa, había plantado a Elle y a sus padres. Y en su lugar, se había quedado encerrado en el abrigo de su *Etzux*. Se detuvo para bajar la cubierta del descapotable cuando comenzó a llover, pero no fue capaz de meterle marcha. Una parte de él, creía que era porque necesitaba pensar, mientras que la otra lo atormentaba con la verdad: El miedo que sentía regresar a casa con Nya.

¿Qué haría? Acababa de joder toda posible reconciliación con Aiza, pobre muchacha, de seguro le rompió el corazón. Y luego estaba Nya, su traviesa e inocente mascota, su responsabilidad, y él la había ofendido tocándola de una forma aberrante. Por supuesto, conocía el castigo y se pagaba con algo peor que la muerte.

¡Dios! Ni siquiera podía pensar en ello, apenas era capaz de admitir en voz alta lo mucho que la deseaba y lo peor es que se moría por tocarla otra vez, por verla despertar en sus brazos. Extrañaba incluso la forma en que su nariz se marcaba en el cristal cuando solía esperarlo por las tardes.

Le encantaba la forma en que sus ojos se achinaban cuando le decía una mentira sólo para hacerla enojar, perdían su gran tamaño y la hacían lucir como un gatito furioso. El ruido contagioso de su risa… lo amaba, amaba la rica melodía que brotaba de sus labios y cómo lo hacía sentir cada vez que lo miraba a los ojos, amaba la textura de sus cabellos, de su piel.

También amaba, ¿la amaba?

El pensamiento lo dejó atónito, pensó correr por el pasillo y pasar de su habitación, como hacía siempre, aún cuando de nuevo, la luz del cuarto de Nya estaba encendida. En lugar de eso, se detuvo frente a su puerta, su mano temblando mientras se acercaba a la manilla, sin embargo se detuvo a último momento y descansó su palma contra la madera del marco.

La imaginó al otro lado, casi creyó oír su respiración a través de la puerta, pero no importaba lo cerca que estuvieran en ese momento, ya que en la vida real, en la que única que importaba, estaban a años luz de distancia. Él era un humano y ella jamás lo sería.

Nya ordenó a su cuerpo no moverse, mantenía una mano en sus labios y la otra en la pared. Estaba ahí, Abner estaba ahí y por alguna razón que ella desconocía, se había parado en su puerta. Tal vez para saludarla, quizás aún le importaba saber cómo estaba. La idea de salir del cuarto era tentadora, ¿y luego qué? No era buena con las palabras, nunca lo fue.

No, decidió. No valía la pena arriesgarse, había dado demasiado ya no le quedaba nada por ofrecer, incluso si él mostrara preocupación de aquí en adelante, Nya se había prometido a sí misma no volver a confundirse. "Confías muchos en los humanos", le había dicho aquella vez Sem, y ella había respondido fuertemente que no confiaba en los humanos, sólo en Abner, qué estúpida había sido.

Elle observó el cuerpo de Sem tendido en la cama, era un sitio bastante humilde, él merecía otra cosa, lo mejor. Si tan sólo pudiera dárselo. Desgraciadamente las políticas de su país tenían una opinión muy cerrada en lo que respectaba a los pariahnos, eran la vergüenza de la especie, los rezagados, no valía la pena invertir recursos del Estado en ellos.

A Elle le costaba aceptarlo, ni siquiera los perros sufrían tal discriminación, por suerte Yona la había orientado, la mujer era un regalo de Dios, les había conseguido una vía de escape, una salida.

La había puesto en manos de Chad y Elle no se había arrepentido ni una sola vez el haber aceptado. Habían pasado seis meses desde que Lot les arruinó la vida, Sem ya estaba consciente y próximo a recibir el alta, por eso venía por las noches, era el único consuelo que le quedaba: verlo dormir, ya que continuaba negándose a aceptar sus visitas.

Pestañeó tensa mientras una lágrima resbalaba por su mejilla, últimamente se lo pasaba llorando, ni siquiera podía culparlo, Sem no había hecho nada, sólo amarla.

Y ya ves como terminó.

Sem parecía un niño mientras dormía, lucía calmado y ella no pudo evitar tocarlo. Con su mano izquierda acarició su cara, inmediatamente la calma escapó de su rostro, siendo reemplazadas por líneas de preocupación.

Elle dejó de tocarlo de inmediato, la gruta de su pecho abriéndose más y más. De repente, notó que el *onus* empuñaba algo en sus manos. A sabiendas de que corría el riesgo de despertarlo, comenzó a tirar el papel blanco que escondía entre sus dedos.

Cuando finalmente logró tomar el papel, reconoció lo que era de inmediato: una carta. Tenía trazos torpes y desiguales, como la letra de un niño. La verdad es que no había mucho que leer, Sem había sido escueto, pero directo. Probablemente se había enterado de su estancia ahí por las enfermeras de la clínica o peor aún, la había visto. Tal vez incluso ahora, ¿estaría despierto?

Su corazón comenzó a latir de inmediato, rápido, ruidoso, tan irresponsable, tan egoísta. De cualquier manera, él había sido claro. Arrugó el papel, secándose más lágrimas que se unían al dolor de su cuerpo y se puso de pie, abandonando el confort que le provocaba sentarse junto a él en la camilla.

«Ya no me queda nada, déjame ir». Pero él se equivocaba, le quedaba corazón y mientras éste existiera, mientras Sem respirara, Elle jamás lo dejaría ir.

Los primeros días del verano parecían extraños, diferentes al amarillo habitual que imperaba en el cielo, desde que Abner tenía memoria las estaciones habían sido exactas, exceptuando el último año, claro está.

Amarillo para el verano, verde en primavera, el otoño llegaba con un rojo suave y el invierno solía ser lila. Ahora en cambio, el día parecía lila y Abner seguiría pensando que estaban en invierno, de no ser por las altas temperaturas y la fecha en el calendario. Volvió a clavar su vista en la ventana, definitivamente no era amarillo, de hecho parecía casi azul. Imposible, cómo diablos el cielo iba a ser azul.

Dejó de trabajar en su computadora y optó por salir a tomar aire, tenía este extraño presentimiento ondulando en su cabeza y luego estaba Nya que lo miraba con rencor.

Cenya, su nueva secretaria, había resultado mucho más eficiente que la anterior, lo que estaba bien. Así que ya no tenía que preocuparse por si alguien lo llamaba. Finalmente había conseguido recuperar todos los números de su antiguo móvil.

Mientras caminaba por la Avenida Lancourte, se encontró con los típicos manifestantes que se reunían en el pórtico de Singnâtum Corp, traían pancartas y camisetas clásicas de los pro-pariahs. Uno de ellos incluso llevaba lentillas de color y la piel maquillada con una especie de pintura clara.

Ya no era tan irrisorio.

—¡No al control, abajo Signâtum Corp! —coreaban—, ¡No al control, abajo Signâtum Corp!

Abner sonrió ante su absurdo y abrió la lata de bebida que llevaba en una mano. Esa mañana se había vestido con sus habituales mocasines negros, a juego con el traje y corbata. No sabía qué era peor, lucir como un novio o alguien que asiste a un funeral. El bolsillo de su chaqueta comenzó a vibrar sacándolo de sus cavilaciones, Abner lo tomó y observó en la pantalla la llamada entrante.

—¿Casa? —murmuró sin entender, que él recordara Yona nunca lo había llamado, de hecho, ni siquiera trabajaba ese día, le tocaba ir donde Elle. Lo que lo dejaba con la otra opción...

—¿Nya? —contestó de forma inmediata—. ¿Nya, estás bien?

Ella soltó un respiro profundo y contestó.

—Te necesito ahora, es urgente.

Cuando Abner entró a su casa, le extrañó que las luces estuvieran apagadas, más raro aún fue la punzada en el pecho. Tal vez era su culpa, por no haber aclarado las cosas cuando pudo. Le debía una explicación a Nya, y obviamente ya no podía postergarla más.

Sin siquiera quitarse la ropa de trabajo, se dirigió hasta la habitación de la *virgo*, no le sorprendió que no se encontrara a la vista, por el contrario se puso de rodillas para buscarla bajo el catre y fue ahí que la luz se prendió y lo escuchó.

—Bueno, yo no te pensaba tan tierno. ¿Qué haces? ¿Buscas esto?

Abner se alzó tan rápido que se pasó a llevar la cabeza con el borde de la cama.

—¿Chadder? —murmuró confundido, apenas notando que Nya se sacudía inquieta a un lado tratando de soltarse en vano—. ¿Qué haces acá?

—Verás, tenía que darte la noticia. Quise ser yo mismo quién lo hiciera por un tema de lealtad.

—¿Qué noticias? —preguntó sobándose la cabeza, maldición, sí que había sido duro el golpe—. De qué diablos hablas, Nya ven acá.

—Nya no irá a ninguna parte, tampoco tú lo harás.

—En serio, sin ánimos de ofender, pero tuve un día de esos que quieres que acaben de una maldita vez y tú no haces más que alargar mi pesar. Por cierto, ¿has sabido algo de papá?

—Sí, está muerto.

Abner sólo rodó sus ojos.

—Hablo en serio.

Chad lo miró con una expresión que no supo descifrar. Luego sacó una pistola de la mano que hasta unos minutos mantenía en la espalda de Nya.

—También yo, verás. Me simpatizas chico, en serio, pero estás a años luz de madurar, por lo demás, siento decírtelo pero has sido destituido de tu cargo.

—Imposible.

—¿Estás seguro? Porque a mí me consta haber tenido una reunión hoy con todos los accionistas, entre ellos tu hermana, quién por cierto, tuvo la cortesía de venderme sus acciones.

Abner sintió que todo aquello que lo mantenía de pie dejaba de tener solidez, y es que cada palabra de Chadder Ulti carecía de sentido. En primer lugar, ¿su padre muerto? En nombre de Dios, ese viejo era prácticamente inmortal, con su pavor al envejecimiento hubiera sido más fácil para Abner creer que se transformó en un zombi antes que aceptar algo tan absurdo como su supuesta muerte.

—¿Por qué rayos Elle haría eso?

—Porque está loca, claro, ¿no lo están acaso todas las mujeres enamoradas? Le prometí una vida tranquila en compañía de la persona que amaba, además de una bien merecida venganza y a cambio, ella sólo tendría que venderme sus acciones, ni siquiera cedérmelas. Y me consta que pagué muy bien por ellas.

—Suponiendo que todo esto sea verdad, que no lo creo, ¿por qué me lo dices?

Chad rompió en carcajadas, observándolo con sus ojos negros, hambrientos como la muerte.

—Debido a que tú, mi amigo, tienes algo que me pertenece.

—¿Y eso sería?

Chadder se inclinó hacia Nya y le propinó un beso en la mejilla. Abner tuvo un impulso violento de reventar un puño en la cara del maldito y defender lo que era suyo.

—Mi hija. He esperado largo tiempo para que pudiéramos reunirnos.

—¿Que tú qué? —ahora estaba claro, el tipo estaba mal de la cabeza—. No puede ser tu hija, ¡mírate! Eres humano.

—Ahí es dónde te equivocas, soy tan pariahno como ella y la pobre mujer que tu familia se empeña en menospreciar.

—¿Yona? ¿Cuándo la hemos menospreciado? Es ella la que mira con menosprecio.

—¿Y qué esperabas?, si das asco. Tú y todos los de tu especie no hacen más que destruir.

—Mira —dijo Abner avanzando hacia él y deteniéndose cuando éste le quitó el seguro a la pistola—, no sé qué diablos te fumaste, pero...

La palabra murió en su boca, el balazo crepitó sobre sus cabezas. Nya se hizo un ovillo a los pies del traidor.

—¿Entonces es cierto?

—Que tenga que recurrir a la violencia para que prestes atención confirma mis argumentos. Ustedes los humanos son unos idiotas que sólo obedecen a la coacción.

—Está bien, está bien Chad, pero... sólo no entiendo, qué pret... todo este tiempo fuiste tú. Fuiste tú el que boicoteó la administración y sociedad de Signâtum Corp. No sé lo que pretendes, pero no lograrás nada, aún no tienes el cincuenta más uno.

—Otra vez te equivocas. ¿Recuerdas el veinte por ciento de tus acciones que pusiste a la venta?

—Supongo que tú las compraste.

—Bueno, yo en estricto rigor, no, pero sí por medio de otros sujetos.

—Te falta un uno...

—Vaya, llevas la cuenta. Sabía que también podías ser bueno sumando. Pero, te olvidas de tu padre, ¿por qué crees que lo maté?

Abner sintió que el techo se movía, torpemente retrocedió hasta la cama de Nya y se dejó caer sobre ésta.

—No tengo todo el día para contestar tu interrogatorio. Mira, la cosa está así, has sido destituido de tu cargo y esta mañana di la orden de desactivar todos y cada uno de los *signâtum* existentes.

Abner se quedó mirando fijo hacia la nada, oyó un ruido, sintió movimientos, pero en realidad no importaba mucho. Nada de lo que sucediera de ahora en adelante tendría relevancia en realidad. ¿Un mundo sin *signâtum*?

—Sí amor, ya eres libre de huir cuando quieras, actuar como quieras y ser quien quieras, más importante aún, ser tú misma.

Estaba claro que Chad le estaba hablando a Nya, ¿estaría ella al tanto? Abner la miró de reojo, pero le bastó un breve instante para darse cuenta de que ella apenas entendía un ápice de esa absurda conversación.

Su pequeña e inocente *virgo* era la cosa más pura con que se había topado alguna vez, y estaba a punto de perderla.

—Estás cometiendo una locura.

—¿Locura? Por favor, espera hasta la noche y te enseñaré lo que es la verdadera locura.

—¿Por qué? —preguntó mortalmente interesado—, ¿qué va a pasar hoy?

—Van a derrocar a toda costa el gobierno del pelele de *La Orden*, lo matarán y los pariahnos tomaremos el control.

—Por favor, incluso tú tienes que admitir que parece una frase sacada de una mala película.

Chadder tuvo el descaro de reír.

—¿Qué quieres que diga? es la verdad, sin *chips* no hay amenaza, no hay riesgos ni rastreos. Sin tu maldita arma cualquiera de los nuestros podrá salir a la calle sin que nadie les diga lo que son o qué deben hacer.

—Existen diferencias físicas obvias, no sé cómo conseguiste dosis de IDS, pero puedo asegurarte que el resto no lo logrará.

—¿En serio?, pruébame.

Rápidamente Chadder se abalanzó sobre él, sin darle oportunidad siquiera de enderezarse bien en la cama y le dio en la cabeza con la cacha de la pistola. Lo siguiente que Abner supo es que todo se había vuelto del color de sus ojos:

Oscuro como la noche.

—¿Ya viste los titulares de hoy? —Elle asintió sin alejar sus labios del vaso de café, apenas había dormido la noche pasada, pero los disparos de armas automáticas y el desplazamiento de tropas paramilitares de los pariahs no habían sido la razón, sino Sem que por fin había accedido a verla.

—Sí, debes de estar orgulloso. Aunque, debo decir que pensé que tú tomarías el control.

—¿Yo en política? Olvídalo, deja que de eso se encarguen los chicos que saben, yo sólo fui una herramienta.

—El que hace el trabajo sucio, querrás decir. De cualquier manera, ¿van a condenarlos por asesinato?

—No lo sé. Francamente, lo dudo, el golpe estuvo muy bien planeado Elle, estuvimos años confabulando contra ellos: integramos humanos en los círculos más poderosos de nuestra raza, sobre todo aquellos que se oponían al antipariahno del ST. Por otra parte, los de *La Orden* como bien sabes, están muy apegados a sus riquezas y estilos de vida como para iniciar un enfrentamiento, que eventualmente los dejaría en la calle. No es que los hayamos dejado reaccionar —se jactó el castaño—, en realidad el Estado Socialista Totalitario ni siquiera alcanzó a reestructurarse. En síntesis querida Elle, los planes de defensa del gobierno fueron rebasados por la pericia pariahana.

—¿Qué hicieron con el cuerpo del presidente? Lo picaron en trocitos o algo así.

Chad sonrió divertido mientras la miraba. Había algo en ella que le recordaba a Vanessa. Asustado por sus pensamientos sacudió la cabeza y se centró en lo importante.

—Algo así. —respondió Chadder, notando que estaba aburriendo a Elle con detalles—. Oye ¿cómo va lo de Sem y tú?

—Ni siquiera va. Él dice… —su voz se quebró en la última sílaba y se cubrió el rostro con las manos—. Él piensa que ahora es inservible, dijo… me hizo jurarle que no volvería a buscarlo nunca más.

—¿Y piensas cumplir con tu palabra?

—No puedo, no puedo dejarlo. No importa lo que él diga, ni lo que me cueste recuperarlo, voy a conseguirlo.

—Hablas igual que mi hija…

—¿La pequeña *virgo* que vivía en casa de mi hermano?

—Nyara —la corrigió—, y sí, es ella y sigue viviendo ahí.

—¿Cómo?

—Me rogó que la dejara con él —sonrió con sarcasmo—. ¿Puedes creerlo?, tuvo el descaro de chantajearme.

—Si me llevas contigo voy a odiarte por el resto de mi vida.

Abner se quedó viéndola atónito, su cabeza seguía doliendo aún estando sobre almohadas, pero al menos había aminorado el malestar un poco y se lo debía a Nya, que había llenado su cabeza, cuello y pecho con compresas de hielo. Había exagerado, pero la intención había sido buena. Era una fortuna que él no se enfermara.

—¿Y qué hizo él?

—Nada, se limitó a asentir y salir de acá en silencio. Es muy raro.

—No creo que sea tu padre.

Nya frunció la boca, parecía preocupada por lo que le tocaría decir a continuación.

—Él lo es, me entregó una réplica exacta de mi colgante, pero en lugar de Nya dice Vanessa. Era el nombre de mi madre.

—Entiendo.

—Ah, y también me pidió que de ahora en adelante lo llamara Cal.

—¿Algo más que deba saber?

Ella se mordió la boca y al instante Abner se preocupó, tal parecía que cada vez que ella hacía ese gesto cosas horribles sucedían.

—¿Nya?

—Es sobre lo que dijo ayer, mientras te apuntaba con el arma.

—¿Qué hay con eso?

—Era verdad, hoy salió en las noticias la desaparición del presidente y los pariahnos se tomaron el poder.

—Nuestro mundo está loco —admitió con pesar—, ven aquí, tú y yo tenemos que hablar. Siéntate a mi lado.

La cama de por sí era pequeña, a diferencia de la suya, la de Nya era de apenas plaza y media, por lo que una vez que se deshicieron de todos los hielos, la única forma de que ambos cayeran en ella era recostados de perfil.

—Tranquila —le susurró al oído—. Sólo quiero pasar mi mano por tu cintura. ¿Me das permiso?

La sintió temblar entre sus brazos, pero aún así Abner no se movió. Esperaría a que ella respondiera.

—¿Nya?

Apoyó los codos en la cama y se giró encima de ella, tenías sus ojos acuosos.

— ¿Qué va mal?

— Tú... tú no me quieres y entiendo. Sé que estoy mal, pero duele, sobre todo cuando estás así de cerca. Duele porque te deseo y no te puedo tener.

En respuesta a su apremio, Abner se dejó caer encima de ella, evitando aplastarla con el peso de su cuerpo, pero lo suficientemente cerca para que notara el efecto que ella producía en él.

— Yo te quiero, no me importa si eres humana o pariahna. Quiero estar contigo todos los días, amanecer contigo... o no amanecer si no te vuelvo a tener.

— ¿Qué va a pasar con nosotros? — preguntó ella buscando sus ojos, Abner le tomó su mano y se la llevó hasta los labios, la besó en el hueco de su palma y luego pasó a su mejilla, de donde no se movió hasta que sus labios se unieron en el más suave de los besos.

— No importa el "qué" mientras exista un "nosotros". No me mires así, hablo en serio, pero si quieres una respuesta más exacta, no me sorprendería encontrarnos en medio de una guerra civil, por lo poco que dejó entrever Chad y lo que oíste en las noticias, los *chips* de Signâtum Corp están deshabilitados. Aunque, parece que Chad olvidó prever un detalle... Los *signâtum* sólo pueden ser desconectados durante veinticuatro horas. Si pasado ese lapso de tiempo, no son reactivados entran en combustión autodestruyéndose y de paso a los individuos que los portan.

Ante el silencio de Nya, Abner se obligó a añadir.

—¿Sabes lo que esto significa verdad?

Ella negó.

—Tendremos que correr.

LEYES DE LA ORDEN

1. Un pariahno que huye será ajusticiado por los *centinelas*, a no ser que su amo admita ser el responsable de su pérdida. En tal caso, el pariah saldrá impune, el humano por otra parte se verá en la obligación de cancelar una multa equivalente al 20% de sus ingresos.

2. Los pariahnos no pueden salir antes de las ocho de la mañana ni después de las ocho de la noche. Una vez que suene la alarma del toque de queda, está estrictamente prohibido que vaguen por la ciudad. Quienes sean encontrados errantes por la vía pública, fuera del horario establecido, serán castigados.

3. La cruza entre humanos y pariahnos está estrictamente prohibida. Si esta ley es violada, el fruto de esa unión será considerado como un pariah más.

4. En el absurdo caso de que un ciudadano de Akor, distorsione la realidad y pretenda hacer pasar a su pariah como a un humano relacionándose sentimentalmente con él, será desacreditado por tal aberración, descenderá de estatus y será despojado de todos sus beneficios para ser tratado como un pariahno más.

5. Las hembras pariahs serán apartadas del resto en época de celo, por el tiempo que dure su ciclo fértil.

6. La cruza entre pariahnos sólo está permitida bajo *La Orden* de un amo, o en su defecto el criadero al que pertenezcan.

DERECHOS Y GARANTIAS

1. El gobierno de Akor garantiza el derecho a la vida.

2. El gobierno de Akor garantiza el debido proceso judicial a todos los residentes del país, respetando sus derechos legales. Se excluyen los Pariahnos.

3. El gobierno de Akor garantiza la imparcialidad de sus tribunales.

4. El gobierno de Akor garantiza la igualdad de oportunidades para los humanos y protección para los pariahnos no exiliados.

5. El gobierno de Akor garantiza el derecho a la salud entregando gratuitamente la IDS (*Inhibitor Daft-2 Senescence*) a todo humano que la requiera.

6. El gobierno de Akor garantiza el respeto por la propiedad privada y sus bienes no materiales como los pariahs.

7. El gobierno de Akor garantiza el respeto de la privacidad. No incluye a los pariahnos.

GLOSARIO

Akor : Último estado de los humanos en la Tierra, en la parte que antiguamente se llamaba Siberia, frente al mar de Bering.

Avari : Persona encargada de la crianza y cuidado de los pariahnos.

Caveola : Espacio de forma rectangular, de un metro de largo por dos de ancho. Está rodeada por rejas de acero sólido. En este lugar, el pariah pasa la mayor parte del día. Generalmente se encuentran instaladas en el interior de sótanos y en otros casos, en los cobertizos.

Centinela : Vigilante de los cuarteles de retención de pariahnos que han faltado al toque de queda o han sido extraviados.

Equs : Pariahnos machos, utilizados como sementales, específicamente para la reproducción de su especie.

Etanus : Río principal que cruza Lodebar y desemboca en el mar de Bering

Etzux : Marca de auto deportivo.

Gen D : Gen que codifica la depresión endógena, enfermedad responsable de la mayor endemia conocida en la historia de la humanidad, principal razón de la disminución demográfica en la raza humana junto a las catástrofes ecológicas.

Humano : Ser inteligente, manipulado genéticamente para acelerar su evolución y ser superior a sus antepasados, de modo que aseguren la supervivencia de la raza.

IDS : *Inhibitor Daft-2 Senescence.*

La Orden : Grupo de científicos y estudiosos que lideran sobre el Gobierno establecido y elegido democráticamente.

Lodebar : Ciudad capital de Akor, que se encuentra en la desembocadura del río Etanus, que la cruza, y desemboca en el mar de Bering

Matriz : Hembra pariahna utilizada como incubadora. Se les implantan óvulos previamente fertilizados para la reproducción entre humanos. Pasado los 30 años, las *matrices* pueden ser devueltas a sus respectivos criaderos y ser utilizadas para la reproducción entre los de su especie.

Muladar : Pequeña ciudad de Akor.

Nueva Visión : Secta religiosa cuya creencia deriva del cristianismo. Autoproclamándose "Los Enviados de Dios", practicaban principios tales como el arrepentimiento y la salvación, en medio de un mundo envuelto en el caos debido a los desastres naturales de la época. Cimentado fuertemente en la creencia de que la humanidad sería destruida, convencían a sus seguidores de "morir juntos", reclutaron grupos familiares completos. Es famosa y mediática por haber perpetrado el mayor suicidio masivo conocido en la historia de la humanidad, dejando sólo a un tercio de la población inicial en el planeta.

Onus : Pariahno macho, de tez clara al igual que todos los de su especie, pero que suelen presentar casos frecuentes de heterocromía, además de una contextura más corpulenta. Son utilizados especialmente para trabajos que requieren fuerza bruta.

Operuit : Conjunto clásico en la vestimenta de los pariahs. Generalmente consta de una chaqueta larga con solapas altas y capucha a juego.

Pariahno : Ser de baja categoría, descendiente directo de los primeros portadores del "Gen D", similares a los nuevos humanos, pero sin alcanzar a ser uno.

PETP : *People for the Ethical Treatment of Pariahs.*

Saevitia : Ciudad del norte de Akor.

Sibilus : Silbato utilizado por los *avaris* para subyugar a los pariahs más rebeldes. Generalmente se utiliza en machos insubordinados.

Signâtum : Barra metálica implantada bajo la piel de los pariahnos y unida al nervio radial o tibial. Puede situarse en su muñeca o tobillo derecho. Éste lleva un chip en su interior, el cual recaba información vital desde el código de barras hasta su época de fertilidad. El *signâtum*, no puede ser extraído del sujeto ya que posee un sensor unido a un contenedor de un potente agente gaseoso neurotóxico, de formulación secreta, el cual a la menor amenaza, reaccionaría liberando el agente causando daños irreparables y finalmente la muerte del pariahno.

ST : Partido Socialista Totalitario.

Tutum : Túnica larga, hecha de piel de res de uso exclusivo de las *virgo*. Ésta consta de una capucha amplia con hombros inflados. Generalmente, se reserva para ocasiones especiales.

Veterinae : Persona que se encuentra legalmente autorizada para prevenir y curar las enfermedades de los pariahnos.

Vetitum : Toque de queda que inicia a las 20:00 hrs. y termina a las 8:00 hrs. Durante ese lapso queda estrictamente prohibido para un pariah vagar por la vía pública.

Virgo : Joven pariahno, sea macho sea hembra, utilizado como mascota de compañía. Son definidos exclusivamente por su fisonomía: en su mayoría de ojos y tez clara, complexión débil y carácter sumiso. Por lo general se desechan al cumplir los 30 años.

www.ingramcontent.com/pod-product-compliance
Lightning Source LLC
Chambersburg PA
CBHW060807030726
47503CB00002B/374